谨以此书献给

那些在创业路上奋斗不息的中国民营企业家

作者介绍

燕 语

成功的企业家
知名的管理咨询专家
电视文化学与媒体研究学者
资深媒体策划人、影视创作人与出品人
享有“知名文化创意天后”之称
集文案创作、影视制作人于一身，被誉为21世纪中国传媒达人

●燕语长期从事企业经营管理和商业实战策划案例开发，服务了上百家企业，以成功的可操作性经营手法创立了其独具特色的管理人风格。作为管理咨询专家、企业诊断师及“成功的起点”专业培训师，曾受邀为各行业培训企业管理人员数十万名；作为一名资深的职业规划师，长年为众多企业传授各种类型的经济发展规划，并为之排忧解难，服务案例涉及数百万人。2008年作为“传奇女子、大爱无疆”主人公，在人民大会堂召开的“改革开放三十周年中国民营企业家领袖年会”上荣获“创新人物奖”。

●燕语多次受邀为福州大学、福建工程学院等高等院校大学生作创业指导，与他们分享中国民营企业家的创业经历和创业经验，提高他们的创业成功率，其“创业与就业”专题演讲一直受到师生们的热烈欢迎。

●燕语多年来坚持进行“人体抗衰老”、“现代亚健康”、个人形象以及社会心理学的研究与实践。她立志“做一个传播真善美的使者”，她因“让认识自己的人年轻20岁”这种生命理念和奉献精神而被大众誉称为“生命的天使”。

燕语传媒
世界的声音 前沿的合作
《英雄的孤独谁能懂》
作者电子邮箱：yycm888@vip.126.com

中国当代民营企业家创业丛书

英雄的孤独谁能懂

——民营企业家创业心路

燕语◎著

中山大学出版社
·广州·

图书在版编目（CIP）数据

英雄的孤独谁能懂：民营企业家创业心路/燕语著．—广州：中山大学出版社，2012.8

（中国当代民营企业家创业丛书）

ISBN 978-7-306-04170-8

Ⅰ．①英…　Ⅱ．①燕…　Ⅲ．①故事—作品集—中国—当代　Ⅳ．①I247.8

中国版本图书馆CIP数据核字（2012）第093635号

出 版 人：祁　军
策划编辑：周建华　嵇春霞
责任编辑：嵇春霞
封面设计：林绵华　曹巩华
责任校对：余泓颖
责任技编：何雅涛
出版发行：中山大学出版社
电　　话：编辑部 020-84111996，84113349，84111997，84110779
　　　　　发行部 020-84111998，84111981，84111160
地　　址：广州市新港西路135号
邮　　编：510275　　传　真：020-84036565
网　　址：http://www.zsup.com.cn　E-mail:zdcbs@mail.sysu.edu.cn
印 刷 者：广州市怡升印刷有限公司
规　　格：787mm×960mm　1/16　14.625印张　225千字
版次印次：2012年8月第1版　2012年8月第1次印刷
印　　数：1~5000册　定　价：38.00元

目录

前　言

改革开放30多年来，在繁荣昌盛的中华大地上，有一类人成了时代的宠儿、世人眼中的英雄，他们就是历经艰难拼搏而取得成功的中国民营企业家。曾几何时，创业之路既是每个奋斗者的目标，也是他们锲而不舍的梦境。在这条充满曲折的道路上，我们的企业家到底拥有和得到了什么？也许在尘封的岁月里就埋藏着这些期待的答案。

作为一名企业顾问，亲眼目睹和亲身感受着中国民营企业家成长发展之艰辛，特别是当我走进他们的事业和生活之中，既分享到他们因创业成功而收获的经典人生的花絮，又感受到他们隐藏在职场搏击背后的那份渴望。虽然他们那些饱含着酸甜苦辣的心路被功成名就的辉煌所遮蔽，但这种承载着身心脆弱和精神孤独的生命阅历却在感悟中深深地触动着我。在他们创业的征程中，究竟经历了怎样的失意和孤单，他们又是如何走出逆境和困惑并如愿走向成功的？这些典型而又深刻的创业过程的确令人充满敬意，也势必会影响和激励更多的创业人士。

为此，我在繁忙的工作之余，以若干民营企业家为原型，创作了这本关于民营企业家心路的作品（书中的主人公和主要地名使用了化名），意在通过这一系列故事，让更多的人了解当代企业家的梦想、希望与那充满传奇的奋斗生涯和精彩的人生缩影。

感谢您购买本书，恭喜您已成为“燕语书友会”会员！并请与我联络（电子邮箱：yycm888@vip.126.com），参加“创业与就业”系列活动。

燕　语

2012年8月

英雄的孤独谁能懂

——民营企业家创业心路

精神的沙漠

原来男人的哭声也是刺耳的。尽管哭泣对压抑的人来讲，既是一种宣泄，也是一种放松，但我的心还是被刺痛了……这是青春男子梦幻破灭后的悲戚，这是人生失意时必须继续的无奈。

晚上八点钟，按照电话中的约定，我站在公司大厦的楼下等着胡董来接我。等待中的我望着川流不息的车辆和匆匆往来的人群，一种莫名的思绪让我不由自主地陷入遐思。这是第一个在电话中提出要和我见面商谈的企业家，我记住了他的名字，也应允了他的要求。胡董的性格似乎比较急躁，他在和我首次通话后，又在一周内连续打来三个预约电话。电话那头的语气总是透着迫切，他说他想见我，而且是需要尽快地见到我。

周一上午，尽管我办公桌的台面上堆积了很多文案等着我去处理，秘书的约访表上还排着一大串要和我面洽的商务客户名单，但是一想到胡董多次的来电，我最终还是不忍心拒绝他这个热情而又陌生的邀约，决定在这一周内把一切工作事务推后，先和胡董见个面。然而，在我致电与他约见时，胡董却并没有因为我慷慨地调整出自己已经无法再调整的时间来和他见面而立即答应下来；相反，他把会面的时间定到了接近周末的星期四晚上。胡董忽冷忽热的态度让我一时不解其意，但出于尊重和礼貌，我并没有和他在电话上做太多的纠缠，我默默地同意了他的安排。

周二下午，正在开会的我收到了胡董的手机信息："周四晚上我先请您用餐，如何?"我在桌子的下面把写好的信息也发了出去："谢谢，不用了，谈事要紧。"紧跟着他的又一条信息随着手机的震动声"扑入"我的眼帘："也好，那就按原计划不变，八点钟我来您办公室楼下接您。""谢谢，OK。"我快速地回复了他。

在时光的悄然流逝中，我和胡董都等来了初次会面的机会。当我还在独自沉思时，一辆黑色的"宝马760"车"嘎"的一声停在了我的面前。只见车门一开，走出一个身高约一米七五、身着灰色衬衫、五官清秀、年龄在四十出头的男子。他微笑着向我伸过手来："您好，我姓胡。"还未等我反应过来，他又立即从口袋中拿出一个精美的名片夹来，摸出一张名片并用双手递给了我。"我该怎么称呼您呢?应该称老师吧。"胡董打趣地拉开了我们见面的序幕。面对并不感觉到陌生的他，我微笑着对他说："随意，叫名字也可以。"随后，我坐上了胡董的车。只见他一踩油门，车子便飞快地行驶起来。还未等我出声，他首先发了话："您对深城熟吗?""很熟。"我应答着。"我不相信。"他突然冒出了一句。"为什么?"我诧异地回应了一句。"因为您没有时间。"胡董的语气高昂而坚定，反而让我无法揣摩他话语中的含义。还未等我再出声，胡董又说了句："十五年了，说真的，我对深城不熟。因为创业这么多年来，我的眼里只有公司、只有账务，还有那些没完没了的企业管理问题，我根本没有时间去体验深城的美丽，所以我说自己对深城不熟。我想您也应该是这样的吧！我们这些垦荒牛，在深城吃的是草，挤出来的可是奶呵！十五年了，我在这里打拼了十五年，现在真不敢回想那份创业的艰辛啊！"胡董深深地叹了一口气。

车驶过一个绿灯又一个绿灯，我不知道胡董要将车开到哪里去。他似乎感应到了我的疑惑，转过头来笑着对我说："今天我就开车带您把深城转个遍，顺便您也帮我诊疗诊疗我这久治不愈的心病。""好啊！"我应答着。说完话的胡董没有再言语。我侧头望去，只见他瞪大双眼张望着车窗外的一切，那种眼神充满了无忧无虑，甚至还显露出一丝男性贪玩的秉性。车内除了空气净化剂淡淡的兰花香味，似乎一切都归于沉寂。胡董忘情地将车一会儿行驶在深城一条条宽阔的柏油马路上，一会儿又拐入狭窄、幽静的道路上。他把车从新城区开到老城区，又从老城区拐道穿过新城区，直奔开发区。一个小时过去了，胡董始终没有说话，我也只是静静地倚靠在车座上没有出声。终于，胡董将车速减缓下来。

"我太孤独了，太压抑了，我就要自杀了！"胡董突然咆哮起来。也许是这种一触即发的状态让他自己也感到有些失态，只见胡董赶忙侧头轻声地问我："您愿意听听我的故事吗?"此时胡董的眼神已不再是先前的单纯，现在这个眼神所流露出来的渴望，让我在一瞬间窥视到了他无助的内心世界。于是，我坚定地点点头，说："我们可以成为朋友。"一刹那，胡董的目光柔和起来，他开始向我谈起了自己急于要见到我的目的。

"20 世纪 90 年代中期，我于内地某建筑学院毕业，分配来到深城。我雄心勃勃地希望在这个年轻的城市里寻觅到自己职业发展的最佳舞台。然而，人生刚刚开始，年轻的我竟然出师不利，在意想不到的情感路上跌了一个大大的跟头。当时的深城，改革的号角刚刚吹响，南来北往的人们都不假思索地纷纷拥入这块开放的处女圣地；但初来乍到的每一个人都会强烈地感受到自己的生存力量是那样的单薄，自己的创业是那样的缺乏支点。许多一时还捕捉不到事业方向的人们在希望中继续着行进的步伐。我也和大家一样，在期待着神话的到来。但是，事与愿违的命运时差在没有先兆中意外地改变了我奋进的航向。在一次周末的舞会上，我邂逅了一位穿白裙子的姑娘。说了不怕您见笑，在我的少年时代，我的梦中新娘就是一位穿白裙的姑娘。当时，舞厅里的灯光加上酒精的作用和年轻的热辣，我主动地拉起了坐在舞厅的一角还没有人去邀请的那个穿白裙子的姑娘，我和她旋转在舞池的中央。她的舞跳得很好，灯光一闪一闪地映照在她陶醉舞曲的脸上。在音乐结束的一刹那，转圈的猛烈伴随着她娇喘不止的青春气息扑入我这个热血青年的胸襟，令我格外冲动，借着酒劲我把她拥进了自己心跳不已的怀里。从舞厅出来后，我不由自主地牵着她的手回到了自己独自居住的单身宿舍里。早晨睁开眼我才发现，她幸福地和我并排躺在那并不宽敞的单人席梦思床上。清醒后的我呆呆地望着头顶上的天花板，一时之间面对她深情的微笑我竟然有些不知所措；倒是她大大方方地穿起了衣裙，转过身来对我说要去给我买早餐。在她起身朝门外走去的那一瞬间，我清楚地看到她那身昨晚令我销魂的白色连衣裙，此时把她那张虽堆满笑容却布满雀斑的脸庞映衬得那么的不堪入目。我突然恼怒起来，自己一表人才，又是名牌大学毕业的高材生，怎么会干下这么糊涂混账的烂事。我懊悔不已，都是酒精惹的祸。头脑发晕的我发誓以后再也不喝酒了。”讲到这里的胡董一个急刹车把我吓得赶紧伸出右手抓住了车顶的把手。

胡董停了车，打开车门，并点燃了一支香烟。深城的夜是清爽的，一阵微风吹进车内，让久坐的我在瞬间感到无比舒服。胡董则继续一边吸烟一边慢条斯理地把话题深入下去：“男人是什么？”他自嘲地说了一句，“男人真他×不是个东西，我就这样把自己纯真的爱情梦幻亲手破灭了。”几分钟后，胡董掐了烟头，关上车门，加大马力开始横冲直撞起来。我在不安中屏着呼吸，用手把自己身上的保险带套扣又摸索着检查了一遍其松紧的适度。看得出这段往事对胡董的后期人生起到了催化的作用。“可能他的精神失落、孤独与压抑的焦点就是从这里开始的吧！”我思量着。

车行拐弯，胡董似乎也在驾车的发泄中平静下来，他又开始了叙述：“真是‘种瓜得瓜，种豆得豆’，一次，就一次，您知道吗？就一次，她竟然怀上了我的孩子，您是老师您告诉我，这样的几率在现实状况中究竟有着多少巧合？为什么是我？为什么偏偏是我？在自己风华正茂、风流倜侥、充满理想抱负正欲在深城大展拳脚猛干事业的时候，竟然‘一失足成千古恨’，我就要从一个无忧无虑的年轻人变成一个拖家带口的丈夫和父亲。这让我无论如何都不能接受这个对自己来说绝不是心甘情愿的命运安排。

“可是，年轻的我还不懂得如何去面对这个关系到我未来人生的重要问题，唯有在茫然中等待着现实的裁决。她是一个来自广东边远地区的女孩，在深城一个成教机构读夜大，未婚先孕的结果让我不能不考虑她的处境。虽然我不想那么年轻就有了家庭生活的拖累与牵绊，但一想到在她的肚子里居然怀着自己的骨血，我的内心也会在一刹那间喷涌出一股无法言表的冲动，也想尝尝当父亲的滋味。她是我的第一个女人，一个与我还没有开始恋爱就有了孩子的女人。可是，我不知道自己是不是她的第一个男人，因为是酒后的性情迷乱，一切感觉都来得糊里糊涂，让人心存疑念。我尚在矛盾中，她却把自己远在乡下的哥哥唤到了深城。我们三个人在喝完潮州粥后，我当着她哥哥的面无奈地许下了结婚的承诺。她的肚子一天天大起来，已不方便再去夜大读书，就这样她回到我宿舍成了我的未婚妻子。事情发展到这种地步，我唯有将父母从内地接到深城，在我姐姐的操持下，简简单单地把婚礼举行了。当时，我一个大学毕业才几年的小青年，手中无任何积蓄，又要工作又要养家，生活开始出现无情的压力。就这样，我还没有品尝到恋爱的欢愉，女儿就在我和太太不欢不喜、少言寡语的夫妻关系中降临。多亏我那善良的姐姐一路支持、帮助，我才在手忙脚乱中把她们母女的生活安置得还算过得去。”胡董深深地叹了口气，停止了叙述。

但是，他却又突然地用质疑的语调说了一句：“您说，就一次，我的女儿就来找我了，您说这是不是天意。一次？哼哼……”胡董的哼笑声隐藏着他那不甘的过去。“你怀疑孩子不是你的？”我问道。“孩子是我的，千真万确。”胡董肯定地说道，“就是因为孩子是我的，我的生活中才有了一些开心和快乐。”说到女儿，胡董满脸慈爱，可以想象得出他的女儿一定很讨他喜欢。“我女儿很漂亮也很聪明，我很爱她。”胡董似乎看透了我的心事，他笑着补充道。

此时的胡董已开车带着我在深城的东南西北来回转了大半个圈。车慢慢驶入了车较多的建设路，胡董缓缓摇下车窗，马路两旁人流的喧闹声立即传了进来。他四处寻找着。“有什么需要吗？”我问道。“给您买杯甘蔗汁喝。”胡董边说边把车停靠在马路边。“这里不可以停车，小心被拖车啊。”我提醒道。“今天我心情好，拖就拖，拖走了我再去把它拖回来。”胡董不容我再言，下车直朝路边的小商摊奔去。

望着他的背影，我的内心突然一阵紧缩：在胡董他那伟岸、坚强、潇洒的仪表背后，其实蕴藏着一颗年轻无助、较真的心。虽然他的故事才刚刚开始，但我已经能够感受到他的心痛在哪里。他的这片精神沙漠何时才可以得到快乐清泉的滋润——我揣摸着他忧郁的内心。这时，只见窗外的他，手里端着两杯鲜榨甘蔗汁，一边不断朝两边张望和谦让着行驶的车与行人一边迈着矫健的步伐回到车门外。他伸手从窗边递给我一杯，说：“喝吧，很解渴的。”我接过溢着清香的甘蔗汁，慢慢地吸吮起来。而胡董则一口气用吸管将甘蔗汁饮完，并将果杯随手丢进路边的垃圾桶，然后返回了驾驶室。车子在他的轻松驾驶下，一溜烟上了火车站的天桥。

此时，深城的夜景真是美极了。只见灯火辉煌，人山人海，车窗外的行人在路灯的照射下显得特别的清晰。看得出来，胡董的车技很好，开车、溜车已成为他放松自己的方式。或许在车飞驶超越路牌的过程中，胡董希望自己内心那道深深的生命烙印可以在行进中被车轮碾碎，以求心中所有的不快均可化为尘埃被空气融解。又或许正是车的一路顺畅直驶，方可以使胡董忘记心中那永不愿忆起的过去，并期待有一种结果可以修补现实生活的错位。

朦胧中，位于新城大道南的大厦顶的钟楼敲起了震耳的钟声，我细细地数了一下，整整十下——十点钟。也就是说，我在他的车上已经坐了两个小时了。但是，现在的胡董还没有说出自己的故事，他究竟有多少难言之隐也不得而知；我唯有保持做一名忠实的听众，由他自己来追溯记忆的长河。胡董继续用他那并不平缓的音调说道：“女儿的出生带来我忧喜参半的人生，职业虽然承载着我的精神寄托，但家庭生活却让我的心灵倍感失落。”“一切因果都还是因为你没有做好当丈夫和父亲的准备吗？”我插了一句。“对，正是如此，您看过《李双双》这个电影吗？”胡董在应答声中侧头问我，还未等我回答，他又接了话：“望着女儿粉嫩的小脸和呀呀的啼哭声，我那并不成熟的心被分割成了两半。一个男人的心被情理分成两半是一种什么样的感受，您知道吗?”胡董的音调高了起来。我没有言语。“我的心一半用在女儿身上，一半扑在工作上，心里唯独没有一个地方属于我太太，她终究还是没有能够走进我的内心世界。我始终都无法做到将她与我理想中的那个‘梦中情人’和期待中的爱人角色相对应。因此，虽家有妻女却没有夫妻相爱情愫的生活状态，折磨着我的精神，令我常常面对现实却心存不甘。记得在上大学时有许多同学疯狂地追逐着校园里那仅有的几个出色的女生，而我一个从不显露男儿情怀的本科生却被校友们提名是和大家公认的那朵校花最佳绝配的才子。在那样青春躁动的情形下，我都如柳下惠一般面对美人照样可以拒千娇百媚于千里之外。尽管大学里的学生谈恋爱比比皆是，但我心中的情感目标是要在事业的拼搏中去寻求那种志同道合能够携手创业的职业女性。我一直很欣赏那些驰骋在职场上的女经理人，她们干练、独立，充满智慧，尤其是穿着一套纯白色的连衣裙，那种飘逸的神韵和英姿飒爽的仪态才是我梦寐以求的。然而，来到深城，职业的板凳还没有坐热，我就稀里糊涂地成了一家之长。所有的情恋幻想还没有开始就画上了永久的句号，这种精神欲望的失意成了左右我——一个男人追求美好爱情生活的障碍。”

“我看过《李双双》这个电影，说的是先结婚后恋爱的故事。”我插了一句话。“没错，刚才问您这话我就是想了解，为什么现实中的事件和电影里的故事情节比起来，差距怎么那么大啊！一开始，我想既然生米煮成了熟饭，也只有认了。男人还是要有责任心的嘛，不管怎么样，她怀上了我的孩子，自己是要承担到底的；但是，这种因为责任而做出的承诺，却在现实生活中让我们两个当事人享受不到生活所赋予的欢愉。因为婚姻的美满不是单靠责任就可以拥有的，对一个男人来说也不是身边有一个女人就会感到幸福和知足的。生活是浪漫的，是充满理想和激情的。我试图去爱这个和自己既成婚姻事实有缘又有份的女人，可是一想到那个早晨和那条白色连衣裙所衬托出来的那张陌生而又长满雀斑的面容，再联想到她怀孕的突然和身不由己的婚姻选择，我就怎么也提不起神来，唯有把心情不欢的苦水朝肚里咽。”说到这里的胡董真的咽了几下口水，似乎到现在那次的意外还像一根鱼刺一样狠狠地扎在他的喉管里未能吞咽下去。

“你是不是太理想化了，在我看来，你是被少年时代的梦想锁住了。是那条向往中的白色连衣裙被你情不自禁地抽象地融进了情感追求的世界，所以从那时候开始，你的心便由一种精神上的不爽快演变成了今天这一切都不得开解的心理，对不对?”我探询着他。“对，我想是自己的问题，是我的固执，还有就是我不甘心认命的复杂心理。”胡董继续把故事引向深入，“太太自从怀上了孩子就没有再因学习和工作出去过了，她在家里待产；我呢，则更加努力地赚钱养家，想到女儿出生后家庭生活可能产生的负担，我拿出了超过以往十倍的精力拼搏在职场上。您知道，20世纪90年代的深城地产业非常热，我这个建筑系高材生的职业发展舞台还是很大的，可是在设计院里工作，画图设计、规划创意这些工作暂时还不能给自己带来丰厚的收入。在权衡了公和私的利弊以及成长的空间后，我一咬牙，辞去了公职，自己开起了一家室内装潢设计公司。但那个时候的我手中根本没有一点点可以启动项目的资本。后来，还是跟老家的姐姐和父母以及亲戚东拼西凑地筹到了五十万元的资金，我才有了独自实施创业梦想的开始。

“公司是开起来了，但是如何经营并且能够生存和发展却让我这个不懂管理的工科生感到束手无策。我又四处游说，终于邀请到以前的两个校友。我们三个人组成了一个企业核心管理层，并做了责、权、利的详细分工。我自己也慷慨地拿出了公司百分之五十的股权分配给他们，我想重赏之下必有勇夫。这也算是自己投资发展之策略吧。就这样，我独自享有百分之五十股份、自己的两个同学各占百分之二十五股份的经营体系终于在公司开张半年后成熟起来。因为三个人都算是当家做主的小老板，所以大家都是倾尽个人所能，废寝忘食地把握着每一次商业盈利的机会，追求着创业路上的第一桶金。由于都是第一次踏入商业的领地，也是第一次承担掌柜的角色，我们三个年仅二十八岁的创业人也在奋斗中经历了不少波折。但是，我们硬是凭着一股不服输的劲头，持续让公司保持良性的发展轨迹，并在连滚带爬地苦苦经营了三个年头后，终于在艰难的创业路上迎来了我们开香槟的欢庆声。公司的现状是令人欣慰的，三年来我们共为数十家企业提供了专业设计服务，为上百户居家进行了房屋装修设计，企业内部也已拥有了一支稳定的专业人才队伍。我们三个领导人如今已是个个宝马配金鞍，有了可以任意支配和享受富贵生活的金钱资本，日子开始显露出天使般的快乐。可是，这三年来沉重的创业代价使我从一个踌躇满志的小伙子变成了一个事业家庭两头忙的‘小老头’，而我的两个伙伴则在事业逐渐收获的季节里继续享受着单身贵族的潇洒人生。由于我过早成家，所以没有了和他们一样轻松自在挥洒自由的资本。因此，这种患得患失的人生经历让我的精神一度陷入忧郁。”

“您知道干装饰设计这一行的辛劳在哪吗?”胡董突然话锋一转向我提出了另外一个问题。“我想一个装饰设计师就应该像医生一样，要求对自己设计的作品要像对生命一样的爱护和尊重吧!”我不假思索地说出了自己的答案。“您比喻得太好了，地产界的设计师就是把自己的作品当生命一样在追求着它永恒的市场品牌价值。因此，在如何塑造一个经典装饰作品的时候，每个设计师都像医生一样的在意作品原始的生命力，所以当我们开始规划设计一幢高楼、一个房屋的美景时，那才叫做寝食不安、呕心沥血。因此，三年来我在办公室里常常是一待就是一整天、一坐就是一晚上，累了在办公桌前的沙发上躺一下、饿了泡包方便面，常常使自己遗忘了还有一个可以回去卧床休息的家。”“那你的太太谁来照顾啊!”我轻声问道。胡董并没有马上回答我，而是轻轻地叹了一口气。

终于，他接着说：“说到太太，作为一个男人，有时候我也挺自责的，因为我始终没有给这个躺在我身边的女人一丝丈夫的爱怜和疼惜，更不要说什么温存，对她的关心和照顾都是为了‘责任’二字，这让我和她到如今都感到特别的痛苦。其实，我太太是一个非常善良、非常贤惠的广东女子。虽然她出生在一个贫寒的家庭，但在当地的村庄里，她可是唯一的一名高中生啊。因为从电视上了解到深城开放发展的远景，她就一个人背着简单的行李包独自来到了这个举目无亲的陌生城市。她白天到酒楼去做服务员，晚上就去上夜大。她和那些不甘心贫穷的乡下妹一样，渴望在深城寻找到一个美好的未来。和我的结缘同样也是一个巧合。因为那天晚上的舞会参与者，大部分是我们设计院的年轻人和他们夜大的学生。都是年轻的学子，自然放松了男女双方来往的警戒。我后来也曾问过她，当我把她带回宿舍，她不害怕吗？万一碰到不淑之人怎么办？您猜她怎么说，她说从踏进舞厅的第一眼她就被我帅气的风度吸引住了，她没有想到我会主动去牵她的手，更没有想到我会把她的手从舞池一直牵到自己的住处，但所有的一切她都是甘心情愿的。”讲到这里的胡董不经意地摇摇头，又长长地吁了一口气。

“难道你们真的不可以像李双双一样先结婚后恋爱吗?”我又插进一句。“现在我才知道，爱就是爱，爱一个人简单得只要你有爱你就会去爱。我认为自己和太太的结合一开始就是个错误，为了弥补这个错误，我又犯下了更加严重的错误。孩子本应是两个人爱情的结晶，而不应该是捆绑婚姻的绳索。如果为了一种所谓的责任而放弃夫妻双方在情感上应有的精神追求，那等结婚后要想去提炼和塑造一份期待中的情爱，可以说太难了，简直比创业还难。”胡董边接着我的提问回答着边用手掌拍打着方向盘，同时扭头转向车窗外。

车正行驶在市区旅游景点红树林的侧旁，一块块光亮的石头在月光的照射下显得傲然。忽然，他像突然发现了新大陆似的用急切的语速对我说：“就像在光溜溜的石头上种花，虽然你可以把种子平放在石头上，也可以依赖雨水去滋润她，更可以企盼用阳光去照耀她，但石头上的花朵始终也无法开放，希望的种子永远也发不了芽。”不知道是胡董的比喻经典地表达了爱情的意义，还是因为他的这个比喻影射出了他背后那个女人的婚姻结果，我的鼻子有点发酸。同样是女人，想到胡董的情感无味必然也会给他的太太带去生活的失意和冷漠的夫妻关系，我的心也有些失落。

或许是胡董关注到了我情绪的微妙变化，他又把话拉回了主题：“没有爱的日子，让我对现实生活失去了乐趣，尽管公司的业务发展蒸蒸日上，可是这一切都没有人能与我倾情分享。因为太太不是自己心仪的女人，她无法走进我的精神世界。我心中的梦想是为一个挚爱的女人去奋斗，为一个有情愫的家园去创造。所以，虽然我的企业在行业内站住了脚，可我渴望的家庭温情却在自己心灵遗落的港湾里漂泊，我总感觉幸福离自己很远、很远。后来，公司持续稳定发展，个人也有了更多的财富，我的斗志松懈下来，不需要再像从前那样天天留宿在岗位上，下班回家也就成了每天必然的走向。而此时，太太则用自己的努力经营着在三年里富裕起来的小家庭。她很知足，也很自豪，经常会听到她拿起电话向乡下的伙伴发出诚意的邀请。想一想也是，她现在不光嫁了个能干的老公，还有一个漂亮的女儿，再加上拥有一套让人羡慕的四房两厅的住房，在深城算是安家落户了，她当然要向乡下的小姐妹炫耀了。您刚才问我谁来照顾我太太，您肯定想象不出一个乡下妹的能干，从她怀孕到生孩子再到照顾我的生活起居，里里外外，这个家她从来都没有让我操过心，都是她一个人搞定。也许广东的女孩天生就具有很强的生活适应能力吧！我三年在外奋斗打拼，她三年在家没闲着，算是夫唱妇随吧！所以，这几年虽然我的心思全部在公司，她也没有任何埋怨，日子就在这平淡的生活中不痛不痒地流逝着。尽管我的内心世界始终有着难以排解的郁闷，但是女儿的成长也给我们的家庭生活带来了一些快乐。我把自己所有的爱都给予了我那年幼的女儿。女儿的成长也越来越多地唤起我这个年轻父亲舒心的笑容，有时候真希望那种轻松平静、知足有爱的心境可以永远停留。”

“听你这样说，其实现实婚姻中不管是一种什么样的因果结合，像你们这样夫妻里外同心能够分担生活甘苦的日子也是令人羡慕的呀。你觉得这些实际的生活内容和女儿带来的家庭幸福都不能淡化你对心中那种爱情神话的向往吗?”我轻声地问道。“我的痛苦症结就在这里，我事业的成功、家庭的富足不但没有让我从此倾心这种安居乐业的日子，反而让我躁动起来，我的体内涌动着一股热流想要释放，那是我对生活更高层次的追求欲望。我渴望一种全新的生活，我需要更强大的动力引导自己去创造人生更大的奇迹。”此时的胡董两眼发光，神情激昂，沉浸在自己的话题里。“你不是想离婚吧?”我小心翼翼地问道。“离婚?”胡董笑了，那种笑声是那么的轻松、淡定，让我不解其意。胡董“啪”地按响了喇叭，吓了我一跳。我正欲出声，他又连续地拍击下去，并在喇叭的轰鸣声中把车速提了上去。我连声说道：“危险，不要开快车。”他没有听，也没有出声，一路急驶约五分钟，然后把车停到了开阔的水中乐园的马路边。他关心地对我说：“下来踱踱步吧，车坐久了，脚容易肿。尤其是你们这些专家学者，恐怕还没空坐这么长时间的车吧。”

下了坐驾、用两手转动着手表链的胡董倚靠在车门上，把脸对着夜空高高地扬起，不知道他在想什么。我起身也下了车，迎着扑面而来的空气感到格外凉爽，望着“水中乐园”四个大字，想象着水中的浪花，心里禁不住温热起来。天底下有多少人和多少事就像层层翻滚的浪花一样让人抓不住、看不透啊！在胡董心里，生活是什么呢？什么才是他真正想要的生活呢？胡董把心中的情爱求索无限度地放大成了他不得解脱的精神枷锁，继而让自己充当起了在苍茫戈壁中寻找水源的生命饥渴者。他对梦想爱情的执著，深深地感染着我这个爱情至上主义者。但是，他这种过于沉重的情趣落寞让我非常担心他精神所求的圆满归宿。胡董的故事现在已经更加清晰了。这个男人追求理想生活的阶梯是驶向云端呢，还是落入花草丛生的山脊？我有了想和他继续分享下去的念头。

约摸停留了十分钟，我和胡董再次上车向新城方向驶去。胡董说要去港口转一圈，因为那里有一只船，是体现当年深城创业速度的标志。于是，我们这辆在深城的街市溜达了数小时的车，开始向离市区更远的地方驶去。“刚才我们说到哪里？”胡董问我。“离婚，我们刚才谈到了离婚这个话题。”我轻声地把话接了上去。胡董笑了，还是那种笑声，只不过笑声中已经没有了先前的淡定，而是充满着酸涩。我知道，这个在感情上外强中干的企业家尽管出于对我的信任向我袒露着自己的隐私，但是一旦涉及灵魂的解剖和人性的触及，尤其是要对一个陌生人彻底地暴露出自己的真实，那是需要当事人真正的勇气的。我不知道，此时的胡董会不会对我实话实说。

笑声过后传来胡董略显阴沉的话语：“离婚，对任何一个在深城创业的男人来说都不是件易事。因为，既然已经有了自己的女人、孩子，还有自己的家业和财富，再就是自己的事业和商誉，谁会为追求一份心中的爱情而抛弃现实的拥有呢？加上，对一个愿意承诺婚姻的成年人来讲，家庭的责任是永远的。可是我无法排解的是，这一切都按捺不住自己那颗愈来愈孤独、痛苦与不安分的心。我想要！想要自己的生活！可是我又不能亲手摧毁业已成形的家庭格局。在梦想与现实、理想和差距之间，我和太太在没有夫妻活力的相互磨合中，迈过了婚姻的‘三年波动期’、‘七年有痒期’，一直到女儿十岁。久而久之，外表强健的我已无法继续在体内包裹住自己那颗落寞的心，我的心灵世界在长久的压抑中产生了裂变。2004年，我的企业已发展得相当不错，在业界也颇有知名度，我也荣耀地、自然地被行业推崇进入到成功人士的阶层里。每天的社交相邀活动开始多起来，只要是名流聚集的地方，总是有人及时地把请柬送到我的面前。我的精神开始兴奋起来，我不知疲倦地往来于各种场合之间。在一次酒会中邂逅了我生命中的第一个因爱而疯狂想拥有的女人。”说到这里的胡董又用力地拍击了一下喇叭，在夜色中穿行的车更加急促地行驶起来。听到这我似乎又明白了许多，也许这个女人才是真正引发胡董心痛的症结吧。胡董把那句话吞吞吐吐地说出来后并没有马上展开话题，而是用左手把着方向盘、用右手从口袋里摸出一包大中华香烟并弹出一根夹在了耳边。看着他不知所措的举动，我知道胡董的人生故事现在才算开始。

“她很漂亮吗?”我问道。“不漂亮，但很高贵。”胡董应道。“说来听听。”我要求道。胡董略一迟疑还是开了口：“她是广州人，因为怀疑她生的儿子不是自己的，丈夫就和她离了婚。她和她先生是同学。没有离婚前他们在深城的郊外开着两家服装厂专门加工外销订单，生活比较富有，离婚后她和先生一人一个工厂各自打理着。”“你爱她什么?”我趁机切入主题。“不知道，感觉，一种冲动的感觉，冲动到想要和她厮守终身。”胡董几乎是咬着牙把声音从牙缝中挤了出来。“那她爱你吗?”“她像我太太当年那样一见钟情地痴迷上了我。”“你们关系发展了吗?”“没有。”“没有?”我用不解的眼神看着胡董。“没有。”胡董坚定地重复着。“那这是什么意思?”“意思很简单，我找到了自己最强烈的所爱，可是我却没有办法拥有它。”“为什么?”“不知道。”我像挤牙膏一样一点一点地从胡董的口中挤出他和那个女人的关系。

我感觉胡董在犹豫、在彷徨，他好像无法梳理自己心中那根纤细的情丝。我明白了，是这个高贵的女人顶着爱情的甘露来到他的身边，给了胡董生命的滋润，让他在即将跨入四十年的生命路途中与爱情触了电、结了缘，令他那欲求的心从此更加张扬和充满纠结。但是，我认为一个成功人士在仕途中不仅仅是要具有创业的本领，还应该拥有一个成熟的世界观和价值观——生活的缺陷固然让人遗憾，但现实的枷锁却非随心所欲便能打开。相信今天的胡董正在人生的十字路口迷惑着，向左还是向右令他无法平衡心境也同样难以抉择取舍。为了缓解胡董略显沉重、紧张与杂乱的思绪，我没有继续追踪话题，只是默默地等待着他自己平静。

终于，胡董继续讲述：“她是一个不幸的女人，很能干。在离婚前两个工厂主要靠她打理，可离婚的时候她先生拿走了一半的财产，并把六岁的孩子留给了她。她现在一个人管着工厂、带着个孩子，挺不容易的。”“为什么她先生说孩子不是自己的？现在科学这么发达，完全可以做亲子鉴定的呀，他先生干吗一定要和她离婚呢？”我在迷惑中说出了自己的不解。“我也不知道，反正她这么说，我也就相信了。我在心中深爱着她，她的过去我不在乎。”“我不是要了解她的过去，我只想知道为什么她的婚姻大厦会如此不堪一击，如果单纯是因为这个问题，似乎不应该是仅仅依靠离婚的形式来处理。那离婚后她痛苦吗？她和原来的先生感情深吗？”我追问道。“我好像对她过去的生活细节不是特别了解，和她一直也没有深谈过往事。”胡董满不在乎地说着。胡董的回答让我颇感意外。“那么你们现在的关系又是怎样的呢？”我又开始发问了。“我们俩现在的关系就是水与火的关系，永远也无法相容。”胡董的比拟让我更加意外，我正欲出声，胡董又接着说道：“一年了，我很痛苦，也很孤独，我的心事比十几年前翻了一倍。结婚前，我的心为自己苦；结婚后，我的心为自己的明天苦，有时候还为太太和孩子苦；如今，又因她而苦。我觉得自己有时候快要被这些杂乱无章的问题纠缠得窒息了，我迫切需要倾诉内心的压抑和调整精神状态，希望您可以了解我心中的苦衷。因为现在我特别渴望一个能够让我无拘无束敞开心灵的朋友，更需要一个可以指点我生活迷津的引路人。”此时的胡董向我敞开了他封闭了十几年的心门。

胡董的语言迫切而又急促，他的神态已不再是和我初会面时那般平静和自如。他就像一个落水的孩子，因为臂膀的无力而无法在急流中自救，但呼救的声音又因为身躯的疲惫而显得那么的微弱。胡董的情绪一落千丈，连车也无心开了。他把车顺道停在了路边并打开了车前灯，两束惨白的灯光照在干净的柏油马路上，闪耀的光束映衬着我和胡董在寂静夜空下的沉寂的表情。

“你能不能详细地告诉我你现在的真实想法？”我想开解他，虽然我也不知道这故事背后的状况到底有多复杂，但感觉告诉我，生活已经把这个男人逼到了墙角，他需要力量，而且是自己的力量。唯有调整他的身心力量、启动他生命的马达，才能真正解脱生活给予他的重压。“我前边说过，我一直在找，找一个能懂我的人，找一个可以让我的精神歇息的人，找一个可以为我的事业鼓掌的人。坦率说，我和我的太太长期以来除了夫妻肌肤之需，几乎没有情感之托。我是一个男人，男人是干什么的？我从少年时代开始就认为长大后的自己能做一个真正的男人，一个可以给我的女人千般爱意、万种呵护的强大的男人。但是，如今我的太太让我没有这种动力和激情，因为她只有高中毕业的水平，而且对人生的追求也没有什么宏大的目标。她的眼里只有洗衣、做饭，一日三餐和那套豪华的住宅，以及我加上女儿，再就是银行的存款。似乎有了这些她就万事知足了。她不知道，一个人除了吃饭、睡觉还有精神的需要。过去，我创业回家很累，她除了帮我放洗澡水、按摩双脚，几乎没有什么安慰的语言；她从来不过问我的公司、我的事业、我的追求，更不知道我的心里在想些什么。我能按时回家她自然很高兴，但是我因工作长久不回家，她对我这个爱人也不是特别的担心和牵挂。你说这样的日子有多乏味、多没劲。最难过的是她根本不了解我。曾经有几次我回家的心情也是很好的，家里总比公司轻松嘛！高兴起来想和她聊几句，她竟然也是东擦桌子西拖地，不能体会到我这个丈夫想要沟通交流的需要。有时候，真觉得她就是我家里雇养的一个保姆，没有一点情商。我的事业成功了，家里的日子也是越来越富裕了；但是，她除了发出满意的笑声，连一句赞美与欣赏我的话都不会说。这让我常常纠结，她是我老婆吗？没有一点夫妻情趣的感应，她不明白男人也需要鼓励和肯定。她不懂，她什么都不懂，不懂爱、不明事，只喜欢她那个小天地。”胡董毫无顾忌地倾诉对太太的不满。

我没有打断他的话，他接着说道：“而她就不同了，她和我太太是两种截然不同的人。记得我俩第一次碰杯，她便意味深长地对我说了句‘你的眼中有泪’，她就像一个会施魔法的妖女把我全部的心思吸引到她的身边。在我眼中，她的高贵来自于她所受的高等教育和那与生俱来的风情万种的仪态。她那得体的服装，优雅的举止，微微发福的身躯，均呈现出成熟女人性感的魅力；尤其是说着一口纯正的粤语，听起来特别温柔悦耳，令人充满幻想。和她在一起我也很放松，感觉很舒服，没有压力。而我家里那个只懂得煲汤的女人手里捏着大把的人民币，也不知道该买哪件衣服才能衬托出女性的美丽与气质，那广东话里吐出来的味也总是和乡下的土话粘连在一起，让人无法想象她是一个拥有千万资产的企业家夫人。相信您也知道，来深城的人都在变，变得成功、富有，变得美丽、时尚，变得有品位、有价值、有身份。而我认为自己的太太则变得越来越俗气。生了孩子的脸上斑点更多、皮肤更黄，身材也走了形，可她对家事的管制却越来越霸气。每天除了接送女儿上学、放学，做好一日三餐外，她就在家里清理打扫、浇花、养鱼，足不出户。你说这样的太太怎么能让我心动。她不知道这些生活之事如今请个保姆就可以了。但是，在我看来，太太为了拥有这个家里的一切，好像当家做主才是她真正热爱的事情。”胡董一口气把心中的话说了出来。

通过胡董的叙述，我基本了解了他痛苦的根源了，但是胡董似乎还没有点到问题的实质。“既然问题对你来讲这么鲜明，那你打算怎么解决这家里家外事与愿违的矛盾。”我的提问尖锐而又实际。胡董说：“这正是我无法释怀的原因，因为爱和不爱是两个永远无法画等号的问题，我已经四十岁了，我知道生活的质量是不能缺斤少两的，但我也明白人生没有单行道，有得便有失。我期待与太太能够相互依靠，两情相悦，地久天长；我更渴望生命的欲望可以让自己在激情燃烧的岁月里释放男人寻梦的力量。我想珍惜人生中的拥有，也想把握命运的恩赐。我的太太为我生了一个命根子女儿，而另一个女人却创造了一个让我狂想再爱一百年的追求目标。您说我该怎么办？我说和她水火不相容，是因为她的柔情似水总是能够浇灭我生活失意的心火，我本应好好地回应她给我带来的温柔，可是两种命运的选择让我在徘徊与无法定夺中与她擦肩而过。”“她走了？”我问。“对，她走了。因为伤感，因为我无法给她一个责任的承诺和婚姻的结果，她变卖了工厂去了新西兰。”胡董的声音有些哽咽。“有联系吗？”“没有，半年前她临上飞机时给我打来了一个电话。她说：‘如果大家可以续缘就争取在今生牵手，如果不能就永远不要再见。’”胡董的声音更加缓慢，像是在艰难中从记忆里搜索出这早已被他埋藏在心底令他徘徊、伤感的那个女人留下的诀别之言。

“既然她人都走了大半年了，你还没有回过神来？”我想调剂一下有些沉重的气氛，故意逗乐道。“她是走了，但是她也带走了我生活中原本尚存的那一丝期望。因为别离她的我回头再看看自己的生活，却已找不到可以继续容纳现实的心灵空间了。我更加懊悔自己早年的过失和草率的婚姻。当年的意气用事影响到我直至今天还不能过上自己想要过的日子，也许我永远也拥有不了那种充满心旷神怡的爱情日子了。”胡董忧伤地趴在了方向盘上。

现代人到底在渴求什么，要承受如此煎熬心灵的折磨，一个漫长的人生之路竟然包容不下一个凡人的七情六欲，难道作为一个人终难脱俗的还是我们那颗多情而又脆弱的儿女心？这是一个对爱情充满激情和幻想的中年男子，因为一个少年对白裙子姑娘的向往，而誓将爱情在心中进行到底；但是，身为一个成功男人，他在坚守着自己人性的同时，也同样承受着一个人秉性的折磨。其实，我们很多人都是生在福中不知福。什么是爱？爱不单单是激情和浪漫，爱是两个人在平平淡淡中将生活的大门修饰得更加坚实，爱是两个人各自牺牲、相互成全的义举，爱是家庭餐桌上的团圆，爱同样也是一种境界——那是一种不用语言就可传递的温暖和安全。胡董的太太代表着大部分的传统女性。从胡董的描述中，这个女人在我的心中被放大，其实她是懂她的男人的。我相信连胡董自己都没有意识到十年的婚姻并没有因为另外一个女人的介入而土崩瓦解，不完全是因为胡董个人的力量，事实上胡太太对家庭默默地付出已经在胡董心中注入了分量。爱情不是感性的作品，爱情是夫妻生活的润滑剂。也许刚刚领略爱情的男女并不知道究竟哪种味道才是彼此人生路上所必需的，但随着生活展开她绚丽的画卷，日子拉着结合的男女在生命的轨道上翻山越岭，那种天长地久的爱情魅力就自然而然地展示出来了。

但是，人这一生，还要经历多少磨炼才能真正懂得爱的含义。我知道，胡董的心在纠缠着他原本可以开怀的生活，这种让他心灵苦痛无助的结果其实早可以结束。于是我对他说：“如果你今天是想听到我的真心话，那我现在就可以告诉你。我认为，虽然你目前的生活现状对你人生追求的目标来说或许有些遗憾，但并没有缺陷。你不要再把自己的心魔保护起来，你要努力走出自己年轻时梦想的精神世界。听了你的故事，我对你也有了很深的理解。其实，你的婚姻并没有让我看到有多少令你悲观的地方，可能如今的生活与理想相比对你来讲的确缺乏一些美好的元素和期待，但我相信夫妻关系中的情趣差异是可以通过生活中的共同努力来弥补的。‘哪个少年不钟情？哪个少女不怀春？’对幸福家庭来说，最重要的还是两个人共同生活的思想基础与感情的互动和更新。多看看你太太今天身上的优点，你就可以淡化昨天那件白裙子给她带来的落差。我相信，你从那个我不知名的女士身上也看到了，生活的结局不是完全由爱情来做主的。的确，我们一生要追求的生活应该是美满的、有爱的且充满理想的，但更应该是踏实的。人生就是一个大舞台，人生如戏，戏如人生。我想，你和那个女人短暂的感情碰撞并不能完全定义为你心中爱情美满的结果。假如你们进入婚姻的家庭世界，还不知道两个人之间存在的思想差距有多大呢。因此，如今怀旧和追新对你来讲都未必是正确之策，唯有收收自己那颗不甘的心，重新去审视你和太太从初识到今天十几年同床共枕的生活，你也许才会真正体验到自己其实已经拥有了一份美好的感情世界。因此，我认为你今天必须放下心结用你心中的渴望去主动调和家庭温馨的氛围、增加与太太情感互动的热情。因为在我看来，从头到尾你只谈到了你自己多年的情爱失意；你似乎并没有去思考当年你太太愿意让你牵着她的手走进你的宿舍，就是因为她对你一见钟情的结果，婚后她又一如既往地充满着对你百般的依赖和对家庭的热爱。我想，多年来你对她有意无意地冷落肯定也让她和你一样承受着孤单和落寞的折磨，但是她好像从来都没有因此而埋怨过你，而是始终把家里打理得更好。我认为，这些都是她用心良苦的对家的爱护和爱你的执著。”

胡董已慢慢地从方向盘上抬起头来，他专注地听着我的话：“如今，在你的心里也曾在今生体验了一份你自以为的真爱，也就是说那个去新西兰的女士给了你一份美好的爱情感受。一个男人经历了也就够了，不要对生活想法太多。真正该解体的婚姻我们应该让它解体，但是如果仅仅是为了满足自己单一的情绪需要，就要慎重地权衡了，毕竟生活不是游戏。既然现实无法改变，那么就一定要想办法让生活丰富多彩。因此，如何让家庭的风帆和你的事业一起飞翔，这才是你今天要去努力奋斗的目标！我认为，作为男人，不仅仅是要给你太太送去温暖、呵护和鲜花，还应该让她知道你是家庭的掌舵人，是生活前进的方向盘，是她生命坚强的依靠，是她心中永远追逐的情郎。放下吧，胡董，只有放飞心灵的孤独，拥抱生活中的美好，你才会真正排除烦恼并开心起来。其实幸福和理想原本就可以掌握在你和太太的手中，你们彼此十几年的婚姻牵手已经成全了一个完整家庭幸福生活的结果。因此我相信，你们一定可以成为相知、相惜快乐的一家人。”我诚恳地对胡董表达着我对他的关心和希望。

胡董突然趴在方向盘上发出了号啕声，他的双肩抽泣着。从中年男人喉管里发出的哭泣声，让我平生第一次体验到，人作为高级动物也跟小昆虫一样在受到外界冲击的时候表现出承受力的极度脆弱。原来男人的哭声也是刺耳的。尽管哭泣对压抑的人来讲，既是一种宣泄，也是一种放松，但我的心还是被刺痛了。透过车窗玻璃，我抬头望着广袤迷蒙的夜空，心里真不是滋味。我想，如果不是身临其境，应该没有人能够读懂胡董此时的哭泣声背后那长久压抑的清高和无助。这是青春男子梦幻破灭后的悲戚，这是人生失意时必须继续的无奈。我的眼睛湿润了。“男儿有泪不轻弹”，我知道他自闭得太久了，以至于事业的成功、金钱的富足都没有驱走他自己无法开解的心魔。原本一个早就可以化解的感情忍怨，竟让他在无助中病入膏肓，身陷情海、不能自拔。“十年南柯一梦。”他不知道，在不满心理的驱逐下，自己丢失了多少轻松的日子，遗落了多少生活快乐的种子，放弃了多少夫妻同心同德携手塑造生活情调的美好愿望。一个成功的企业家人前人后两种生存的精神世界、一冷一热的现实和阴差阳错的命运，让胡董的中年蒙上了老年的垂气，令其苦不堪言。此时的我，听着他的哭声，回想起他电话中的急切，终于松了一口气。

哭声渐弱，我从挎包里掏出纸巾轻轻地递了过去。胡董慢慢地抬起身，接过纸巾拭擦着面容，他一连说了几句：“让您见笑了，让您见笑了。”“没关系，哭出来心里会舒服一些。”我安慰着他。胡董呆呆地坐着不再发表言论。夜深人静，我也害怕打破这种寂静，只有胡董手上的劳力士手表发出轻微的“嘀嗒”声。时间在慢慢地消失，我突然感到有点冷。夜更深了，我把两只手臂围绕在胸前，以求增加温暖。

终于，“走，回去睡个好觉。”说完这句话的胡董一把方向盘车子便动了起来。我想自己也该回去睡个好觉了，明天还有一大堆工作等着我呢。其实做一个听众也挺不容易的，当事人的喜怒哀乐、切肤之痛都会让我同感同受。此时的我也不由得长长地出了口气。一路上，我们谁也没有讲话，胡董的车速控制得很好，不紧不慢，车身轻而稳，让我有了欲睡的感觉。远处再次传来大钟的声音，已经是次日凌晨一点了，马路上的行人已寥寥无几。胡董把我安全地送到了我家的楼下，临走时他仍然没有多说话，只是伸出手来紧紧地和我握了一下便驾车离去。我站在路口，一直看到他的车尾灯消失在夜幕下才转身上楼，回家休息。

第二天一早，我刚进办公室就看到一大把鲜花摆在我的台面上，有代表着性格坚强、高雅、长寿、康宁的剑兰，有请相信我永恒之美的紫罗兰，有关怀、带来好运的满天星，有恒心竞技、得意的风信子，还有几支代表互敬互爱的扶郎鲜花，当然还有象征着纯洁、贞洁和天真无邪的百合花。整个花束芳香扑鼻，刹那间给我的办公室便增添了无限的喜气。我赶忙靠前细看，只见花丛中夹着一封信，是胡董写的。我展开来，只见粗犷的笔锋一路流畅地写着："早晨好，我的朋友，今天的阳光真好，大地温暖，我心释然，谢谢您！听君一席话，胜读十年书，我积郁了十多年的心结在昨晚被您解开了。是的，长时间以来我走进了生活的误区，沉迷于青春的梦幻，让原本七彩的生活变成了灰色的地带，而精神的孤独更是让我的心灵蒙上了死囚般的无助和无法剔除的忧伤。终于，今天的我感悟到了人生中的另一种情调。您说得很对，爱情只是生活的符号，生活本身就有着特殊的点缀爱情的力量，只有让理想和现实画等号才会迎来真正的美好。我会珍惜现在的家庭和继续建设事业的大厦，也真诚希望有一天可以请您来我家和我的太太、女儿一起品尝我家酿造的'胡家香槟'的真正味道，谢谢!! 另外，我想告诉您，为什么我要把见面的日子定到周四。因为昨天的今天就是周末了，送上鲜花意在不要因为我的故事让您不能过上一个轻松的假日，同样祝大家都有一个愉快的周末。顺祝一切都好！"胡董在信尾还用铅笔勾画出一个男人仰天大笑的漫画。看完短信的我笑了，真是一个颇有心思的男子。不知不觉中，我的眼睛已然湿润了，有了欲滴的泪，我被他和自己感动了。我立即拿起手机给胡董回了一条信息："谢谢，谢谢你送来美丽的鲜花，恭喜你愿意从此对生活开怀大笑，祝福你的世界有自己、有太太还有你们共同热爱的女儿，我为你们全家高兴。也祝你们天天开心、日日快乐！更祝你这个大企业家早日成为生活的大赢家！"

我叫秘书速到楼下买来一只精致的花瓶，把这束凝结着胡董新生梦想的鲜花插入透亮的水中。花束展开，美丽异常，尤其是花簇中的那一束百合花，让我陷入情绪平复后的思考中：在基督教中，百合花象征着纯洁、贞洁和天真无邪。在复活节时，百合花束经常出现在基督徒家庭中，因为它是耶稣复活的象征。在中国，百合花更是母爱的象征。在古罗马和希腊的婚礼上，百合花则象征着纯洁和天真，用百合花配有麦穗作为新娘的头饰，寓意着五谷丰登与百年好合。在中古世纪，百合花象征着女性之美，代表着女性纯洁的心灵。我想胡董送来的鲜花也一定暗含着许多他自己要去继续攀登生活的期望。我为他始终保持对爱情的执著和对美满生活的渴望而感动，也为他今天的精神振作而欣慰。是的，一个人要想获得快乐，必须在得失中成长！这个温文尔雅、帅气的成功人士和天下的普通男子一样在人生的情感上与生活的路途中让心路的命运起伏跌宕，差点遗失了真正的人生梦想。

我没有想到，胡董作为一个优秀的成功男人他不能解脱和释怀的心事竟然会是蹉跎爱情岁月所带来的精神困惑。他的这段特殊的生涯故事让我感受到了爱情的魅力是那样的不容轻视和充满着矫情与脆弱。现代爱情在许多人的心里的确是一道难以奢求的美味佳品，其多变与难得让许多人至今都在追求和眷恋中探索着真爱的存在究竟能为我们创造出多少人生的意义。但是，在当今这个以奋斗博取人生硕果的时代里并不是所有的人都愿意选择为爱情肝脑涂地。胡董的情感经历引出了我万千的思绪：是人的感性还是人的命运原本就曲折，大千世界不知道有多少人是在情感自我的纠葛中让生活丧失了本色和快乐。

我想起了那句流芳百世的至理名言："问世间情为何物，直叫人生死相许。"虽然我们不知道爱情究竟能够给我们的生活带来多少持久的温馨，但是如今的我们仍然有许多人正是因为在心灵的天堂里还自然地承载着爱情的美丽，所以才使大家有了像雄鹰一样插上写满真情的翅膀欲求展翅高飞到达向往的目的地。我们不会忘记那些经久不衰、流传于民间的"不爱江山爱美人"的男人们多情的故事，不会忽略典故记载中的那些为了自己深爱着的男人而终身不嫁的女人们，也不会忘记那些为了守候一份心灵深处的真爱而让自己永远身陷孤独的善男信女们。是什么让我们为了梦想中的爱情可以像飞蛾扑火一样让自己在无畏中燃尽，又是什么让我们可以为了一种灵魂的感觉而让自己变成精神贞操忠诚的守候者？是什么样的诱惑使我们这些单纯的人在不知不觉中备受心动的煎熬而为情欲所困，又是什么样的信念让我们仍然继续苛求着自己心中那份对爱情神圣的初衷？现代人究竟应该用一种什么样的情操去作为爱情和现实生活中那难以统一尺度的标准？虽然我不知道胡董最后是不是能够真正走出爱情得失的精神困境，但是我相信生活总是要在挺进中让人的命运附带上更多的精彩和美丽。

尽管最终我并没有给胡董提出更深刻的解决精神忧郁的最佳方式，但是我却深深地理解着胡董的心情。我认为，在人类这个仍然不懈追求精神爱恋的世界王国里，无论是男女关系和男欢女爱还是儿女私情之间所产生的任何话题与结局，都会让耳闻目睹的第三者无法正确评判其内涵的真谛。因为一旦牵扯到以上这些不为人知的情感问题就会让我们这些局外人感到束手无策，其主要的原因还是由于这种两性关系源自于本能的爱的旨意，这种使人情不自禁产生的精神欲望究竟是对还是错，我们这些不能切身体会的人实在无法感悟。我不能断然认定，是那个高贵的女人启动了胡董那原本就已经有些松动的感情闸门，还是这个女人用自己的吸引力为胡董设计出了爱情这道简单而又深奥的人生课题。

总之，胡董和这个他认定具备无限爱情元素的女人之间所牵引出来的精神邂逅和理智别离必将成为其人生经历中的一道记忆的彩虹。但是，这种情感阅历中的悲欢离合是否可以让胡董真正忘却人生失落的感伤和去努力与太太共同谱写夫妻情感归宿的新篇章，我不得而知。因为人一旦在心里埋下欲求的种子，就会在渴望收获的季节里希冀得失所带来的那种期待的结果，所以那些带着因果往来的爱情之梦究竟还要继续折磨当事人多久同样让我一时无法做出结论。另外，令胡董他们这些无法挣脱世俗情恋的人们在已经拥有了婚姻结果的同时，如何让自己的心境变得跟佛门圣地一样的清静和拥有自律的法力，这恐怕也不是我这个听众用单纯的语言就可以起到一锤定音的作用的。不过，虽然现在的我还不能为胡董心中沉淀的那曾经销魂的爱情片断做出最后的评述，但是最起码我可以用“理解万岁”送给他一份生活的祝福，因为无论如何生活都会在继续中让爱情的魂魄成为我们每个人的精神支柱之一，令我们面对心中所求欲罢不能。因此，唯有坦然面对，懂得取舍，才能得到大家都想要的幸福与美满的结果。

英雄的孤独谁能懂

——民营企业家创业心路

城市的孤独

他的确是一个成功的企业家，不仅可以创建自己辉煌的事业王国，还把一个生活的居家包装得如此华丽。遗憾的是，此时的他面对人生就像一个独自手持冲锋枪的战士，冒着枪林弹雨守住的只是一片看不见目标的废墟，让他显得那么的孤单和疲惫。

中午十二点，我正准备用餐，放在办公台上的手机震动了一下。我一看，是一个陌生的电话号码打了进来，随手接听起来，手机中传来低沉的男中音。我刚说了句："您好！"对方便问道："老师，可以和您见个面吗?""请问你是哪位?""我看了杂志上对您的采访，想和您见面聊聊。""有什么要紧的事吗?""怎么说呢，我想自己是患上冷漠症了。"对方说完便没有再出声。我拿着手机正在想该如何处理这个问题时，沉默片刻的对方说道："我知道您的时间很珍贵，但我希望您可以见我一面，或许对许多和我一样陷入身心困境的人有所帮助。"闻听此言，我不再犹豫。他简单地向我介绍了他的基本状况并和我定下了见面的时间。他姓盖，是一个广告公司的董事长，四十三岁，事业成功，仍旧单身，没恋、没爱、没娶。盖董的简历引发了我的好奇，我期待着能够走进他的心灵世界。

三日后的下午三点，我还在办公室处理文案，盖董的电话便打了进来。"我已经在楼下等您。""对不起，咱们不是约好晚上七点吗?""我下午没有什么特别重要的事，所以不知道怎么搞的，车就在我无意识地指挥下开到了您办公室的楼下，您看我已经到了，您就下来吧。"盖董的语气诙谐而又让人无法推辞，是不是有些做大老板的人都是这样，习惯了用坚持的语调、用不容商议的口气来和所有的人对话。我轻轻地摇了摇头，收了线，把案头的文档一推，提前走出了办公室。

出了电梯刚刚跨出大厦的玻璃门，只见对面马路边停着一辆白色的"奔驰 600"车。这辆豪华车在下午强烈阳光的映照下特别养眼，吸引着路人的注目。走下台阶的我正在用目光搜寻着盖董的身影，只见那辆车门开着的"奔驰 600"旁边站着的一个中年男子正在向我招手。我还在迟疑，他则跑过来催促着："老师，您快过来，我在这呢。"一刹那，盖董的形象印入了我的眼帘：身高有一米八左右，体形结实，浓眉大眼，是一个标准的美男子，但年龄实在不像他在电话中讲的那样有四十三岁，看上去也就三十七八岁吧。我快步上前。盖董侧身伸出手来，并说："您好！谢谢您的接见。"初次见面他已经显示出了一个男人的主动、沉稳和礼貌。在友好的开场白中我也伸出了右手并对他说："别客气，没什么的。"在我俩简短的寒暄声中，我们分别跨进车内。盖董把车启动起来朝城南大道上驶去。"我们这是去哪?"我轻声地问道。"去我家，我住在新城区。"

听说去他家，我有些不自然，我并不希望去他的家里谈一些工作方面的话题。也许是看出了我的心思，他笑着对我说："不用担心什么，我只是想让您参观一下我的居家，或许对了解我的病情有帮助。""你怎么就认为自己有病呢?""唉！知人莫若己呀，如果不是我觉得自己需要医生了，我也不会因看了采访您的文章有所触动而给您打电话。自从和您联络上，这三天来，我已经无心工作了，每天我都在计算着时间的分分秒秒，我就像一个站在运动场上的长跑运动员在太阳下暴晒了几个小时，口干得急需一只冰棍儿来解渴，正迫不及待地等着您送来清凉降温品呢。"盖董的比喻让我开始寻找起这个男人心中的故事轮廓，虽然在电话中他已与我做过简单的叙述，但是和他真正近距离坐在一起交谈才能够切身体会到他那我行我素性格中所固有的那份孤傲。

不到二十分钟，我们便来到了他居住的花园小区。我知道，这样的复式楼售价至少都需要数百万。他娴熟地把车开进铁闸门，停好车，带着我一起来到住宅前。随后，他掏出钥匙打开了客厅的大门，然后对我说："请进。"盖董侧身礼让着我。我抬头望去，只见一张巨幅黑白半身照扑面而来。照片上的盖董眼神忧郁、深邃，那件V字领的T恤带着名牌的高贵包裹着他那充满魅力的体姿，让人过目难忘。房间太大了：这张巨幅照片呈现在大厅的中央；左边是一排在落地豪华窗帘映衬下的名贵红木沙发；右边是一台宽大的五十六英寸三菱液晶电视，据说这种电视的分辨率达"3840×2160"，价格也在五十万元左右。地板上的铺垫我认得，这是来自印度最精致的毛地毯，据说使用一百年都不会坏。天花板上镶嵌着一个盘旋似的顶棚吊灯，样式犹如一盏开放的莲花灯，一眼望去让人充满想象。盖董在我扫视客厅时把灯具的开关一一打开。此时的我才真正体验到了什么叫做金碧辉煌：原来在客厅的每个隐蔽处，还躲藏着一只只闪耀着七彩灯光的壁灯，它们在盖董的随意操作下纷纷显示出装饰居家美丽的功能，真可谓美不胜收。

我还站在大厅的中央，盖董就已经转身走到屋内一角漂亮的吧台旁，用电热壶开始烧水。他说："我请您喝咖啡吧。"望着正在冲调咖啡的盖董不断舞动双臂的背影，我一时之间也找不到一个准确的角色来这里充当一个他所需要的什么样的精神医生。没有回头的盖董说了句："您先坐下，这煮咖啡是很有讲究的，时间过长过短都不行，冲调水质水量也颇有说法。早年去了一趟巴西，自己也就学会了冲调咖啡。咖啡这玩意儿不错，如今在我的生活中既起着缓解压力、麻醉神经的作用，也成为我工作困倦的清醒剂。因此，在所有的饮料中我特别偏好饮咖啡。您呢？你们这些心灵的老师可能不需要用这些洋东西来改善与调剂状态吧！”我没有回应他，而是慢慢地踱步到了窗帘下。“这房间真漂亮，是你自己设计的吗？”“是啊，您看我这里的一切装饰如何？颜色和谐吗？”盖董转过头来用期待的眼光望着我问道。“漂亮，完全无法想象，这个窗帘的颜色很大胆，不像是出自男性的眼光。”“您不是想暗示些什么吧！”盖董敏感地回应道。“不，我说的是真的，其实从颜色的喜好与审美观，我们也可看出一个人许多的性格特质。”“是吗？太神了，那待会您就评价一下我吧！”盖董在我俩一问一答的对话中端来了两杯热咖啡，他把其中的一杯递给了我。

我坐到了茶几前，宽大的红木茶几凝聚着一种庄严。咖啡杯很漂亮，其上有着一种少见的花纹，咖啡杯中弥漫出的热气让花纹的轮廓在迷离雾气的环绕中显得有些朦胧。“有盐、有糖，随您放，反正我喝咖啡就喜欢什么也不放，就贪咖啡那个苦味。”盖董边说边在我侧面的沙发上坐了下来。盖董喝咖啡的样子也很特别：他像一个小孩一样用咖啡匙细细地一口一口地往嘴里递送着并不滚烫的咖啡，而不是用杯具对着双唇品饮下去。通过这一细节，我可以进一步感悟到对面这个男人细腻闲适和内敛沉静的一面，看来他是一个不紧不慢的人，要想和他碰撞思想应该不那么容易。

果然，盖董摆起了礼数：“我在电话中告诉您我得了冷漠症，您看我像不像？”“你对冷漠症了解多少？”我不动声色地反问道。“我在书上看到过，冷漠症的主要症状之一是不喜欢主动，被动是他们的特色，这样的人通常有一段被伤害的童年或前尘往事，他习惯被人喜欢而不习惯喜欢他人；冷漠症的症状之二是没有特别的休闲生活，家与办公室是他生命过程中的两个重心，星期日则是他的休息日或者睡觉日。”盖董对冷漠症一些综合表象的流利表述，使我意识到他对自己的认知到了一个深刻的高度。

“患冷漠症的人还有一个突出的表现，那就是冷漠对他来说有时是一副面具，用来遮掩那颗易受伤的心；有时也会是一种伪装，是当事人用来逃避和抵挡感情烦恼的工具。”他补充道。“那你认为自己的症状更倾向于哪一种呢？”我追问着。“唉！所谓当局者迷呀！我对自己是越来越不了解了，也不知道自己到底需要些什么。我四十三岁，您相信吗？现在的我像一个没条件谈恋爱、没能力组建家庭的人吗？应该没有人相信，因此总有那么多的热心人在帮我的个人问题穿针引线。尤其是我的父母，恨不得在今天把我送进洞房，明天就可以抱上盖家的孙子。想想也是，我的父母已是年过七十的人了，可是我的感情并没有像我的事业那样顺风顺水，一道现实的门槛把我的心愿和爱情的目标与婚姻的选配分割成了三个生活的极端，始终无法统一起来。眼看自己的黑发中已夹杂着刺眼的白发，一个男人的精神雄风犹在而心却遗落在红尘世俗之外，您说我该怎么办？”盖董端着咖啡杯的手在微微地颤抖。这个看似不爱激动的人，说起自己的无奈也有点冲动。

“你可以和我谈谈你自己吗？”我轻声地发问，以求平缓他的心境。

“我请您来就是想好好地谈谈我自己。二十年前我从西子湖畔的某商学院毕业来到深城，带着少年赤子之心试图在南国美丽的深城找到自己人生最佳的创业舞台。当时的深城虽属发展中的城市，但是每天拥入深城来淘金的人还是很多的，那个拥入深城的队伍中可谓男女老少、形形色色的人都有。一时间，偌大的城市已经包容不了这么多急需在这里落脚的游子们，每天在阳光下和时间赛跑的人都是在心里渴望着那原本就很简单的一日三餐和一床铺盖。求职的成功成了每个人追求的目标，因为只有找到一份工作，你才可以在深城拥有一份自信和成就。工作是每个游子赖以生存的基础，工作是你跨向成功、实现个人价值的起点，工作也是你在深城街头轻松漫步的自豪，有了工作你才能真正打开三无人员的心理枷锁，才能扬眉吐气穿行于深城繁华的街道与高楼之中。在茫茫的求职大军中，我的个人力量显得微不足道，仅仅靠一张商学院的毕业文凭还不能让自己在一封封的求职信中寻找到中标的希望。整整半年，我在一次又一次的面试中与自己心中向往的职业岗位擦肩而过；一日又一日，我坐在东门的天桥下仰望漆黑的夜空，把思乡的泪水往肚里吞咽；一月又一月，我站在公共电话亭内把那无助的语调调适到充满朝气而又生动悦耳，以求给父母报个虚假的平安，并谎称自己在工作上又取得了优异的成绩。每当这时，我这七尺男儿都忍不住内心的失落，对自己来深城发展的选择产生了的疑惑。可是，深城是一个充满魔力的城市，只要你走近深城、感受深城，你就会像被丘比特情箭射中的少女，对这个还不算完全呈现美丽的城市一见钟情、至死不渝。而我则像《少年维特之烦恼》中的主人公一样，为之烦恼而又情不自禁。在未来理想的召唤中，我暗暗发誓：‘不成功，不在深城闯出一席之地，绝不离开深城，永不回归故里。’我像一个上紧了发条的马达，更加狂热地穿梭在求职的路途中。我在冷静中把自己屡次应聘落榜的原因做了分析，发现自己择业中的败笔是在求职表上无一例外地反映出我的清高与自我。当时的深城，既现实又实际，既是创业人的天堂也是奋斗者的考场。只有充分体现出拼搏的精神、选择的务实以及自我发展的定位具备创造的资本等优势，才能让招聘你的企业看到你未来的职业作为和你可能具有的人才价值，并给你一个上岗任职发挥能力的空间。于是，我精心准备的一份带着虔诚和渴望为企业贡献自己无限热情的自荐书一路过关斩将，终于为自己赢来了在深城九个月来风餐露宿后的第一个就业机缘。我成了一家广告公司的专职业务员，试用期三个月。主要靠业绩获取利益回报，公司负责提供住宿，并包一顿中餐，岗位待遇是底薪加提成。尽管当时底薪只有六百元，但我已经很知足了。

“要是在九个月前，六百元钱的五倍才是刚刚符合我选择工作的基本条件；但是九个月后的我已经看懂了深城，这是一个多么富于挑战的城市啊，想不劳而获单凭学历赢天下的理想在此时的深城很难实现，只有拥有真材实料并懂得深城企业真正需要的人才能在激烈的岗位竞争中占有优势。那个时候，不光要求应聘者必须具备德、才和技能，还需要应聘者有一种劳动者的心态。因为事业是干出来的，不是海口夸出来的，只有放下自己的狂妄且能入乡随俗才是初来深城求职者真正成功的法宝。我是幸运的，感谢深城给了我九个月的拒绝期，正是因为有这九个月的四处流浪和对这个城市一步步的熟悉，第一天上班时，我就不需要用地图来指引自己外出寻找客户。我站在公司的大门前，在心里暗暗发誓：路在脚下，深城我爱你，我要在这里成家置业，我要让自己成为商界的一个明星，我要珍惜这来之不易的工作机会，我要成功，我一定会成功，蓝天作证，深城的日月请陪伴我走完这更加需要自己努力拼搏的万里长征。于是，心存豪迈的我带着不服输的牛劲，每天挥洒着汗珠，承载着疲累，早出晚归，不厌其烦、口干舌燥地游说着那些需要广告发布的企业客户。‘皇天不负有心人’，我终于成功地为公司签下了我上岗后的第一张三万元钱的业务单，我的个人提成就有百分之十五。当月我拿到了比我刚来深城预想的三千元工资还要高的薪水，底薪六百元再加上提成的四千五百元一共五千一百元。记得发工资时正值那一天的下午四点钟，我从财务部发薪水的出纳手中领到工资袋后心怦怦直跳，不敢打开工资袋数一下，便冲出了公司的大门。慌不择路的我跑到城南大道的十字路口，看着来来往往的人群和川流不息的车辆，红绿灯的交织闪烁犹如我奋力求索的人生路途。回想起父母千思万缕的牵挂和日日夜夜的担忧以及自己一直以来的坚强和无助，刹那间，我的热泪夺眶而出。这是喜极而泣，这是我在深城闯荡岁月艰辛日子的浓缩剂，这是我穿街走巷的酸甜苦辣在迂回，这更是我对深城理想目标失而复得的庆幸。虽然已是傍晚时分，但太阳公公仍然用他的慈悲把余热融入我因收获而格外骄傲挺拔的胸膛，阳光照射下的背影映衬出的是我穿梭于行人中那鹤立鸡群、潇洒自在、急切奔跑的身姿。我感到体内很热，于是奋起疾跑钻进了对面路旁的一间啤酒屋。坐在吧台上，我放开酒量就着小菜一连喝了十杯黑啤，直到有些微醺，最后我小心翼翼地从工资袋中抽出三张百元大钞结了账。当我迈着有些踉跄的步履走出啤酒屋时，深城的夜空已是繁星点点，扑面的海风微微拂过，我有些清醒了。

“马路边有一个老阿婆在卖菠萝，她睁大渴望的双眼招呼着每一个从她身边走过的大人和小孩，希望人们可以留步向她购买已经削好的菠萝。阿婆的眼神让我想起了自己的母亲，我强压着脏腑内翻滚的啤酒泡，朝电话亭疾步走去。当听筒里传来父亲那一声低沉的‘喂’时，我的鼻子一酸，想要流泪。我按捺着有些激动的情绪对父亲说：‘家里都好吗?’父亲仍然是那句‘你好，家里就好’。母亲接过了话筒，她总是有着太多的话要对儿子说：‘我的儿，你已经有一个月没有给妈妈打电话了，你好吗?’‘妈，我很好，我想你们，你们一定要多保重。妈，明天我会给你寄三千元钱回去，你们把生活过好一点。’妈妈在电话那头提高了声音：‘三千元，孩子，你哪来那么多钱。’‘妈妈，深城工资高，你放心，这都是你儿子的血汗钱，干净的。’妈妈在电话那头哭了：‘孩子，我们家不需要钱，我们需要你健康、平安，这钱妈妈帮你存起来将来娶媳妇用。'母亲柔软的语调让我在瞬间想起了'慈母手中线，游子身上衣，临行密密缝，报得三春晖'的诗句。我再也忍不住亲情别离的感伤，我在泪流满面中匆忙挂了机。酒精的作用历来是感性而又热烈的，此时的我才真正体会到，眼泪不是女人的专利，眼泪也是男人身上的武力，只要受到能量的挤压，泪水一样也可以从男人的眼中犹如利剑舞动一般挥洒而出。我倚靠在电话亭里任凭夺眶而出的泪水穿过我因过量饮酒而发烫的双颊。此时我才想起那五千多元钱人民币是多么的来之不易，才能够真正感悟到母亲那句我已经一个月没有和他们联系的牵挂声。是的，九个月和一个月，让我的创业梦想从一只幼小的蚕蛹褪变成了一只充满希望的职业花蝴蝶，这个过程就像母亲十月怀胎只有带着阵痛生产才能诞生出一个希望的生命一样，令人揪心和喜悦。"

此时的盖董两手抱在胸前，表情凝重，眼神中闪烁着晶莹的泪花。在房屋吸顶灯的辉映下，他就像一尊塑像岿然不动，但透过视觉可以感应到他起伏的胸膛下面埋藏着的炽热正焚烧着他回顾往昔的心。我轻轻地叹了一口气。我能够体会到他在深城创业初期的艰辛。深城的魅力既在于她可以用海的呼吸、阳光的温情来代替城市建设蓬勃向上的背景，同时也在于她用完美的传说修饰着往来游子创业背后的血泪故事。的确，城市发展的过程伴着多少人奋斗的艰辛，往往在当事人功成名就后不被他人所知。我从茶几上的纸巾盒中抽出一张轻柔而又洁白的纸巾递到盖董的面前，因为我看到他已饱含泪水的眼角有一滴泪就快要滑落下来。盖董伸手缓缓接过我送上的纸巾，轻轻地拭擦着双目，随后他站起身朝吧台走去。在他转身的一刹那，这个企业家伟岸的背影让我顿生歉意，也许最后我根本帮助不了他。我知道，直到今天他也没有忘记自己第一次拿到薪水时的那份心情和泪水，他根本无法克制和掩饰自己进入往昔的那种无法言表的情绪。这也让我猜想着他一定还有更多的精彩阅历会展现出来让我感知。

盖董又重新冲调了一壶热咖啡并回到了沙发前，他坐下来为我倒上一杯并顺手帮我夹了三块白色方糖。为什么他会放三块糖而不是一块或者两块呢？我在心里自问着。盖董没有抬头但似乎也猜到了我的心思，他开口说道："放一块糖代表的是一个人，放两块糖代表的则是甜和蜜，放三块糖代表的那可就是甜蜜蜜。”我一下子笑了起来，轻声地对他说：“你也懂这个品味咖啡的游戏。”“太懂了，要知道我也是老深城人了。您一定记得，当时的深城有这样一帮初来乍到的创业人，因为以前在家乡谁都没有喝过咖啡，所以当他们在喝咖啡的时候总是讨论究竟要放几块糖，后来大家你一言我一语地就在早期深城部分喝咖啡的人群中传出了这样一个关于放糖的说法。我想您喝咖啡一定是一个放三块白糖的人，所以我也就替您做主了。”盖董调侃的语调带着坚定，他似乎还想和我就咖啡这个放糖的问题多谈一点共性的认知，但是我并没有向他说明自己的喜好，而是用沉默来等待着他再次敞开心门的倾诉。

见我没有对应话题的意思，盖董在饮下一口咖啡后，又进入了回忆时光的隧道。他清了清嗓音，说：“我在内地读书时就听说深城可以挣到很多钱，但当我拿到自己的劳动所得时，尽管我知道在深城挣钱并不像他人传说的那样易得，但是对未来充满信心的我还是咬着牙把三千元钱汇给了母亲。因为做业务没有通讯联络方式那可不行，所以剩下的钱我首先想到的是要去配一个传呼机，并在专卖店左挑右拣选中了一个价格、形款都让我中意的黑色传呼机。尽管购买传呼机花去了我一千多元钱，但当我在腰带的一侧佩戴上这个让自己倍感自豪的小玩意时，我突然感到自己离深城人的距离近了，深城的一半蓝天也已经是属于我的了。佩戴着奋斗的工具，我更加自信也更加努力。我给自己定下了‘玩命’的目标。一天二十四个小时，我这个一米八的男人除了吃饭、睡觉，完全将自己置身于开发建立客户的人际关系之中。成绩是突出的，三个月的试用期过去了，我被破格提升为部门经理，底薪上调到一千五百元。就这样忘我地跑着、跑着，我在这家公司一干就是四年，不仅成为公司的元老，并且担任着副总经理的职位。尽管在我打工的日子里，也充满着机缘的诱惑和前途的变数，许多私营企业老板看中了我投入工作的执著和高大俊朗的外表，给了我许多另向发展的选择机会，但我都婉言拒绝了。刚来深城前九个月的现实给我上了深刻的一课，那就是：做别人都不愿去做的事，你得到的是成绩；做大家都去做的事，你得到的将是失意。这两句话的意思就是说‘三百六十行，行行出状元’。不必要舍近求远去做一个总在他人背后跟着转的人，只有做自己力所能及的事才会成功。刚来深城的人都以为有一张文凭就可以挑选职业，结果高不成、低不就，最后落个一无所有、打道回府的大有人在。而我一个商学院的高材生放弃自我的优越，选择做一个普普通通的业务员，虽然学的专业暂时没有用上，但在求生存、求发展中一样找到了生活的帆船，有了事业的路线。尽管自己当时应聘业务员也只是想求个生存的起点，但后来在业务拓展中，我总结出了广告业发展的远景：这是一个融文化创意、商业包装以及包罗万象的推广宣传策划于一体的全新的事业领域。要想在这个行业里取得成功，需要从业人员多方面的才华，我自己觉得挺有挑战性的，也能胜任，所以也就一直没有跳槽。

“当然，在这里面还有另一个情结，那就是我的感恩之心。在我来深城最困惑、最无助的时候，是这家公司给了我一次就业的机会；而且公司的老板也一直将企业发展得相当不错，对我们几个铁杆职员也很器重。所以，除非我想自己当老板，不然我绝不会离开这个让我翻身做主人的公司。直到那一年，公司千辛万苦预约到一个食品行业的大客户，委派我去接洽，不巧因我的一时疏忽，少带了一份市场调研报告呈给客户详阅而导致此业务意外泡汤。这可是数百万的广告投入量啊。当时的广告市场已经是一派欣欣向荣、百花齐放的景象，行业竞争非常激烈。眼看着煮熟的鸭子飞掉了，我的老板一反平常的温和，在公司的大小会议上大发雷霆，强烈指责我给公司带来的商业损失。性急中，他还脱口蹦出一句骂娘的粗话。就因为这个大庭广众之下的不文明行为，我愤起抗议，摔掉了手中的工作笔记本，一脚踢翻桌椅并转身而去。于是，我离开了这家公司。事后，这个老板又找到了我，并向我承认了错误，说明自己那天也是气昏了头，因此在众人面前失了态。但是，伤了颜面的我去意已决，尽管他再三挽留，我还是在辞呈上固执地签上了自己的大名。离开了自己呕心沥血打拼的工作平台，我在茫然中不知何去何从。经过冷静后的思绪梳理，一个大胆的念头涌上我的心头，我决定自己当老板，回想着自己跑业务多年积累下来的商务管道和人脉资源，我的自信油然而生。

“我把手中所有的积蓄取出来注册了一家文化传播公司，今非昔比的深城让我相信这个曾被人誉为‘文化沙漠’的城市，在明天将会掀起必然的文化浪潮，文化书籍、文化品位都离不开文化的传播，我应该从这里腾飞。于是，在我的精心构思与规划下自己的公司可以开始运作了。但是，万事俱备，只欠东风，当时的我手下尚没有一兵一卒。联想到自己当年求职的心理，于是我决定到深城人才大市场去招兵买马。在那里，我用自己犀利的目光搜索着求职人群中适合的人才。终于在我的细细考量中，我带回了五男两女，加上我自己共八个人，开始了小规模企业的发展史。十年弹指一挥间，我的名字上了地方民营企业家风云榜，我的公司也已成为文化传播领域里的一艘航空母舰——稳健而又风光。我的事业是成功了，想不到的是新的烦恼却不期而遇。"说到这里的盖董站了起来，他伸展了一下双臂转身朝楼上走去，见我坐在沙发上没有起身的意思，便对我说："请您参观一下我楼上的起居室。"我站起来还没有表示认同，他就换掉脚上的皮鞋自顾自地上楼去了。无言中，我只好来到楼梯口，从墙角排列整齐的拖鞋中找出一双合脚的换上，扶着楼梯的把手慢慢地朝楼上走去。

来到楼上又是另一番耀眼的景观：只见二楼楼梯口处摆放着一对江西"景德镇"陶瓷花瓶，粗大的瓶肚上缠绕着一棵硕大的梅花图案，梅花的鲜艳很刺眼并让人浮想联翩。盖董带着我巡视着二楼的每一个房间：干净、整洁、亮丽，还有就是那与众不同的大胆的设计风格。房屋内所有陈设的混合色系让进入的人对屋内的生活充满了想象，那种居家装饰颜色的夸张带着房屋主人思想的气息，融入深深的浪漫和感性的激情与神秘的意境中，透射着未来居家日子可能会不一样的感触。我睁大双眼快速地浏览着房屋的一切。只见盖董推开了一扇雕刻着龙凤图样的双扉门。抬眼望去，偌大的空间只简单地容纳着一张宽大无比的双人床，在床头同样有着和门上一样的龙凤图案，而且床和门一样都是用红木做的，可以想象得出定做的价格一定不菲。

盖董说："这个床我从来没有睡过，我在等待，可以说我已经等待了很多年。可是，现在还没有一个女人可以和我一起真正地拥有它。""为什么？"我望着那张床上摆放着的一对粉红色荷花边枕头，轻声问道。"因为我病了。""什么病？""比癌症还要可怕的病。""有这么严重？""是太严重了。"盖董在和我的对话中轻轻地带上了房门。我和他一起来到了楼下。在我换鞋的时候，我注意地观看了一下摆放整齐的拖鞋，的确没有一双女人的鞋。这让我想起了进门时他对我讲的冷漠症，难道他真的是一个不喜欢主动和只习惯被他人喜欢而不习惯喜欢他人的人吗？此时，墙上的挂钟发出了清脆的响声，抬眼望去，不知不觉中已经是晚上七点钟，我有点饿了。盖董附和着钟声对我说："瞧，在深城，时间总是跑得那么快，让人想抓也抓不住，这也才两个喝咖啡的时辰就已经到吃晚饭的时间了。这样吧，我的病待会儿再看，我先去弄点吃的，您看看电视或者看看我企业的画册。我的手艺不错的，您尝后肯定难忘。"不容我推辞，盖董微笑地讲述着并一转身进了厨房。

我没有打开电视，而是静静地倚靠在沙发上，听着厨房内传来水龙头的冲洗声，猜想着盖董的厨艺，翻看着茶几上他企业那厚厚的宣传画册。不知不觉中有了一种了解。我判断着他所说的病症，回味着盖董的故事片断，思考着他事业的高楼和他一个人在这里生活的环境。我突然找到了原因，这是孤寂，是一个人长期独居失落心灵的阴冷，是一个人在拥有了豪华生活后的那种人生追求的刻意，是当事人不能选择到简单的爱情法则而陷入的精神困境，是男人对女人渴望拥抱背后的失意。我站了起来，朝厨房走去。我知道我有了和他沟通的话题，此时的我很希望自己可以读懂他。他的确是一个成功的企业家，不仅可以创建自己辉煌的事业王国，还把一个生活的居家包装得如此华丽。遗憾的是，此时的他面对人生就像一个独自手持冲锋枪的战士，冒着枪林弹雨守住的只是一片看不见目标的废墟，让他显得那么的孤单和疲惫。如今的他，生活成了自己久违爱情的桑田，而欲望却在需要的冲撞中迸发出滚滚热浪，可清高的他却还不能把握住自己的精神来源，始终无法让轻松的心理融入快乐的状态。

我轻轻推开厨房的门，只见盖董正在切着一只金华火腿肠，案台上已经摆着三个盛满绿色食品的盘子。见我进来，他招呼道："正好您可以把这些端出去了。"他继续着他的杰作，我则把所有的菜盘端了出来。"终于可以开宴了。"盖董像小孩一样呼喊着从厨房里端出一碗热气腾腾的西红柿蛋汤，我们用热汤代替着酒水把两只瓷碗碰到了一起。盖董认真地对我说："谢谢您，谢谢您可以让我在今天讲述我自己的故事，吃完饭还要拜托您给我的思想把把脉、诊疗诊疗，直到把我忧郁的心情治好。""其实你不需要把脉，也不需诊疗，你只需要放开胸怀大胆地去追求未来，一切都会如愿以偿。"我笑着一语双关地回应着盖董注视着我的目光。"这么容易，那我一定要试试。”他发出了爽朗的笑声。我和盖董在相互交流、轻松愉快的气氛中用完了晚餐。“你的手艺的确不错，我吃得很好，谢谢你的辛劳。”“关键看您是否难忘，如果难忘，那才能体现出我的厨艺颇好。”盖董故意高声地说道。我没有再和他继续这个话题。吃完饭，他不要我帮手，自己把桌子上的碗筷送进厨房并放进了洗碗机，简单而又快速地完成了清洁工作。原来他的厨房全部选用了家庭自动化厨具，一切都可以依赖科技成果来解除需要人工操作的烦恼。这让我想起了那些为了吃顿饭在厨房里一待就是几个小时的普通人家。其实对所有人来说，生活的繁重压力还不仅仅是指经济的拮据，还有操持家务的繁琐也会让人感到日子过起来实在是有着无法轻易摆脱的辛劳。

看来，咖啡的确已成为盖董品味生活的兴奋剂，他第三次为我端上了咖啡，我们开始了饱餐后的话题。“说说你的烦恼。”我单刀直入直奔主题。盖董沉吟了片刻，他似乎在寻找一种最佳的表达语句，半晌他才发出一种无可奈何的声音：“在我打工的日子，我不敢去恋爱，因为我的心里没有照顾爱人的底气；在我当老板的日子我不想去爱，因为我还有着那么多干不完的事情；在我成功的日子我没有了爱情的追求欲，是因为我已无能力识别出谁是我爱情的伴侣。”“是因为你的富有让你对走近自己的女人有着猜疑？”我追问道。“不是，是十几年商海战役让我感受到了在深城择偶成家与创业收获同样不易。”

我一时没有听明白盖董想表达的意思。看到我探询的目光，盖董带着轻描淡写的神情给我讲了三个小故事：“我曾和三个女人因爱情、感情、婚姻的需要有过婚恋进行曲。第一个是我刚开公司时碰到的一个来自哈尔滨的女模特，她和我是同龄人，漂亮、出众，是很多男人想要得到的美人。一次机缘的巧合让她对我格外敬仰，像天下所有男人获取爱情的手段一样，我在她柔情似水的目光闪烁中开始频频和她见面以增进了解。半年后，在我还没有弄懂自己到底爱不爱她的时候，她竟然在我出差的空当，跑到我的公司以老板娘的口吻教育和指挥起我的员工来。她的迫不及待与虚荣、自我和浅薄让我灰心不已，从此我谢绝了她多次恳切的邀约。这段没有开始的爱情令我在不自在中成了追求爱情的逃兵。后来，我又碰到一个比我小七八岁的女孩。她在一家公司做文员，每天上班除了收发信件、接接电话也没有什么其他的事情可以做。也许是同样来自西子湖畔吧，我和她以老乡见老乡、两眼泪旺旺的乡情缘分开始了交往。这个女孩模样清纯得就像西子湖畔的湖水，娇嫩、亮丽，是一个招人怜爱的可心人。可是，一来二往我才发现在她那清纯的外表下面有着一颗并不单纯的心。她是一个金钱至上主义者，用青春与美貌来赢取一个拥有财富的成功男人是她的人生信条。她每天的精力除了上班就是要求去逛街，这种明显的金钱欲让我看不到自己未来家庭主妇的影子。有时候，繁忙的工作让我陷入疲惫，她仍然在电话中娇嗔着要我带她去采购化妆品。以她的文员收入，这种精品名店的东西她是很难支付得起的。利用老乡之间自然的熟悉和恋人的亲近，她一次又一次把自己的私欲推向我的视野。一个贪得无厌的女人，一个总认为成功男人就是一部刷卡机的女人，一个只懂得物资消费而不能够善解人意的恋人，让我在还不知道该如何去爱她的时候，情感的水渠则被她的无度索取而自动地关上了继续倾情的闸门。在我放弃和她继续交往的时候，她接受了另外一个愿意带着她不断出入各种奢侈品专卖店的男人的邀请。据说，后来她也没有再去上班了。”

盖董在叙述完这一故事后，深深地叹了口气，不知道是为自己，还是为那个来自西子湖畔的女孩。看得出来，以上两段只有感觉而没有感应的爱情碰撞史，事实上已成为他未来人生情感归宿中不愉快的烙印，影响着如今的他对现实生活中择偶的标准。

盖董又继续讲述：“再后来，我又碰到一个女子，她独自在深城的郊外开着一家服装加工厂，可谓‘同是天涯沦落人，相逢何必曾相识’。我未婚，她待嫁，又同样有着各自热爱的事业。我们俩既拥有生活富裕的资本，又有着职业人相同的素养和气质，而且年龄相当、选择匹配，想必是应该有一个美好的开始。然而，现实又一次作弄了我。这个不简单的女子用自己超常的意志、苦拼的精神，从一个流水线打工妹到今天拥有个人资产数千万的服装界名人，走过的创业艰辛让她变得啰唆、敏感、霸气和自我。由于两人的生活起点都比较高，因此在我们尚没有拉开花前月下的序幕时，她就扮演了谢幕的角色。当时的她在市外，我在市内，平日大家都各自有忙不完的公事，唯有周末两颗渴望异性相伴的孤独之心才在躁动中希冀爱神的降临，所以我们不谋而合地把周末的相聚作为双方交织爱情誓言的行动力，我期待着演绎可能完美结合的感情戏。然而，我的出现并不能完全占据她生命的楼宇，在咖啡的品味中，她的客户电话也总是时不时介入我们好不容易才筑造出来的温馨情调里。她投入工作状态时常常置我于独自苦饮咖啡的窘况下。每一次，她在电话中对助理处理工作事务的交代中都像一个母亲对孩子般反复叮咛，她忘我的神情令坐在对面的我感到压抑与无聊，没有了交流的激情。有时候我俩一个甜蜜的话题还没有结束，她又像想起什么似的拿起了手机，她毫不忌讳在我面前提高对她的下属训斥的声音。她对事业的专注超出了对我依赖的需求，让我这个骄傲的男人感觉到了心中的爱情正在彼此的相聚中被冷落、被淡化、被抛弃。于是，三个月后的一次再见，驱使着我换了手机，和她彻底断绝了可能往来的音讯。自此以后，我对感情已经麻木，很多女人成了我生命中的过客。我既没有再去捕捉，也没有再去挽留。唯有保守地用心在停留、在等候，再也没有去行动。可是，我知道用精神的麻木去奢望一个生活的结果对于自己而言是多么的荒唐和无用。可是，在现实面前，我丧失了动力之源，也害怕着自己这种不知所谓的心理。于是，我开始将日子盘踞在自己孤单一人的世界里，成了一个患有冷漠症的人。”

盖董将双手插进自己的头发，将面颊深深地埋在自己的双腿上，他一动不动地将就着这种坐姿，再也没有出声。看得出来，无论他现在的事业有多成功，住宅有多豪华，在人前有多风光，追求生活的本质内容对他来说却是无法轻松、潇洒的一次沉重的人生旅行。现实让他陷于无边的失落。事实上，在我们身边，不知道有多少人的心都是在事业的进步中少了那份从容与淡定，放弃了多少本能的心愿，牺牲了多少幸福的精神追求，承受了多少无助的心灵剧痛。谁能说，这不是一个时代应该关注的社会内容，这的确也是一个现代城市所表现出来的孤独。因为没有了愿意互动的心灵，没有了在希望中行走的脚步，没有了有情人终成眷属的牵手，遗留下的也只能是都市灯火下的那些尚在孤单中不知所措并祈盼生活归宿的人们。

在深城，在当今，每一个人都像脱缰的骏马奋力向心目中事业的草原奔去，那里的山和水以及绿色的草地才是吸引人们不顾一切去拥抱的世界。有人说，现代人的一年要承受着先人一百年经受的变化。的确，强大的压力让我们的一切都来不得半点闪失，每个人都在拼命追求各自设计的人生目标中用自我主宰并建立与周围一切可能往来的关系。大家表现得都很坦诚，但也都很刻意地表现出距离的分寸；大家都很需要彼此，但也都洒脱得起；大家都想去真爱，但也不愿意轻易给予；大家都在喊我要成功，但也可以接受失败的现实。他们理性而又感性，坚强而又脆弱，敏感而又粗犷，这一切让现代人在人生的迷失和拥有中令欲望和所求变得清晰。我在想，盖董的故事凝聚着在现代职业生涯中那一部分先富起来的人的追求和向往，他们在历经创业艰辛的路上奉献的是青春和汗水，得到的是财富和地位，寻找的是真情和真爱。他们似乎比普通人更向往那种精神驾驭生命的浪漫日子，他们企盼着复式楼传来的仍然是平常人家生活的笑声，梦想着成功的桂冠不要成为男女两性的差距。他们更大的愿望和更多的理想是渴望在和父辈一样平平凡凡、平平淡淡、踏踏实实的人生路上，让幸福的日子过得更加有内涵和更加多姿多彩。

“你愿意接受我的建议吗?”我问道。盖董慢慢地抬起头来，两眼直视着我，说：“愿意，我非常愿意，我已经迫不及待地等着您给我一个解除我病症的建议。”盖董的话语很直白，其中也隐含着一丝真心的依赖。

面对盖董的眼神和在意的心态，我给他讲述了另外一个真实的故事：“这是一个让人感动的故事，故事中的主人公也是我内心欣赏并敬佩的一个人。他是一个企业的董事长。他和你一样，因为成功，因为富有，因为更高层面的精神需求，因为特殊身份的择偶标准，他屡屡结交女友，次次倍感失落。最终在多次情感栽培的变数中，他患上了严重的精神忧郁症。他开始用消极的态度来应付周围的一切。忧郁症使他在很大程度上厌倦了所有的人和事，也削减了他追求未来幸福生活的信心和勇气。终于在一个周末的夜晚，他采取了结束生命来平复自己那颗无法再承受感情变化的脆弱之心。封闭一切门窗后的他打开了煤气炉的开关，闭上眼睛静静地朝死亡线上靠去。此时，刺鼻的煤气弥漫在整个房间，恰巧他的父亲把问候儿子的电话打了进来。枕头边的手机铃声带着对生命挽留的呼唤，一遍遍顽强地感召着即将陷入半昏迷的当事人。在生死轮回的那一瞬，他似乎感觉到了活着的必要。他伸出颤抖无力的双手，拨打了‘120’急救电话。对美好生活的向往和对亲人的不舍将他从鬼门关拉了回来。我在听到这令人震惊的消息后，赶到了医院。此时的他已经在医生的急救中逐渐清醒。虚弱中的他用眼神向我传递着他想瓦解内心痛苦的欲望，那种求助的目光让我的心在医院惨白的日光灯下战栗着。我知道，当事人痛苦神态的背后究竟包含了多少难言之隐是他人无法揣摸的。尤其是一个成功的企业家，现实中挽留他生命的力量是那样的微不足道，情感的创伤竟会让一个事业铁汉在生活的梦想中折腰，可见他所承载的心理'杂草'足以将他的精神支柱活生生掩埋。我轻轻地在他输液的床头坐下，帮他把被角掖好后和他交流起来。你知道吗？自古以来，'人心易碎'这句话已成为常理，而'病由心生'则是千古不变的真理。你今天差点做了自我生命的罪人。'对不起，惊动了你们这些关心我的人，放弃活着的脆弱心理让我看到了自己做人的渺小和自卑的内心世界，我恨自己不能解脱痛苦。'他主动表述着自己的忧虑。我继续对他说：'不管是什么样的挫败都不应该抹杀一个男人生命的强悍，尤其是一个真正笑傲江湖的创业人。事业的成功、地位和荣誉更多代表的是对社会应尽的爱心和责任，爱情是一条漫长的河流，缘分才是理想的天空，我们每个人都应该把握生命的每一分钟，去追逐人生价值的最高峰。常言道，爱情诚可贵，生命价更高，万万不可放弃自我，你一定要好起来。'

"闻听此言，一行热泪顺着他的脸颊流到了枕头上，他从被窝里伸出双手握住了我的手。他此时的用力让我的手有些痛，我感觉到了他心中那份即将走向新生的决心和充满坚持的男子豪气。恢复体能后的他从此就像换了一个人似的，他把自己的工作日程排得更加紧凑。除了自己的职业，他把自己可能的空间都给了社会。慈善、公益成了他传递爱心的火炬。终于在一次贵州扶贫的探访中，他邂逅了一位乡村女教师，两人一见钟情、情投意合。乡村女教师的简单和质朴让他倍感轻松和快乐，而他对事业的执著、对社会的贡献也让女教师更加信赖一个男人的品格。天赐良缘，随遇而安的二人如今不光有着一个幸福美满的家庭，还有着一对双胞胎儿女。如今，这个企业家和他的乡村女教师太太更加关注大山里那些失学的儿童，他们夫妻俩每年都带着自己的一双儿女赴贫困山区探贫救助。他曾给我发来一条信息，内容是这样写的：'人生苦短，活出生命的魅力，走出心理的误区，面对现代社会复杂而又多变的一面，尊重每个人追求生活的信念，我要让自己的日子绽放出和谐的花瓣，感谢奋斗的人生孕育出我们这些创业人新的生命价值观。’”

我拿出手机把信息内容呈现到盖董的面前。一直专注倾听且时时陷入沉思的盖董此时有些激动，他似乎在一瞬间的思想碰撞中找到了自己心中那份沉淀的意念。他豁然开朗地说道：“我好像看到了自己受伤的命脉，也感觉到了自己的心结在裂变。我是不是太消极了，这可能是因为自己长期在职业道路上的独行拼杀失落了许多美好的人生期待。因此，我在成功后的骄傲中虽沉迷于理想化生活的痴情，却用逃避现实来封闭自己的身心，以至于让孤独的自己在一次次追求与思考的过程中少了一些倾注未来的热情。最重要的还是由于自己把冷漠和欢笑做了错位的交替，让我在美丽的城市、宽阔的居家中承受着精神的自虐。沮丧、怀疑、悲观也把我的健康状态浓缩成冷漠症的孤影。我一直以为这种孤僻是我爱情失意后的胆怯。看来，我是被现实左右了。不敢去爱，不想去爱，不愿去爱，只想等待。在等待中焦虑，在岁月中老去，在空房子里叹气。虽然我心中有想法，可又不确定自己到底想要去追求什么；但我明白自己的精神在无助下走向了焦虑和窒息，思想病倒在心路遗失的困惑前。”盖董似乎已有点语无伦次，他表达着自己此时的心境，全然不顾我是否真正听明白、听进去。激奋中他站了起来，我知道，他这是又要去冲一壶热咖啡。果然，盖董迈着轻快的步伐一头扎进了吧台并开始忙乎起来，再看那背影，似乎比我刚来时更凸显男人的刚毅。我在心里轻轻地松了一口气，不枉此行的结果让我感觉到了祝福的意义。

又是一个黑夜的开始，和盖董进行完最后的交流。我对他说：“夜深了，你明天还要在企业中扮演王的角色，今天就到此为止吧！我相信你并没有患上什么冷漠症，从你居家的用心装饰中我可以品味出你对美好生活与爱情的热切向往。因此，我认为你今天只是需要一个听众，一个可以让你放任思绪喃喃自语倾诉心绪的空间。你的心灵也只是暂时疲倦了，因为你的创业生涯告诉我你不光是一个财富的拥有者，你还是一个想要摘取精神桂冠的王子。爱从来都不会对人吝啬她美妙的功能和书写传奇的画笔，我相信在你不懈的追求中，真爱一定会插上翅膀飞向你渴望的世界。”

盖董在我的祝福中再一次睁大了双眼，他用一种近似孩子气的口吻问道："您对我这房子的装饰是一种什么样的评价？""很漂亮，也很富丽，且高贵中夹杂着古朴的美观与大方。再就是那浓浓色彩扑面而来的居家气息从你每一个房间里弥漫出来，吸引着光顾和爱惜它的人，但是……"还未等我继续，他迫不及待地打断了我的描述："但是什么？""真是个性急的人。"我看到他的样子想到了"天真"二字，一个大男人有时候真不是绝对的男人，男人有时候就是一个尚未完全脱离稚气的孩子。"但是，这房间唯一的落差就是楼上床头的那一对鸳鸯枕头太新了，没有用过的痕迹，会让人感觉走进的不是现实的家庭，倒像是一个陈列生活饰品的商业展馆。"我意味深长地笑着把话题接了下去。盖董突然大笑起来，他说："您不会是想说这些都像是西安城里那些秦王的古董吧，但是您说得也对，我再这样让孤居的日子沉寂下去，这里恐怕真的只是剩下一幅生活的图画了。"讲完此话后的盖董抓耳挠腮地显示着自己的无奈。我没有将此话题接应下去，而是轻声细语地对他说："其实佳人如酒，好女人就像一瓶珍藏的美酒需要慢慢品味，其欣赏中的美妙如何，全凭一个男人对爱情是否充满了情真意切的感悟和令人舒畅的嗅觉，无论这个女人是红酒的化身，还是白酒的原汁原味。总之，女人那各有千秋的柔情万种是需要你们这些男人全身心的投入方可拥有一份不变的感受。"闻听此言的盖董突然有点发呆地站在了原地，似乎他对女人的感觉在自我情恋的封闭中早已经没有了辨析的能力，他略显迟钝的表情让我看来颇感滑稽。我没有理会他，而是一边继续说笑着一边互让着和他一起走出了那给了我极深印象的复式楼。

锁了家门的盖董一头钻进了他的小车，我则最后环视了一下这幢花园小别墅的外观。环境真的不错，是一个居家的好住处，我在心里自语道。上了车，盖董哼起了庞龙那一首经典的歌曲《你是我的玫瑰花》："一朵花儿开，就有一朵花儿败，满山的鲜花，只有你是我的珍爱，好好的等待，等你这朵玫瑰开……你是我的玫瑰，你是我的花，你是我的爱人，是我的牵挂……是我一生永远爱着的玫瑰花，不管风雨有多大，我只爱你这一朵玫瑰花……"盖董的声音和庞龙的声音一样，略显沙哑的音腔穿透出的是一个男人对爱情向往的沧桑。我知道，盖董心中的情感世界一定很美好，他口中那个所谓的冷漠症也只不过是他急欲掩饰自我内心需要的一个讲话的技巧。其实，一个男人的恋情究竟需要怎样的内容才能明了，我想只有让女人钻进了男人用爱情布置出来的生活圈套，人生才会在两性知足中拍手称好。我没有再说什么。我认为，他也没有了这种让我去启蒙情商的需要。也许是已倾诉完心中所有堆积的问题，轻声哼着歌的盖董和我一样一路都没有再用语言去撞击彼此不想再开启的心房。

车子缓缓行进，不一会儿盖董就把我送到了家门口。我笑着对盖董说："谢谢你的咖啡和丰富的晚餐，祝你的事业和爱情都能够像你的咖啡一样在苦味的亢奋中还能品尝到过后的那份甘醇，同时也祝福你未来的人生像春暖花开一样充满美丽，只有收获，没有冷漠；当然，更希望你能够早日拥有期待中的爱情与快乐。"盖董连声说着："谢谢，谢谢！"我转身下车朝家中走去。"等等。"盖董突然钻出车门，朝我走来。他不好意思地对我说："可以拥抱一下您吗？"我愣了一下，随即就恢复了自然的神态。我说："当然可以。"只见盖董脸上露出神圣而又严肃的表情，他用自己宽阔高大的身姿向我传递着他此时的心声。我知道，这个在事业上早已胜者为王的企业家残存在心灵一角的那份孤独就要像冰雪一样被融化了。虽然我还不知道他将会对生活保持多久的笑容，但最起码他已经拥有了自己释放"心露"的草原，他的未来不是梦。我接受着他礼貌的拥抱，想象着一个男人背后的孩子气，不由得笑了起来。

英雄的孤独谁能懂

——民营企业家创业心路

苦恼的人生

成功人士的生活经历远比那些普通人更加曲折，他们很多人都是在拼命压缩生命享乐的创业征途中又被套上了牢固的人生枷锁。

星期天的上午，我正在家中贪睡，放在床头的手机突然响了，取过来一看，是一条信息：“我们下午三点在新城大酒店西餐厅见面，您看合适吗？落款：柴。”这时我才想起有一个叫柴总的人在两周前约了我，但他自己一时又不能决定准确见面的时间，所以只得另约。可是今天是周日，繁忙了许久的我真的好想在家里休息一下。见我没有动静，柴总又把信息的内容连发了两遍。一诺千金的待人风格不容我再回避，我即刻回复了他：“好的，下午见。”“我来接您，您在哪里等我？”“不用了，我还是自己过去好了。”“还是让我来接您吧！”信息内容温和而又坚定，我考虑了一下，用短信告诉了他来接我的地点。

一个上午，我都在品味着这个突如其来的短信。我发现这些企业家们大都是热情和注重礼仪的，尤其是在待人接物上，男人的仗义风度让他们尽显英雄本色。可能在他们的心目中，我既是他们所需要的听众，也是一个理应接受他们爱护的对象，所以每一个约访我的人都尽可能地把我照顾得很周到。和他们在一起，虽然体会着五味人生，但是也能在他们开怀的瞬间享受到高素养、高品质人格带来的那种受尊重的舒畅。这让我体验到“只可意会，不可言传”这句话的奥妙。这些社会精英们在扮演着强者角色的心灵内侧总是保持和交织着那份男子对人对事心性的痴迷和狂热，无论是谈工作、讲爱情还是抨击社会时弊，他们的形象永远代表着王的张扬、高大与强健，只有走近他们才知道什么叫做“真心英雄”。

下午两点三十分我准时来到我家楼下的马路旁，眼瞅着过往的车，猜想着柴总会开着一辆什么样的车来接我。突然，一辆宾利超豪华跑车停到了我面前，是欧陆 GT 型。据说这种车的时速为每小时三百一十八公里，是全世界最快的双门四座跑车，价值人民币二百多万元呢。我正欲后退避闪，只见车门一推钻出一个人来，身高大约一米七二，样貌清秀，估计也就四十五六岁。他礼貌地绕过车身朝我走来，说：“不好意思，打扰您周末休息了，我姓柴。”我连忙迎上说：“没有关系，我的工作性质是这样，常常没有固定休息的时间。”“请上车吧！”他招呼着我，并绅士般地为我打开了车门。在帮我关好车门后，他自己也上了车。即刻，车便飞驶起来。

有人说“车是男人的第二个老婆”，大部分的男人在对车的喜爱上已经超过了女人对购物的狂热。还有人说通过一个男人对车的喜好也可以评判出其许多心理需要和对事物的喜好。柴总的车果然不一样，我有种坐飞机的感觉。车轻、静、快、稳，即便是拐弯都会让你体验到豪华车和其他车不一样的那种特别的享受。再就是尽管奔驰在马路上的私家车一辆接一辆，我还是可以在红绿灯交替时透过车窗看到一些司机投来探视的目光。柴总的车漂亮、出众、舒服、富贵，既吸引着路人的观望，也让我在心里细细地分析着他有可能和我分享的人生故事。如果用“瞬间”来形容我们穿越城南大道直抵新城大酒店西餐厅目的地的时间一点都不夸张，因为柴总开车的水平使我相信和这辆宾利豪华车一样已达到一个非常出色的境地。

不到三点，我和柴总已经坐到了位于建设路旁西餐厅的卡座包间内。西餐厅的包间虽然很小，但很有异国情调。柴总和我分别在餐台的两头坐下。包间内柔和的灯光把柴总那张清秀的脸庞映衬得更加纤瘦和苍白且略显沧桑，从口音听出他应该是江浙一带的人。刚刚就座的柴总并没有马上说话，而是让服务生先端上了一只大果盘，他没有问我需要什么，而是给我和他自己各要了一杯热奶茶。我和他没有开场白的客套，一切服务的程序都由他自己和服务生交流着。不一会儿，餐桌上就摆满了不知道他是为自己还是为我点的一大堆西式点心和什锦类小吃。看样子他要畅所欲言了，我在心里揣摩着。果真如此，他首先打破了平静：“今天请您来很冒昧，我知道每个做事的人都非常珍惜星期日这个周末假期，但是事出无奈，唯有辛苦您了。”柴总一开口就显示出他极有修养的一面。不过，在我看来，他讲话时那紧锁的双眉和没有丝毫动容的表情却包含了一丝苦涩。他有多少急于求解的问题，我不得而知，唯有继续用平静的态度来面对这个似乎正承受着莫名压力的人。

“我是上海人，六年前来到深城，最初我并不是来创业的，因为我在上海原本就有一个很好的家境。我的太太是一个很能干的女人，而且很新潮，结婚十几年我们仍然是一个典型的‘丁克’家庭。她嫁给我的时候，我还是一个普普通通的大学生。她的父母在上海的律师界颇有知名度，常年的法律工作结交了政界、商界、军界各路朋友。因此，岳父母的社交圈子也成了我和太太打开上海商业大门最有力的人脉支持。由于我和太太是青梅竹马的同学，又是从小学到大学的同窗学子，这种深厚的感情基础让我们在婚后共同的生活中奉献出了各自的爱与情。有人说上海的女人很特别，其实上海女人的矫情主要来自于那种与生俱来的城市化优越感。自古以来，上海滩就是才子佳人梦想成真的殿堂，是大浪淘沙的商业世纪长廊。上海女人很懂得享受，尤其是她们总喜欢对自己的男人吆喝成了世人眼中那幸福女人自然的爱情索取。她们在爱着自己男人的时候，也在要求着爱她的男人迁就自己。我很爱我太太，虽然她身上时时爆发出大小姐任性刁蛮的坏脾气，但我还是心甘情愿地在她面前做一个大上海的小男人。”

也许是我的眼神充满了探询，柴总把话停顿了下来，见我并没有出声，他又开始了讲述：“您可能认为我在自扁，不是的，上海男人的‘长情’和感情的细腻是许多他乡男士学不来的。我们在心里认同着自己所爱的女人那天生在上的价值，我们不仅明白如何向喜欢的女人送去传递爱情的火炬，更懂得如何去照顾所爱的女人与呵护她们的高贵，同时也享受着她们娇嗔的霸气。这就是我们这些上海男人追求幸福生活的一种爱情方程式。”

说到这里的柴总轻轻地摇了摇头，见我没有提问，他又开始讲了起来：“刚刚改革开放的中国，处处充满商机和陷阱，在一次独立操作国际贸易的业务中，我不小心使自己和太太联名开创的公司从事业的高峰跌回到从零开始的境地。此次的经营败笔行为让我的太太对我的商业 EQ 产生了怀疑，她不甘心投入多年心血发展起来的公司就这样从此走向衰退。于是，她继续一个人重新依靠父母的资金和人际关系的支持让公司起死回生，我则在检讨自己重大商务决策失误的懊悔中被太太勒令回到家中修身养性，再也没有跨进公司大门一步。一年过去了，太太重新成了商界屈指可数的知名人物。我呢，还是躲在家里打发着日子，每天除了上网就是在厨房里进进出出。家里的男女角色发生了质的变化。太太认为，现在这种我主内、她主外的家庭组合方式也不错，她不再埋怨我当初的失策，我也不再强辩自己曾经的对错，岁月就在这周而复始夫妻职能角色的变换中悄悄走过。又是一年过去了，新年的钟声震响了我一个男人无法长期承受闭门思过的沉寂，作为一个男人更不能接受这种似乎永远都没有事业方向沉沦般的压抑。我想继续回到办公室去工作，但太太在提醒我曾经犯下的严重错误时，婉言拒绝了我出山的请求。太太认为，如今公司在她精心的管理下发展得很好，执照上又同样拥有我这个法人的身份，既然都是夫妻的共同财产所有，我也不必再去追求些什么。就这样，我在太太不容颠覆的要求下在家里继续将身心的欲望'冷冻'起来。

"又是半年过去了，六月的上海天气湿闷，让待在家里看书练字的我变得更加烦躁起来。想起一个老同学在深城搞画展，就想出去看看。太太见我每日在家里无所作为，的确也是闷得发慌，听我说想去外地走走也非常支持。安顿好家中一切事务，我即将南下。临出家门口时太太温柔地对我说：'今天我亲自开车送你去机场。'我很感动，能够得到太太的理解，我自认为此次出行异地的决定是正确的，由此也增强了我对深城久闻不如一见的渴望。然而，太太将车刚刚行驶至去机场的路途中，秘书的一个电话让她决定立即返回公司。她顺手在马路边为我拦了一辆的士，将我对她这一生首次在机场夫妻深情惜别的期待锁进了自己感情需求的遗憾里。我和太太谁也没有想到，深城一行竟然会从此埋下我们夫妻俩终身都无法化解的人生矛盾。

"离开上海来到阳光灿烂的深城，首先吸引我的是深城创业人那快节奏的工作效率。深城人敢想、敢拼、敢干的精神把蕴藏在我体内的那股男人原始的战斗力在瞬间充分地激发起来。初来乍到的我，没有沉迷于深城耀眼的蓝天和美丽的夜景，而是到我同学的公司参与了画展的设计。也许是我天生就是一个文化艺术的创造者；又或许是我在职业的道路上休整停顿得太久；更有可能是一个男人在创业征程上的跌倒不但不会让他从此一蹶不振，反而可以让他拥有更加能够反败为胜的技能。总之，我在深城找到了属于自己事业的跳板，对职业强烈的热爱和对工作得心应手的表现，让我萌发了在深城组建自己公司的打算。此时，我的太太在上海也正把我们名下共同的企业发展到上了规模升级的台阶。电话中太太忙得连和我细细商议决定和倾诉爱情思念的时间都没有，只一句'你想干就自己干吧，暂时不回来也行，如果干不好就回上海来吧'。是什么让我那多情的江南女子变成了商海的铁娘子，夫妻恩爱一场，却在此时连一个温情的话语都来不及给予她便收了线，我有点失落。尽管我想在深城大展拳脚，可我仍然眷恋在上海与太太相扶相携恩爱无比的家庭温暖，如果在深城扎下事业的根基，就意味着我们夫妻分居的相思战线将要因此而无限度地拉长距离。但是，这些让人一时间无法用思想去度量的现实问题只在我稍稍的顾虑中做了一下停留，我便以男人应以事业为重说服了自己。于是，我在深城开始打捞起创业资本的第一桶金。

“当时的深城文化领域热火朝天，许多经典的书画作品在画市上频频得以交易，珍藏和收藏名家作品成了纪念和怀念文化人的一种经典行为。我的公司画展生意做得有声有色，吸引了东南亚许多投资商关注的眼球。他们纷纷前来和我接洽商议，希望我能够架起一座穿越国际画展的桥梁，让更多生活在异国他乡的华人可以观赏和领略到中国古老书画艺术的精湛，同时也可以为新生派的画家们搭建一个实现艺术创造价值的推广平台，让文化作品更有市场地呈现出她应有的商业色彩，让中国的书画艺术家们可以从此摆脱有价无市的尴尬局面。对于弘扬国画这样一个令人热血沸腾的商业壮举，我不能怠慢，我开始调动一切智慧策划了一个又一个颇具规模、颇大影响的书画展。

一年过去了，我在全国大中型城市里都拥有了自己的服务联络站，手上的客户名单也排成了长长的一条金线。我当时的事业状况是，只要我去做，一切经营都在顺理成章、皆大欢喜的双赢合作中成交，现实体现着我事业的成功和创造未来的骄傲。我成了国内书画市场上陡然杀出的一匹经济黑马，前来和我约见的艺术家们越来越多了。而此时的我由于长期超负荷、忘我的工作，身体出现了异常。我患上了严重的工作焦虑症，我开始失眠、掉头发、急躁、易怒。去医院诊断后，医生反复告诫我，要注意节制性工作，要注意休息。然而，医生的强调对我这个当时的职业狂徒来讲丝毫起不了作用。我仍然是废寝忘食、努力奋战，终于患上了严重的由精神紧张而导致的胃痉挛，常常是胃一痛起来在哀号中不能自拔。过去一到吃饭时打个电话叫个快餐就算完事，自从有了胃病，快餐就成了我肠胃的克星，一见快餐我的肠胃便开始上下翻滚。于是，吃饭成了我最头疼的事情。

“终于在饥饿了三餐后的一个下午，因眩晕和胃部的剧痛我一头栽倒在办公室的地毯上，公司职员把我送进了医院，也唤来了我在深城的同学。看着我有气无力的病样，我的同学对我说：‘每个成功的男人背后都会有一个甘愿为他牺牲的女人，没有人照顾你的生活起居，你在深城如何打拼，不如让你太太来深城和你一起奋斗吧。’同学的话语勾起了我对太太的思念，我立即拨通了太太的手机。而我的太太正在参加一个外商投资洽谈会，她只简单地说了‘照顾好自己，不要太玩命，不行就回上海来’这几句话便挂了机。此时的我，在深城第一次感觉到了生命的脆弱和生活的空虚。作为一个男人，当时的我鼻子竟然有点发酸，是怨恨太太对自己的忽略，还是责怪自己对病魔的无助，总之有了儿女情长、英雄气短的心情。同学看到我难过的样子，打电话叫来了自己的太太。

“我在医院的急诊室输了三天液，每天都是我同学的太太为我送来在家中做好的饭菜。已经很久没有品尝到家庭主妇做的饭菜了，这些平常得不能再平常的家庭饭菜，让我在深城清醒地意识到没有女人的日子是不行的，生命也同样会因为自己的无心照料而备受煎熬。人的欲念一旦被需要所呼唤，那种抵御诱惑的力量是很微弱的。生理的虚弱让我想起了在深城有一个多情的女子，一直用眼神向我传递着她对我的向往和需要。这是一个典型的湖南妹子。她是深城一家私立幼儿园的绘画老师，因为求学一直未嫁，来到深城后专职从事幼教工作。在一次画展活动中我和她因画而结识。也许天天和孩子打交道的大人也会变得很孩子气，她经常会拿着孩子的绘画来和我讨论如何让在她看来颇有画家天分的孩子们长大后成为一名真正的画家。久而久之，她成了我办公桌前的常客。再后来，她看我的眼神已不再直视，而是在躲闪中向我预示着女子多情的羞涩。她那么年轻、单纯，虽然谈不上美艳漂亮，但和孩子们在一起的人身上总是写着‘开心’二字，她的简单让我在繁重的工作之余找回了那份久违的童心和爽朗的笑声。为了排泄心中的孤寂和生活的孤单，病愈后的我开始有意识地向她靠近。”

讲到这里的柴总突然陷入了沉思，我想是我面部表情的凝重让他感受到了倾诉的压力。不知为什么，我开始担心起那个女孩的命运。作为一名听众，我不希望当事人发生什么事，但女人的直觉告诉我，柴总和她一定发生了不可挽回的事。尽管有些事不是通过三言两语就可以辨认得清的，但我还是希望每个人都能够拥有一个美满健康的人生。试想悲欢离合、阴差阳错、肝肠寸断，这些书写着人间情欲交错的文字，会让每一个置身其内的人经历着人性怎样的裂变和对生活处境无奈的哀怨，这可能就是做人真正的艰难吧。我深深地叹了一口气，等待着柴总把他自己的故事继续讲下去。

柴总让服务生送上一壶热奶茶，把我俩面前已经冰凉的第一杯奶茶撤了下去。望着冒着热气的奶茶，柴总继续讲述："那一年春节，我没有打算回上海，太太也没有对我提出回沪过节的强烈要求。女孩她也第一次没有回老家。我没有理由地也是第一次把一个女子带到了我居住的公寓里。大年三十的晚上，女孩和我一起下饺子、嗑瓜子、观看中央电视台一年一度的春节联欢晚会。我们一直谈笑到天亮，直到初一的早晨我和她都不知不觉因困乏而斜靠在沙发上悄然睡去。中午十二点，太太打来拜年的电话把我从睡梦中惊醒，而她则礼貌地回避着我和太太的电话交流。等我和太太讲完电话寻找她时，发现她正在厨房准备着午餐。我没有吱声，并若无其事地回到了电视机前。从那以后她开始自在地出入我的公寓，为我洗衣、做饭、收拾屋子。我的工作焦虑症和胃病在她的笑声相伴和精心的饮食调理下渐渐康复起来，我那颗思家的心和躁动不安的性情也在她默默的关心中得到了安抚，我的工作业绩则是更上一层楼。有了她，我似乎也以为自己真的就是一个快乐的单身汉，既享受着创业收获的激情，也体验着因她而让孤居的日子变得平实的那份温馨。又是一年过去了，尽管我们走得很近很近，但是我们谁也没有去超越那道男女有别的分水岭，我们既不像情人也不像兄妹，就这样若即若离地把两个人的关系捆绑并延续着。

"次年的春节，因为父母思子心切，无论如何都要我回去和家人团聚。也许崇尚'丁克'家庭的女人最感到惬意的就是没有孩子的负累，我的太太把所有的精力都无牵无挂地投入到了事业的建设与发展上。如今，她正酝酿着两年后把企业运作上市，因此忙得不可开交，对于我春节是否回去她也没有发表什么建议。游子终归是游子，外面的世界再好，思乡是永远的缠绕。当我把最终决定春节回家团圆的消息告诉女孩的时候，她呆呆地没有言语。我对她说：'你也应该回去看看家里人，这已经快两年没有回家了。'但是，她没有告诉我自己是否回家过年。临近春节，她仍然每天晚上过来为我做饭、洗衣。但是，她沉默了许多，脸上也不见了平日的笑容。腊月二十八，我乘坐深城抵达上海的最后一班飞机回到了久别的上海，太太没有在机场接我，因为年前大量的应酬让她分身无术。我先乘车来到父母家中。看到几年没有见到的儿子，母亲的眼中滚出了泪珠，年老的父亲则在干咳声中传递着对儿子归家的那份关注。晚上，我们一家人在'老上海餐厅'订了个包间，等待着我的太太和岳父母前来吃个团圆餐。两家人的哥哥、嫂嫂和姐姐、姐夫都来了，直到开席我那个总裁太太也不见人影。无奈中，我们一家人只有在等候她的过程中，纷纷端起酒杯相互碰撞起亲情相见的情愫。久别上海的我贪婪地嗅闻着餐桌上那诱人的美味佳肴，尤其是杏仁牛肉、水晶虾仁、雀巢粟子、老鸭汤，更是让我狼吞虎咽。家宴在欢乐的气氛中结束，我也找回了上海家乡的味道。

"几天后，和亲人相聚的喜悦很快被我内心隐藏的那份情丝所冲淡，和太太睡在家里那张豪华的席梦思床上，以及独自走在上海繁华的街道上，女孩的影子总是在我脑中盘旋。此时此刻我才知道，她早已经占满了我的心田，我开始有点后悔把她一个人扔下独自回来过年。大年初三，我再也按捺不住思念她的那颗跳动的心，找了个业务的理由，告别了家人，直奔机场。我要回深城，我想见到她，我就像一个身陷初恋的男孩数着时间的分秒朝深城奔跑。晚上八点，我提着行李箱回到了居住的公寓，当我拿出钥匙正欲开门时，门突然开了，是她。在看到我的一刹那，女孩的眼泪就像开了闸的泉水，她甚至哭出了声。那哭声包含着委屈、等待和期待，她的泪水就像热浪融化了我心灵冰山封存的一角。我丢下行李箱把她拥入自己的怀抱，我的两行思念她的泪水也不争气地穿过她垂肩的长发滑落在地上。我没有想到她一直在这屋里等着我，等着我回来。一想到从大年三十到初三她孤单的守候，我就心痛不已。我不知道这是不是爱情，但这种感觉让我在情感的天平上瓦解了自己的意志。"讲到这里的柴总长长地吐出了一口气。我想找一点安慰的语言去缓解压抑的氛围，但一时之间又不知道该从何说起，唯有将柴总的奶茶杯朝他面前轻轻推进一些。

只见柴总端起茶杯一口气把杯中的奶茶饮尽，好像此时他才突然想到了我的需要，他把一只用牙签扎着的美国加州提子递给了我。我轻轻接过放入口中。这提子真甜，口感的香醇一下子就唤起了我口渴的需要。为了让柴总能够把故事讲得更加顺畅，我把果盘里的新疆哈密瓜条扎上果叉递给了他。我相信，哈密瓜一定比加州提子更加香甜，这种瓜果清香的甜味就像被人抹上了天然的蜂蜜，可以让品尝它的人用甜腻的滋味把爽口的感觉牢牢地记在心里。几条哈密瓜下肚后的柴总果然神情变得轻松飞扬，他的思绪再一次把话题推向了高潮："从此以后，女孩把我当成了自己仰慕的爱人，对我的生活体贴入微。我在深城这个单身公寓里过着自得其乐、两情相悦的美好日子。而我作为一个男人，尤其是一个有家室的男人，既依赖着她带给我的生活气息，又恐惧着这种不能开花结果的情分。我比她大十五岁，尽管每天她对我来说触手可及，但是我不敢有进一步的非分之想。我不能去触及她那娇柔的身躯，也不能带着她跨越理性的天梯，我能够为她做的就是回应她一个不需要说明的拥抱。但是她很知足，她知道我的家庭是一道鸿沟——宽阔到让她的小脚无法超越。就这样，我们像一对不食人间烟火的圣鸟相依为命般在深城创造着柏拉图式的精神恋情。但是，这种抽象的精神恋爱方式就像摆放在地上的玻璃球一样易碰、易碎、易烂。

"在一个炎热的下午，我接到了她发来的信息，因为天气太热，在给孩子们上完课后她中暑晕倒在教室里。我立即驱车赶到她单位把她接到了自己的住处，我把她安置在自己的单人床上，开始为她煲汤、做饭，我希望自己在她需要的时候也可以好好地照顾她。吃过晚饭后，她就疲倦地闭上眼睡了。这是她第一次留宿在我单身的住处，直到深夜十二点我也没有叫醒她。我来到客厅的沙发上也睡下了。大约是半夜，睡梦中的我感觉到有人在身边为自己盖好滑落的被单，一睁眼只见她正跪在我的沙发前望着我。我睁大了眼睛，看着她送过来的眼神，心中突然涌动出一股热流，不容细想，我伸手轻轻地把她拉到了自己的胸前。就这样，她趴在我胸口上听着我变得急促的心跳声，把手轻轻地放到了我的脸上。她的手带着体温慢慢地在我的脸上来回地走动，那种体肤的温热让我的身体开始变得瘙痒、躁动。此时，我才知道我在事业的高压面前早已将男儿身置之度外，而她此时的温柔则唤起了我作为一个男人最原始的冲动，她的渴望更像一把干柴把我生命的烈火熊熊点燃。终于，我和她在水乳交融中将男女两性关系推向了永远。"讲到这里的柴总站了起来，他没有再给我留下任何语言，转身走出了包间。

透过虚掩的门，我看到他独自走到了大厅的一角，他背对着我，望着墙上的壁画。此时的我细细地打量着他的站姿——挺拔但略显单薄，宽大的韩式体恤衬衣将他并不高大的身躯掩饰得更加没有骨骼。我相信，他和那个女孩的情欲结合一定成了他此后人生解不开的心锁。作为相互仰慕的男女朋友，“七情六欲乃人之常情”，然而，在面对改变两性关系的人生三岔口，究竟应该如何取舍、如何应对，才能够让两个人的精神世界永远都不会因“俗”的要求而让爱神的太阳坠落？这真是一个让身临其境的人难以用理智去抗争的一种困惑。柴总在门外站了足足十分钟，还没有再进来的意思。我不知道下面等待我的故事是否更加让他难以释怀，为什么柴总直到今天都无法将这种悲喜交加的生活源头掐断，以至到此时他还是那样地对自己过去的行为耿耿于怀。我在思索中观望着柴总那让我无法正面评判的神态。时间在悄悄地流逝，终于，柴总他转身走了进来。此时，我才发现他刚才不愿意转过身来的秘密，他是在用一个男人硬性的克制将“男儿有泪不轻弹”的泪水送回泪腺，尽管他没有动用纸巾来掩饰自己心中的痛苦和情绪的失态，可是残留在眼眶四周的泪痕已将他此时复杂的心绪表露得不需要再做任何的强调和详解。我已经知道了答案。

重新坐在我对面的柴总清了清嗓子说：“孤男寡女一旦突破双方坚守信念的堡垒线，两个人的关系就不再仅仅是建立在爱情的花环上，现实的需要也不再是谁为谁服务的心甘情愿。从拥有对方开始，任何一方都可以有权力去要求对方兑现自己的承诺和实现彼此的心愿，我和她同样最终也没有能够做到超越平凡与跨越现实的束缚。那以后的日子，她开始以女主人自居，她要和我生活在一起。尽管当初在违背家庭那道看不见的道德情操底线时，遥望北方的天际，我心中也有着对爱妻的内疚和歉意，但是很快我就为自己找到了心理解脱的理由，我毕竟是一个有血有肉的男人啊，有情、有欲、有需要。太太和我之间所有的情感与依恋都因长时间的分居而造成了感情空白的距离，我想自己和天底下那些犯感情错误的男人一样吧！我们总是有理由为自己的行为开脱，我们也总是在侥幸中一次又一次让情理交错。但是，无论怎样沉迷与痴情，如果不能真正地拥有自己期望中的快乐，受伤最深的莫过于自我。尽管，相恋的人最初都是由美好和渴望开始的，但随着时间的推移以及两个人的深度了解，大部分人都会重新跌回现实，最终由此而引发出对当下生活的不满和对未来日子期盼的苛求。我和她就是在一年内将原始激情的相守变成了爱情的坟墓。

“她是一个传统的女孩，她把自己交给了所爱的男人，然后就想永远占有。可是，我那十几年婚姻的高墙，在我和太太事业相互成功的修饰下，让所有的人都确定和看好它的稳健与长久。我没有能力去摧毁一个精神完全自由、生活特别宽松、事业各有千秋的夫妻梦，我从来也没有想过要对自己的结发妻子说出那句感情破裂的借口。虽然年轻的她生活的道路还很长，但获取婚姻幸福的机会则要比我那人到中年的太太多得多，于是我试图使这身居婚内婚外的两个女人按照我的思想寻找到回归情缘角色的路径。

“然而，看似弱不禁风的她用女人的另一种力量把我自以为骄傲的人生观不经意地进行了彻底的摧毁，并且她也用行动征服了我作为一个男人在情感面前的不知所措与脆弱。一次激情的狂欢，她怀孕了。意外的是，医生说在她的子宫内有一个六厘米的肌瘤，而且她还患有严重的贫血症。想保留这个孩子，母体在怀孕期和生产期都可能引发许多身体的并发症，如果按照正常的妊娠生产对孕妇来说也会存在一定的生命危险。但是如果不把孩子生下来，也许就剥夺了这个女人这一生唯一做母亲的机会。我陷入了两难的境地，我的心情非常复杂，我原本就是一个‘丁克’家族的男人，我和太太结婚十几年都没有动过要小孩的念头。如今就是有了一个孩子我也不可能给她一个名正言顺的家，而且那种单身母亲过日子的艰难是可想而知的。尤其是在深城这样一个大家都在追求梦想的地方，生活的拖累对一个求生存的人来讲，困难是不言而喻的。于是，我想让她把孩子拿掉。然而，此时的她却固执得像一只发怒的母狮，她坚定地表明：‘你可以不给我一个完整的家，但孩子我绝不会拿掉，我一定会养活他，而且我还要供他上大学，成为一个比你更成功的企业家。’望着她那坚毅的眼神和不容商议的表情，联想到她这一生唯一的一次可能性生育，我只有在无声中无奈地迁就了她。医生说，像她这样的身体怀孕就像是手中抱着一个定时炸弹，要非常小心照顾，不然很容易造成先期流产。如果自然流产流得不干净就必须进一步采取手术处理，对女人的身心来讲会是很痛苦的一次经历。为了生命的安全以及健康的需要，怀了孕的她不能再去工作了，此时的我唯有承担起一个男人对家庭以外的这个女人应该承担起的基本责任。

“为了有一个更好的居住环境，我在新城区买下了一套带装修的高层住宅。三房二厅的房屋宽大、清净，可以给她怀孕紧张的心情带来一种居家的安定。她的身体较弱，妊娠反应非常厉害，吃点东西就吐，有时候把苦胆汁都吐出来了。看着一个女人在自己面前因为孕育了自己的骨肉而如此辛苦，我很难受，开始承担起无微不至照顾她的任务。一个女人十月怀胎的艰辛让我更加在心里感谢自己的母亲，我相信母亲生我的时候也一定和她一样，在经历孕子的喜悦中承受着身体变化的负重。到了怀孕后期，她的双足已经肿得走不了路，每天晚上我都会忍着工作后的疲劳，为她按摩脚背。随着孩子在她肚子里一天天增大，我开始享受起一个即将为人之父的喜悦，过去在上海那种对生养孩子的恐惧和冷漠都在今天因为她坚持要生下这个孩子而化为乌有。终于瓜熟蒂落，在市妇女儿童医院她生下了我和她的孩子，是一个女儿。看着产床上虚弱的她和襁褓中的女儿，我喜极而泣，此时我才发现自己原来是那么迫切地接受着这个孩子。女儿由于先天不足，身体比她的母亲还要弱，多次被送进急救箱急救。孩子一出生，困难就现实地摆在了面前。更令人焦虑的是，由于我们这种特殊的两性关系，加之她生性胆小和多虑，尤其是生产的紧张和身体的不适，她在生下女儿后患上了‘产后忧郁症’。产后的她性情大变，忧郁、爱哭、脆弱、敏感，无端地生出许多影响我们相互体贴的琐碎之事。她反复无常的情绪让我这个第一次做父亲的男人感到措手不及。当时的我又要顾及蒸蒸日上的企业，又要为她们母女担心操劳，没有多久我旧病复发，胃痛再次让我苦不堪言。回到家里，我和她的精力均被孩子弱小生命力的需要完全占有，我们没有多余的时间来分享彼此原来仅存的那份快乐。就这样，半年来我没有睡过一个好觉，也从来没有放松过自己接应现实生活那根紧绷的神经，我的胃病越来越严重，以至于后来不得不在病情恶化前做了部分胃切除手术。”

讲到这里的柴总又停顿了下来。我终于明白了他的纤瘦，以及刚进来时他点了那么多的西点和什锦类。但凡胃不好的人，医生都会建议患者少食多餐，随时提供肠胃的需要，以保证肠胃功能在病态下不会把病情进一步加重。可是，在进来这几个小时内，柴总并没有为自己的肠胃提供很好的养护。于是，我轻声地问道："需不需要来点热汤什么的?"他摇了摇头，说："现在的我什么也吃不下，只想一吐为快。""那好，你接着说吧。"我赶忙附和道。

柴总又开始了叙述："孩子一周岁的那一天，她问我孩子上户口的事情怎么办，我哑口无言。这不明摆着吗，一个私生女她怎么可以拥有一个正常家庭的户籍。她在沉默了半晌后突然对我说：'你能不能跟上海的家人说一说，然后把孩子的户口给上了。'闻听此言，我如五雷轰顶。说真的，直到孩子出生我也没有想要告诉任何人，我原以为这孩子将是我一生的秘密，我会给予孩子父爱能够给予的一切，但我不能承诺给她一个真正意义上的家庭。见我没有发表意见，她不愿意了：'既然你不愿意把女儿带回老家，那你就回上海吧，我们不要在一起了，我不想让女儿将来大了知道你是她的父亲。'这下是我不同意了，从她怀孕到这孩子一周年的成长，我完完全全担当起了一个做丈夫、做父亲的责任，而且对女儿我倾注了无限的深情。如今的我也不能没有这个女儿，初为人父的甜蜜让我深刻地意识到女儿是我永远也割不断的情脉。那天晚上，我向她大发脾气，我在拒绝她的提议时也把丑话说到了前头：'女儿是我的，这是改变不了的事实，你和我之间的感情一事可以终止，你找个好人嫁了吧，我会给你一笔足够的生活费。'她哭了，哭得很伤心，我从来没有看到她如此的伤悲。'我不要你的钱，也不会把女儿给你，我只希望你能为女儿的将来考虑考虑。'从那以后，我和她的关系陷入了一种僵局。她不再和我说话，抱着女儿睡到了客房，有什么需要也只是用一张纸条写上内容放到书房我的公文包上。

"那一段时间的我真是孤独到了极点，现实的难题让我举步维艰，我开始想念过去那种没有生活牵绊的自在，我决定回上海老家去散散心。我走的那天晚上，她仍然没有和我讲一句话，但是她帮我把换洗的衣服一件件收进了行李箱。看着她在灯光下细心打包的孤影，我看到了自己的残忍。一切都是命，没有想到当初为了逃避上海的无所事事，来到深城却为自己设置了理不清、剪还乱的生活障碍。怪不了谁，我走过去轻轻地把她拥入我的怀里，她没有出声，但眼泪却像断了线的珠子滚落下来，打湿了我的胸襟。我抱紧了她，但是我们双方都提不起交流的兴趣，我们谁也拿不出激情去安抚彼此那已经有些陌生的心灵。第二天一早我飞回了上海。上海的商业发展是飞速的，城市的变化催促着我似乎要去做点什么，但是，我又不知道该如何改变自己这不堪一击的结局。当天晚上，太太回来得很早，她伸手抱住了我的双臂。'瘦了，你怎么瘦了这么多。''没有老婆的男人怎么能不瘦。''都跟你说了，上海和深城这么近，想我你可以飞呀，一年中也没见你有想回家的意思。''你的人影都见不到，我回来干什么？''说得也是，你说我容易吗？要不是这几年的亲力亲为，哪有今天啊！''钱是挣不完的，干吗那么拼命？''那你干吗那么积极还跑到深城去，一去就是几年，不是在那边有小蜜了吧！'我和太太漫不经心地一问一答地对应着，但太太最后那句话还是吓了我一跳。我知道以我太太的脾性，要是她知道我在深城果真有一个新家，她一定会被气疯的。我掩饰着自己有些心虚的神态，故作轻松地对她说：'我有这个心，也没有这个胆啊！'太太满意地笑了。可能我在她心目中原本就是一个循规蹈矩的男人，这种让生活出格的事怎么也不会发生在我们的家里。但是，我知道她对我不是信赖，而是轻视和放心。可是，她作为一个女人怎么可以体验得到一个男人独自在外奋斗发展的那种孤单和失意，我原本就不是一个花心的男人，更不是一个品德有问题的人，我只是因为长期的独身对生存环境产生了'暧昧'。然而，生活是严肃的，自作自受是现实对我最彻底的打击，我没有逃避的借口。因此，我相信生活中的很多痛苦都是由那些违背初衷的事件所造成的，女儿的出生就令我乱了方寸，这种让人生充满苦涩的遭遇让我不知道该不该恨我自己因一时的贪心所招来的罪孽。

"装着满腹的心事，我在上海一待就是一个礼拜，直到接到她从深城打来的电话，我才知道女儿又病了，已送进了医院。还没有梳理出一个解决现实问题的头绪，我告别家人又回到了深城，女儿的身体成了我和她沉重的心病。权衡再三后，我打电话把自己在深城的一切告诉了母亲。母亲先是惊愕，后是担忧，再后来就是提出想来深城看看孙女。从电话中可以听得出，孙女的出生给老人家带来的欢喜是不言而喻的。虽然我再三劝阻，母亲和父亲还是冒着高龄乘机的风险，坐飞机第一次来到了深城。两位老人对孙女的慈爱让她变得欢快和轻松，她尽自己的厨艺把两位老人服侍得越发喜悦。刚刚一岁多的女儿已经开始懂得向爷爷、奶奶嬉笑与撒娇。母亲和父亲在白发之年拥有了自己最喜爱儿子的女儿，老人家已经不懂得掩饰矛盾的方式，他们要求我立即打电话把事实的真相告诉远在上海的太太。巧的是，我的父母突然离开上海来深城看我，被嘴快的大嫂传给了我太太。女人的敏感让她觉察到了异常，没有和我联络的太太已经悄悄地独自来到了深城。

“终于东窗事发，望着她、望着床上的女儿，当着我父母的面我太太给了我响亮的一个耳光。我没有出声，更没有躲避。我能够体会到此时太太心中的那份屈辱和绝望，我和太太十几年的感情梦在我和另外一个女人生下女儿后终于土崩瓦解，曾经老夫老妻、地老天荒的爱情归宿变成了一片无法恢复生活容颜的焦土。我太太并没有在深城多待，在了解到事情的全部真相后，愤怒的她立即飞回了上海。事已如此，不容我多想，我决定提出离婚，因为我已经无法面对自己受伤的妻子。我父母在长叹和同情中把决定命运去向的权力交给了我这个让他们欢喜让他们忧愁的儿子。他们说，无论我做什么样的决定，都要为其中的一个大人和孩子承负起情感的责任。不管是我的太太，还是身边这个女人，我终究都得给两个人一个说法。太太毕竟是自己曾经最爱的女人，我不能就这样不顾她的感受而将其抛弃，我想最后再好好地给予太太一些精神的温存。于是，我把父母留在了深城和她一起照顾女儿，自己则立即飞回上海和太太见面，以求最后的结果。此时的我已不再是为爱去奋斗，飞蛾扑火般的行为完全是机械的、迫于现实无奈的，更多的还是那个必须去履行的夫妻责任。想到太太平日的脾气，对她此时的担心让我像在走钢丝般的心路中承受着没有安全绳保护的那种惊恐和不安的冲击。我沮丧极了，除了离婚，我没有其他的选择。

“到了上海后我才知道，我的太太自打深城回家后便一头扎进了岳父母家，她把我在深城的丑行向全家人做了传播式的通报，并发出声明说这一生都不愿意再见我。因此，看到我重新回到家中，大家都没有什么热情，家族中的每一个人都向失魂落魄的我投来鄙视的目光。哥哥、嫂嫂、姐姐、姐夫更是对我数落不止，岳父母甚至当着众亲戚的面喷着唾沫把我骂得狗血淋头。面对他们，我知道自己是罪该万死，因此唯有用沉默来化解家族矛盾的升级。我没有想到的是，我那个强势、独立、自我、潇洒的太太竟然一病不起。她没有去公司上班，也没有去参加必需的应酬，整整一个星期她把自己封闭在岳父母家里。她不愿意见我，甚至不愿意让我对她说一声对不起。太太的一度消沉让我更加不安和担心着我和她的最终结局。我开始回忆起和她曾经写满甜蜜的爱情岁月。她已经四十多岁了，这样的精神重创对她那孤傲的性情来讲无疑是地球毁灭般的打击，然而现在的我没有任何理由可以求得她对我的理解和包容，唯有从此隔绝双方关系方能驱散两个人爱恨情仇的恩怨。两个星期过去了，我仍然见不到太太的影踪，但是深城的公司不可一日无主，于是我起草好了离婚协议书，交给了岳父母。见我执意要离婚，用颤抖的双手拿着离婚协议书的太太终于从紧闭的房屋中冲了出来。她恶狠狠地对我说：'第一，你马上去把上海公司的法人变更给我。第二，我永远也不会和你离婚。第三，你这一辈子都不要再出现在我面前。'讲完这三句话，太太发出了撕心裂肺的哀嚎声。我试图和她沟通，但歇斯底里的她连推带搡地把我赶出了岳父母的家门。

"无奈中，在承诺并变更了上海公司的法人身份后，我孑然一身地回到了深城。我的父母在深城住了几个月想家了，要回去了，他们想把孙女带回上海去抚养。可是她不肯：一是孩子太小；二是孩子是她的希望，也是她的命根子，更是她最终能否与我修成家庭正果的筹码。由于没有办法达成统一的意见，我年迈的父母恋恋不舍地告别了我和女儿，而焦头烂额的我唯有采取用电话和邮件的方式与太太继续进行着离婚的话题。一年过去了，两年过去了，太太始终不肯松口。她像天下许多失婚女人一样，想用不解体来狠狠地惩罚我，她以为离婚是成全了我和另外一个女人的爱情。她既不能容忍我的背叛，更不能接受我和其他女人过上幸福美满的生活。由于家庭问题始终得不到解决，我这两年来再也没有回过上海，即便在上海参加工作会议，也是过家门而不入。此时的我和她在深城也没有多少幸福可言。原本她的体质就不太好，自生了女儿后，身体更加弱不禁风，最重要的是她过去身上那些乖巧的性情和让我欣慰的善解人意都不知什么原因而彻底消失了。此时的我开始怀疑起人生的复杂，究竟是什么可以把一个男人对女人的心动变成心痛。由于产后忧郁症的病情不断发作，做了母亲的她从此带给我的不是宽厚而更多的是尖刻。虽然我每天在职场上风光无限，但一想到家中那盏灯下的那个没有生气的孤影，我开始了逃避。

“孤独的我唯有天天开着跑车四处转悠，只有车速的急促可以让我在瞬间忘却现实的痛苦和生活的沉重。一天晚上，我在陪伴客户时多喝了点红酒，原本就不胜酒力的我头痛欲裂，结果驾车回家时，我驾驶的那辆刚来深城时购买的‘奥迪 A8 型’车撞上了迎面开过来的一辆面包车。不省人事的我被送进了市红会医院，醒来时她已经在我的床前。看着她红肿的双眼，我知道她是多么的在乎我的安全，我是她唯一可以依赖的男人，是女儿的亲生父亲，这一切注定她此生的命运和我有着必然的相连。想当初，一个男人在孤寂中的放纵行为竟然演变成了对一个女人幸福责任的厚重，我和她这条并非完全用爱情构筑起来的生活之路到底能够走多远，我不得而知，我第一次有了罪恶感。”

看得出，此时的柴总已完全由痛苦主宰着自己的心情，他说话的语气也越来越沉重，相信盘踞在他心头的那因一念之需而铸成的生命重任已压得他喘不过气来。其实，成功人士的生活经历远比那些普通人更加曲折，他们很多人都是在拼命压缩生活享乐的创业征途中又被套上了牢固的人生枷锁。没有人可以逃避生活给予他的那份经历背后的责任。但是，责任究竟又是什么呢？是事发后当事人对事件的委曲求全，是遭遇生活错位的人们对不堪回首的现实生活的生吞活咽，是失落形式上的给予，还是唯有用牺牲幸福来弥补缺憾的承诺？我相信，柴总口中的罪恶感是他自己痛定思痛后仍无法打开心门的酸楚，是负重的他想要赢取更好生活源泉的翻然悔悟和对人生大智慧的探求。罪恶感事实上已是他生命无力承载的一种病态，更是他一个人长期陷入精神困境努力呼救的心理表现。客观地说，罪恶感是一个人自我心理的冲突，怀有罪恶感的人压抑特征尤其显著。例如，常怀悲观，也常常会由失望而引发愤怒。而这些起伏不定的精神状态又恰恰是诱发当事人心脏致病的因素，更是造成一个正常人身心失衡出现病理状况的首要原因。我为柴总的身体健康担心起来。

停顿片刻的柴总把坐姿挪动了一下后，挺起腰杆又开始了述说：“事业的辉煌让我积劳成疾，生活的无奈让我倍感人生无常，和太太长期无法沟通，面对她和孩子又不能给予任何承诺，年老的父母因为担心儿子的未来闷闷不乐，这一切都让我在无助中走向绝望。苦恼的人生几乎要阻止我继续追求美好未来的脚步。我感觉平和、安宁和快乐离我越来越远，我正在被现实所撕裂。更残酷的是，我竟然还可以清晰地听到自己的生命被撕裂的声音。这一切都让我日日心绪不宁、萎靡不振。在欲求无门中我急于要找回自己，所以我想尽快地见到您，我想把自己难以启口的人生秘密和心理困境告诉您，请帮助我找回自己生活的权力。”

柴总似乎用尽全部的力气把自己内心的哀痛用迫不及待的口气说完。看着眼前这个男士一脸的窘迫相，我有点同情他，可是我也不知道自己究竟能不能够帮助他清理生活这团乱麻，但我还是希望自己可以力所能及地为他做点什么。

于是，我朝他点点头。我对他说：“我们来分析几个问题，你想好了再回答我。好吗?”柴总像个小学生般专注地望着我，等着我的提问。“你能不能告诉我，你为什么一定要和你太太离婚?”也许是我的提问出乎他的意料，又或许是他一直单方面地认为出了这种事离婚是唯一解决问题的方法，所以柴总一下子就愣在了那里。我不等他回答就把话题接了下去：“你为什么没有去争取你太太的原谅呢? 我认为在这个问题上你也许还没有考虑到她的真实感受。感情是一种很自私的行为，我相信天底下任何一个女人都无法和其他女人分享自己的丈夫，何况是共同生活了十几年的结发夫妻。虽然你太太出于本能无法面对如今已经遍体鳞伤的家庭，但现实的意外也同样可以让她重新去审视你们目前的夫妻关系。我想你们从学校到社会都一直相爱相守在一起，这其中的感情分量你们彼此是可以丈量得到的。但后期由于你们夫妻的长久分离加上各自事业的忙碌，相互关心少了，大家的心灵自然就有了距离的间隙，这个时候男人的不良行为的确会给自己所爱的女人带来致命的杀伤。可是，人类的进步就恰恰是因为我们现代人已经拥有了更高的面对生活挑战的能力和解决问题的智慧。

“面对你太太伤心过度的回避和你破罐子破摔毅然要求离婚的行为，我认为你首先要去安抚她那颗绝望的心，于情于理你也应该把自己的苦恼和希望得到她宽恕的想法告诉她，然后再提出和她共同面对。我想，对于一个有情有义的男人来说，采取这种解决问题的方式可能会令你太太的心里舒服些。而身为一个大丈夫，你可能不是这样做的，事发后你没有给自己的太太有半点思想准备就立即提出了离婚。你知道吗？你这样毫不犹豫的决断行为会让一个女人产生强烈的自卑感，她既会有被情感抛弃的怨恨，也会从此陷入一种对未来生活没有信心的心理状态。我认为，在这个世界上，当一个女人因自己的男人另有所爱而将失去她爱着的男人时，她承受痛苦的方式一般有三种。一种方式是，让自己最爱的男人得到幸福，她愿意有一个比她更好的女人去照顾这个自己曾经爱着的男人，虽然形式上她失去了这个男人，但她会用心底那份不变的真诚去祝福男人的选择，而绝不会死缠烂打因爱而恨。这种女人虽少有但却真实存在，以致让离开她的男人误以为她不在乎自己。其实不然，一个对男人拥有真爱的女人只会更多地想着对方的需要而甘心情愿放弃自己的愿望，这种遗失爱情的心痛虽然刻骨铭心，但也算是一个女人对爱情的真正理解。第二种方式是，以牙还牙地让男人陪着自己一起纠结痛苦。这种女人无视自我生命价值的美好，用损耗双方精力的马拉松折磨方式把原本可以相互解脱并各自拥有美好的命运改写成两个人一生的悲剧。还有一种方式就是，用贤德和大度、用理解和宽容、用收纳居家琐碎物品一样的方法，在情感受伤后擦干眼泪，和男人一起共同清理掉婚姻路上的灰尘，成为男人打扫家庭后院的灭火器，让男人在犯下不可饶恕的错误后更加懂得这个女人的真情与智慧，从而也更加感激和珍惜两个人感情的缘分，从此相依相守、永不分离。你太太究竟扮演着哪一种类型的角色，你有没有用心分析过？我始终认为，离婚并不是解决你们当前问题的最佳方法。在我看来，首先你们三个人应该理性而又平和地梳理各自感情依托的根本，相互进行理智的沟通，然后再拿出化解现实矛盾的意见。这才是对你们所有当事人负责任的一种选择、一种做法、一种解决问题的手段。”听了我的话，柴总似乎有所触动。

我接着说：“还有一个问题请你考虑，假如你太太肯原谅你，你又打算如何做？”柴总的表情一片茫然，想必他从来都不敢想太太还可以去原谅他。果然，他说：“我不知道，我想以她的个性就这样放过我是不太可能的。”柴总的语气消极而又苦涩。我说：“不管最终结局如何，我想你应该要有这样一个思想准备，那就是当选择权可以由你掌握的时候，你一定要清楚自己的所求。准确地说，如果再有一次重新书写生活的机会，你必须首先是对自己负责，而不仅仅是对两个女人负责。”柴总有些迷惑，我没有停顿，而是把话题深入下去：“第一，前半生该发生和不该发生的都发生了，想要的和不想要的都来了，而一个人对自己不负责的人生选择必然将这种命运的后果转嫁给陪伴在他身边的人，这种因果的继续将会上演另一部生活的悲剧。回到你的经历中来讲，你现在要把对两个女人的选择用感情的尺寸来度量，而不单纯仅仅是为了责任。你知道吗？此时的你需要保持绝对的理性，只有按照你自己内心真正的愿望所确立的方向选择，才能算是对自己和两个女人在人生路上相遇又取舍的正确交代，也只有这样你们曾经因人生内容而关联的三个人和那个年幼的孩子才可以真正拥有想要的生活，那时的幸福才会牢牢掌握在你们彼此的手中。”

柴总陷入了更深的思索，只见他的双眼犹如罩上了一层迷雾，在布满血丝的眼球上，忽闪着那一刹那的顿悟，他原本已紧锁的眉头在他的沉默中慢慢舒展开来。我知道，此时的他并没有在精神上找到真正的出路，他仍然需要帮助，需要梳理问题的时间，我唯一能做的就是继续和着他起伏的心境再次把话题牵引进他心灵的沼泽地。

“其实你用不着在既成事实的今天，把生活的危机继续盘存在内心世界而心灰意冷。我非常理解你，由于你身为一个男人，在生活的变数中因一念之差而铸就的连自己都无法医治的生活创伤，的确让人难以振作。你始终无法辨识对错，是因为在你的骨子里、在你的思维中仍幸存理智的阀门，是自律在严谨而又严肃地告诫着你自己生活的游戏规则是‘玩火者自焚’。但是，无论如何在你对现实无法改变的今天，怎样拯救自己对生活仍然炽烈的情怀，才是我和你今天坐在这里需要共同探求的目的。”我再一次用语言去撞击柴总那有些空洞而又疲倦的心门，但是柴总的表情仍然是一副深陷忧伤的模样，一时之间我也不知道该如何继续去宽慰他。我在想：“受七情六欲所左右的现代人，在克服创业艰苦的同时却无法用拼搏去解决生活中始料不及之事，的确令人忧心。人，做人真难啊！沉沦或奋起，都在可以改写命运的一瞬间，让当事人在面临现实中迷失与纠结，令人们不敢再任性和目空一切。是‘无事一身轻’好，还是‘欲擒故纵’好，唯有当事人才知其中的滋味。‘拿得起，放得下’这原本是天下男人口中从来都不会消失的豪言壮语，但如今对柴总来讲已不再自然生威，生活的枷锁有时候是上锁容易开锁难啊！”

片刻后，柴总在我的沉默中慢慢地抬高了眼帘，他表情凝重地对我说：“现在我才明白，其实一个人要想解脱很容易，要开解自己也不难，但是要原谅自己却很困难，因为沉沦也不能改变现实。用您的话来说，唯有用一把生活的卷尺将问题进行标准的度量，才知道尺寸所表现出来的虚实。我的确太自私了，事实上我一直把自己放在一个清高的位置上，没有体会到我太太所处角色的那种切肤之痛的忧伤。生活了十几年，我竟然毫无怜惜地将她的感受和感觉置之度外，我只想到自己对婚姻无意识背叛所带来的矛盾和障碍，却没有从灵魂深处去剖析自己犯错的根源；我只想去享受生活给我喘息创业艰辛的机会，却没有想到一个小女人在付出中所保留着的那份对生活的企盼以及对自己所爱男人要求着的那份固执也是一把折杀生活幸福的双刃剑；我更没有去顾忌自己的太太作为一个四十多岁的女人在事业辉煌背后所期待着的那种对家庭美满归宿的永恒欲念。长时间以来，作为一个成功人士承受着事业高峰还需要不断推进的压力已经让我尤感力不从心，而如今生活的难堪更让我永远也无法去原谅自己的错乱。我的苦恼还在升级般地延续。坦率说今天坐在这里与您详谈也是我力求解除人生困境的一次心灵释放。自爱与爱人，随缘但不随便，这可能才是我未来人生和解决现实矛盾以及改变烦恼心境最有力的思想武器。看来，我要化解恩怨的确是要坦荡地面对所有的当事人。”柴总在说完这段话后突然爽朗地笑出声来。他的笑声自信而又洒脱，把正在专注听他讲话的我吓了一跳。

回味柴总的笑声，我才发现这是一个思维极其活跃的人，无论是生活的钢棒，还是命运的铁锤，只要朝他轻轻地一点，他就会知道钢和铁的价值来自于其本身的力量。虽然我不知道他是否已在心里找到了最佳的解决问题的方法，但是我相信他已经寻觅到了用现实的心态去决策生活归途的手段。最令我坚信的是这个在事业上极具爆发力的企业家，一旦卸下心灵的重压，他必将在事业上取得更大的成就。所以，我在审视着他今天的心路时，也在展望着他的明天。此时的柴总已经明显地变得轻松起来。

这时，从门外大街上传来了此起彼伏的汽车喇叭鸣叫声。我翻开手机屏发现，不知不觉中已经到了吃晚饭的时间。窗内不时还可以听到大街上走路的人们那此起彼伏的喧闹声。我和柴总都有了饥饿感。柴总叫来了服务生并随手把餐牌递给了我。望着一行行的西式菜谱，我依然点了一份我最喜欢吃的意大利“黑椒牛柳炒意粉”，而柴总则要了份日本鳗鱼饭。当服务生把西餐端上来的时候，我和他都有点迫不及待。尤其是柴总大口大口地吞咽着盘中的鱼和饭，那种吃相、那种享受，让我在心里再一次感叹着，但凡一个人要想真正吃出三餐的美味实在是需要一颗无忧无虑之心啊。我在自己的餐盘中慢慢地添入殷红的番茄酱料，这是我的最爱。不知道为什么，只要没有番茄酱我就咽不下那令我喜好的炒意粉。红红的番茄酱料在我叉子的来回搅拌中很快融入黑椒和炒粉中，虽然不见了原来的鲜艳，但整盘炒粉则极大地满足了我口感的需求。这让我猜想着是不是每个人的身上都有着自己无法驾驭的喜好，让我们自己都没有能力去掌控和把握这份来自灵魂深处的需要。我们究竟应该去迎合和满足这一人性无法克服的自我嗜好，还是应该有意识地让自己不再贪心于那些无缘由的生活诱惑和拒绝贪求那违背情理欲念的感受？这让我再次掂量起柴总今天的故事和思考着许多人昨天、今天、明天的生活。

夜色降临，华灯初上，从西餐厅走出来的我又坐上了柴总的跑车，他把车飞快地朝我回家的方向开去。望着脸上依然没有笑容、仍然陷入心事中的柴总，此时的我内心也不免有点难过。柴总特殊的人生际遇使我想起那些还在深城流动的百万人口，我不知道是这个时代给人们创造了太多的人生错误，还是人们面对别离亲情的岁月有着实在不能克服的情恋的需求。我们这些不想让心情孤独寂寞的人究竟是时代躁动下的产物，还是任何时候心里都有着永远无法驱逐的欲望和追求？我们究竟该用一种什么样的态度来看待这百花齐放、风情万种的世界？这大街上涌动的人流，还有多少人仍然在书写着情感的伤痛和失落？透过车窗看着大街上各种各样来来往往的男女背影，我的心里也因柴总的故事而有着不一样的感受。

来到了我的家门口，临下车的我把手主动伸向了柴总，我在轻握中向他传递着对他的关心和鼓励。我的眼神告诉他，不管生活给了我们多少困惑，人总是要在顽强中寻找出活下去的理由，而且必须是快乐地活下去，但这种由快乐所创造出来的心境是需要自己去挖掘和培育的。我相信，柴总一定有能力迈过人生的荆棘之地，在成就着不一样的人生风光中，重拾快乐的心情；我更希望，柴总可以从他那还需要去改变的现实状况中寻找到心灵的归宿，让自己的一生不再在苦恼中度过。愿他和所有的成功人士一样，在事业的辉煌中拥有幸福美好的生活！

英雄的孤独谁能懂

——民营企业家创业心路

心灵的枯井

在这个容易让人情绪失控和无端排斥他人的商业时代里，我们渴望早点找到自己的精神盟友，我们希冀能够永远置身于亲人宽容的怀抱里。

星期三的早上，刚刚从北京飞回深城的我由于阳春三月时的南北温差加上在北京商务的繁忙而病倒了，连续发了两天高烧。在吃了几片药后不但高烧不退还伴有严重咳嗽的情况下，无奈中只有赴医院就诊了。一个上午，我都躺在市中医院急诊室的病房内输着退烧消炎的药液。中午十一点钟，在输完液后我感觉身体明显地轻松起来。因为下午还需要输一些盐水，所以我到医院附近的酒楼去吃了点东西后又返回了医院，我要了一个靠窗口的床位躺下休息。下午两点钟，护士开始为我输液。望着输液管里一滴一滴的药液，我第一次深刻地体会到成为一个病人是多么的痛苦和无助。

为了打发时间，我开始查阅手机中的信息，突然一条信息勾起了我的回忆。那是我在北京的那几天，连续三次收到由深城发来的同一内容的信息。短信这样写着："我姓温，很惭愧，作为一名医疗机构的专业人士对自己的身心病情却无能为力，希望您这个摇铃医生可以帮助我摘除心灵痛苦的病源。谢谢，盼见。"我这才想起，他也曾多次电话于我，希望能够与我面谈。想到这里，还没输完液的我立即拨通了温总的电话。接到我主动联络的电话，他显得惊讶而又热情。我告诉他自己今天下午正好有点空余的时间，如果方便我一会去和他见个面。"方便，方便，现在就很方便。"他连声说道。我对他说："既然如此，那我等一下就去你的办公室。"

两个小时后，我走进了温总那宽敞整洁的办公室。也许是对我们的约见有点突然，也许是温总的性格就是这样的腼腆，初次会面的他面对我的造访竟有点不自然。刚刚打过"点滴"的我身体有些虚弱，也就显得不是那么主动。于是，我俩并没有多少寒暄便把双方见面的目的导入了交流的话题。"你的身体状况如何？"联想到手机中的信息，我首先发问道。温总沉吟了片刻，像是在脑海中搜索着准确表达的语句。随后，他轻轻地叹了口气说："不好意思，一下子我还真不知道该如何向您说起。""病情严重吗？"我唯恐他真的是得了什么难以医治的疾病，便轻声问道。"严重，非常严重，严重到我对生命产生了患得患失的惊恐。"温总的话像一枚微型炸弹充满了就要自动引爆的威力，让我听起来心悸不已。"可以说明白一点吗？"我继续问着。"这……"温总欲言又止让我对今天的谈话内容产生了压力，我不知道他究竟患上了什么样的重病。

仔细地端详着坐在我对面沙发上的温总，年纪五十岁左右，皮肤黝黑，一个时尚流行的寸头把他那标准的圆脸凸显得更加饱满；再看看他的双手，骨骼粗大、手掌肥厚，应该是一个养尊处优的人啊。我猜测不出他此时身体的病痛，但我注意到温总的眼神略显空洞和乏力，尤其是那呆坐的神态似乎昭示着他的精神压力已经超出了常人承受能力的范围。我端起了面前温总刚刚摆放上来的一次性水杯，此时的我因为吊液后的药物反应感到特别的口干舌燥，加上那昏昏欲睡的无力，我一口气饮尽了杯中的水，开始没有了久坐的耐心。于是，我对他说："你可以信任我，也许我并不能帮助你完全排除心灵的伤痛，但是相信我可以成为你信任的朋友。人这一生，只要有信心就没有什么迈不过去的坎。你既然多次致电于我，我想现在的你需要我这个陌生朋友给予的不是什么援助，而应该是希望中的那份理解吧。另外，虽然我不知道你所说的病态给你的职业生活究竟带来了多大的影响，但通过我们几次的电话交流，我相信你我是可以共同找到解决问题的方法的。因为你原本就是一个把生命的健康指标锁定得很高的人，加上你常年和患者打交道，耳闻目睹现代人的身心疾病和痛苦无助的难言之隐，应该比其他人更懂得这种忧郁背后的那份精神压抑给生命所带来的危机吧。所以，你可以放心地告诉我你究竟得了什么样难以启齿的疾病。"我把话题再一次推向了他。

"其实我也不敢肯定自己是否真的患上了什么大病，但我可以认定的就是自己一定在精神上有着不正常的心理状态。"说完这句话后，温总用两只手掌捂住了自己的脸面，沉浸在痛苦中。"做过检查吗？"我又问道。"没有办法检查。"温总从指缝中挤出来的声音显得低沉和沙哑。一时之间，我们的话题又因他的沉默而中断。虽然温总对自己的健康问题用了最巧妙的话语来回答，但我还是捕捉到了他言语背后的真实病因。我想，他肯定是一个在心理上已经有了诸多障碍的人，他的苦衷就在于一旦把口中所描述的病理进行解剖细说，就等于把自己的内心在他人面前一展无遗。这的确需要很好的谈话氛围。为了缓解他的尴尬，我开始把话题引向别的内容。"上次你在电话中告诉我，你从事医疗行业已经有二十年？"闻听此言，温总慢慢地把双手从脸上拿开，他的神情转入平静。

他对我说："是啊，二十年前，我从西北的乡村走出来，先是在一个医疗卫生所打杂，后来又开始学习包扎上药，再后来就是在药房煎药。一来二去就掌握了一些医疗卫生知识。再后来，我又拜一个老中医为师做了他的闭门弟子。我在老家帮助他打理着两家中药铺子，久而久之自己也可以开出一些基础治疗的医药方子，同时我跟着师傅学会了把脉、问诊，也懂得了病人的需要和痛苦的原因。整整十年，多年的媳妇熬成了婆，我已经快三十岁了。在拿到利用业余时间考取的自学成才的中医师证书后，我不甘于在一个小地方就这样沉寂下去，听说深城不错，我就卷着铺盖南下了。当时的深城今非昔比，百废待兴的大都市成了我这个乡下仔大展拳脚的舞台，凭着并不浅薄的医疗技术，我应聘到一家私人诊所坐起了门诊。这个诊所靠近工业区，每天进进出出的都是那些患有头疼脑热的打工一族。两年过去了，看着诊所老板丰厚的经营回报，我梦想着自己也能够开上这么一间并不需要多少投资的小诊所。但是，学徒数年的我手上根本没有多少积蓄，家乡的父老亲人更别指望可以助上一臂之力。苦于没有资金，理想与现实唯有在自己的叹息声中隔着长长的距离。但是，一旦激发起自己那道不安于现状的动机，我的心就开始变得更加不平静。每天我都在揣摸着怎样才可以快速地寻觅到一笔创业起步的资金，如何能够早日自立门户成了我茶不思饭不想的精神压力。可是，举目无亲的深城让我到哪里去圆自己的老板梦啊，我的情绪一落千丈，无可奈何地在苦思中打发着为他人效力的日子。

"一天晚上，正在诊所值班的我从《××晚报》上看到了这样一条转让信息——在位于新城区的一个小区旁有一个私人诊所的老板因要出国，急找人接手他经营多年的小门诊。令我欣喜的是这个老板说明了转让的价格可以面议。看到信息的我在按捺不住的狂喜中酝酿着如何把握住这天赐的良机。我决定去说服这个诊所的主人，让他既可以把诊所转让给我，又可以不需要我拿出目前自己实在拿不出来的转让费。于是，我大着胆子和转让人见了面。这是一个东北汉子，人很温和。听完我说的话，他答应考虑一下。由于他急于出国，加之这个诊所里原本又没有多少医疗设备，除了一个营业执照就是一套租赁的房子，还有两名在职医生。我对他说愿意每个月给他支付百分之二十的纯利润，只要他写个授权委托书，我就以他亲戚的名义继续把这个诊所开下去，也可省去转让之虞。也许是我热忱的态度和可观的利润承诺让他看到了我真诚实在的一面，又或许这就是我们常说的人缘和机遇。总之，他说反正自己早已是个深城人，以后经常还要回国来看看，如果每个月都有固定的经济回报，这也算是一笔不小的额外收入。他权衡再三后终于答应把诊所托付给我，条件是自负盈亏，利润当月结算，出了医疗事故自己要完全承担。就像从地上拣到一个天上掉下来的金元宝，我喜疯了。

“回到原来的诊所，我连当月的工资都没有要便辞了职来到这家私人诊所自己当起了小老板。抱着视死如归的坚定信念，我把自己和行李都扔到了诊所的仓库里。我开始了夜以继日的熟悉环境和快速创造效益的规划设计。由于这家诊所已经开张了几年，在小区附近也有一定的口碑，所以自从我接手后诊所的经营一直处于一个稳定盈利的状态。这让初试牛刀的我无疑也有了更大的动力。为了保证兑现我对这个诊所前任当家人的利益所得，我开始把如何进一步推广诊所的服务项目纳入了经营的主题。回想起在老家做学徒的经历，我决定把那些古老的民间养生疗法全部搬出来用于建立和扩大诊所的服务群，尤其是针灸、拔罐、刮痧、推拿等养生疗法更是我的一技之长。很快我便把这些民间的康复养生精华都添加进深城这些都市人缓解疲劳的保健处方里，并开设了一个专门的服务区来接待患者。我又精心设计、印制了一部分优惠卡，特意招了两个男青年每天到附近甚至更远的地方去挨家挨户地投到信箱里。深城地处沿海，湿热比较重，泻火滋养成了我这个小诊所推出的又一服务。这样一来二往的推广宣传，前来询诊求医、接受我们健康观念的人多了起来，诊所的效益回报也因此翻了几番。

“我在暗暗自喜中并没有忘记自己心里的远大梦想和一直存积的一个不变的奋斗目标，那就是要真正开辟和打造自己的终身事业。我意识到目前这个诊所只是我创业路上积累第一桶金的资本来源，如果我未来的事业目标要想得到最终实现，今天在这里就必须苦干和巧干。同时，我也知道自己虽然有一些民间的古老医术，事实上与专业医生比起来还是才疏学浅。为此，我给自己的职业规划就是利用自己的医学专长使自己在未来成为一个权威的健康事业经营者，于是网罗医疗人才壮大自己的专业团队成了我为未来事业养精蓄锐的又一个实施目标。原来诊所的两个医生医德、医术都不错，他们从内地辞职后来深城也只是希望找到一个薪水比内地高的专业对口的岗位。虽然同为游子，但是他们并无什么大的理想追求。为了充分挖掘和发挥他们的职业潜质，我特意请人为诊所制定了一套薪酬奖励制度，目的是鼓励他们每天多看病人并积极地为病人寻找病因和提供更好的医疗技术服务，让来到这里的患者既有回家的感觉，也有被亲人呵护的温暖。这种个人利益与诊所效益挂钩的薪酬制度激发了他们超常的工作热情。他们开始为了自己的所得和我一起加班加点，无微不至地服务着来来往往的患者。随着诊所效益的提高，两名医生初尝我医疗改革制度下的那份实实在在的价值回报，从此他们也不再把自己当成一个单纯聘任的医生而是诊所的主人。'共存亡，共荣辱'，这是我提出的诊所决策层理念，我们三个人既是给病人诊疗的医者，也是经营上的小学生，唯有共同努力、发挥才华优势方能让诊所的发展处于不败之地。就这样，我们三个人的工作默契和心照不宣的利益分配，让这个我接手半年的小诊所每天前来就诊抓药的患者络绎不绝，我们大家也都拥有了辛勤付出后的那份踏实的经济回报。

"诊所的经营上了台阶，人手就明显满足不了现有服务项目的需要，我又在《××晚报》上打了一则招聘信息，广纳天下医学英才和我一道拼搏向上。就这样一步一步，我凭着自己并不聪慧的大脑，怀揣着一个想自己开家民营医院的梦想，在苦苦努力的付出中真正把握住了命运赐给我的创业和成功的机会，这个只有一百多平方米的诊所也成了我欲独立去打造一个事业王国的训练场。一年后，经过反复论证，拿着手上不菲的积蓄，我决定开始大胆地实施自己的医疗诊所联营合作招募方案。首先，我在多家报纸上连续打出了寻找手续齐全且因各种原因经营不善的诊所。一时间，我的办公室台面上的电话几乎要被打爆了。那个时候的我深深地感觉到深城的机会真的很多，藏龙卧虎的市场悄声无息地上演着许多创业者一幕幕成与败的起起落落。然而，对我这个有备而战的创业人来说，每一个诊所在发展的进退中遗留下来的那些亟待修复的问题都是值得我去汲取的财富。我通过来电的沟通和了解，按照深城的地理区域整合出一个业务网络联营图，凡是被我圈定在图内的诊所都是我要亲自去踩点收编的

‘部队’。在明确了自己的选择后，我便逐一上门去参观和拜访那些摇摇欲坠的诊所及其走投无路的老板。经过与他们一番番促膝恳谈，面对我可以让经营者大展宏图、起死回生的妙计，正处在商业逆境中与我相遇的老板们犹如久旱的禾苗找到了滋润的甘泉。他们接受了我的建议，纷纷和我联盟，加入到我策划的网络服务的经营体系里来。一时间，由我亲自挂帅操纵经营管理的医疗诊所社区服务网，悄然渗透到居民的健康需求中。在解决着病患便利地询医问诊的同时，我们联盟服务团队的业务也是芝麻开花节节高，可观的经营回报让我的合作者们尝到了开创新局面的甜头。

“就这样三年过去了，由我主控的服务网越来越大，一些新开张的小诊所和一些由于经营问题而欲倒闭的老诊所纷纷参与我的模式，和我形成了自然组合的一个集团性医药流动服务网点。按照我和联盟商的约定，我每年可以向每一个联盟单位收取百分之十的管理费。随着联盟体系的日益壮大，我终于从创业的血刃战中解脱出来，成了一个真正可以主宰事业和收获金钱的巨人，那一年我才刚刚满三十五岁。丰衣足食后我又在想，现在该是要考虑传宗接代的问题了。过去，由于自己出身贫寒又居无定所，不敢妄想成家。而如今，未成家已立业，让我在婚姻的选泽中多了一种主动和自然。很快，‘近水楼台先得月’的我与本诊所的一名护士结了婚。”不知道为什么在谈到结婚这个喜事时，温总反而深深地叹了一口气，面部呈现出难以名状的复杂表情。我猜想着温总的婚姻是否已成为他生命的失意，究竟是什么样的生活内容让他在骄傲的创业路上遭遇了人生的重创，又是一种什么样的命运碰痛了他的心脉从而压制了他的快乐并形成了他今天愁苦的心态，我不得而知。

温总并没有继续他的话题，而是随手拿起茶几上的烟猛吸起来。一瞬间，烟雾带着浓烈的刺鼻味在整个办公室弥漫开来。我屏住气息不愿深呼吸，因为自己对烟味太敏感了，我禁不住在压抑中发出了轻咳声。此时的温总竟然毫无察觉我瞬间皱起的眉头，继而在失神的迷茫下把口中的烟圈一遍遍吐向空中。我强忍着环境的不适，在这样一个极不愿意久待的空间中默默地承受着温总因情绪的失态而给我带来的不安。尽管如此，我还是不愿意主动去叩击他的心声，他似乎在努力地用烟头来点燃自己那盏早已熄灭的心灯。沉默，我和他都在沉默。望着一支支香烟在他口中燃尽，此时的我仍然无法把握他的痛根。

终于，温总再次点燃一支烟，火光在不断抽吸中时隐时现，他费力地继续讲述起来：“我太太毕业于正规的医学院，和我一样，来自于西北，学的是高级护理，南下深城也是想在此地圆一个青春的情梦，她希望在深城有一个比家乡更富有的小家。她高挑、美丽、善良、贤惠，是少有的温柔型北方女子。初来深城的她同样在举目无亲的孤单下经历了无数次的求职挑战，最终在我的诊所停住了疲倦漂泊的脚步。记得她刚来应聘护士时，在抬头注视她的那一瞬间，我的内心便有了异样的感觉。或许正是这种特别的感觉让我在录取名单上用红笔粗粗地写下了‘同意录用’四个大字。她的心是纤细的，很快她便体味到了我对她和其他人不一样的心事。或许是因为我是她欣赏的老板，又或许是我们均来自同一个地方，也可能是大西北的黄土培育出了我们这对男女同样感性的情怀，在两个人一次次唱出对故乡思念的曲目时，相依相偎便成了我们两人男欢女爱最经典的一幕喜剧的延伸。

“一个黄昏的夜晚，留在诊所值班的她为我端上了我最喜欢吃的醋熘土豆丝，这是她在宿舍为我做的。望着盘中餐，我似乎已经嗅到了家的温馨。那土豆丝超薄、超细，就像她那渴望结合而又羞涩的心，那醋的酸味更像是我对她那贪婪的爱情欲望让我在吞食中咽着口水。望着她两眼秋水，我想和她在一起，而且是永远的在一起。这个大胆而又执著的念头让我第一次品尝到后生仔狂热的痴情，她送给我的‘两情若是长久时，又岂在朝朝暮暮’两句爱情的至理名言已不能够克制我初恋冲动的情怀。我想结婚了，因为我相信，结婚可以让两个人不再因距离和信任而产生分离，结婚可以实实在在地让我拥有自己所爱的女人，结婚还可以让我得到一个完完整整的家庭。终于，在我海誓山盟的肺腑之言下，骄傲中带着娇嗔的她怀揣爱的春梦成了我生命中的第一个女人。我在深城作证的自豪中完成了一个男人立业又成家的使命。从此，有了太太的我开始了容光焕发的人生，我更加发奋地扩张着自己的事业蓝图，而她则从此隐退成了我这个成功男人背后的女人。为了更好地支持我开创大事业，也为了让我从此过上饭来张口、衣来伸手的家庭生活，尽管她还在犹豫着放弃职业追求之后的自己究竟还能保留多少欢乐，但经不住我对二人一生相濡以沫永恒目标的承诺和感动的热吻，她小鸟依人般地顺从了我，回家成了全职太太。

“日子在收获的知足中平静地滑过，有了太太默默的奉献与支持，我如虎添翼，在医疗界我事业的成长和壮大已成为业内津津乐道的话题。在生活的无忧无虑中我的女儿带着新生命的强劲降临到这个缤纷的人世。女儿的到来填满了我为人之父的喜悦，我的心从此和这个小精灵相互依赖在一起。此时的我才知道，在我男人刚强的背后其实有着一颗柔软的慈父之心，我爱女儿胜过爱自己。爱女的出生牵引出的是我这个曾经一贫如洗的乡下仔从此拥有了延续血脉的根基。尽管我也对太太流露出要是第一个是个男孩就好的‘遗憾’，但我那像天使一样一出生就爱笑的女儿把我在产房门前的那一丝微妙的惆怅早已化为自己用心接纳女儿的幸福。女儿用顽强的生命力向我发出的呀呀声似乎就是为了开启我这个做父亲的那扇血缘的心门，‘让我心疼和宠爱她’是女儿令我发出的最自然最本能的心声。娇小女儿的天真让我不能怠慢对她的关心，因此当我一次次拥抱她的时候，也在欣慰中感谢着上苍对我的垂爱和赐给我一个因为有她才有的欢喜日子。”

说到女儿，温总一扫先前的沉静，笑容悄悄地爬上他的眉梢，让他顿时神情飞扬。我不禁感叹造物主的伟大。我想“可怜天下父母心”这句至理名言，有时候不仅仅是提醒我们每个人要永远记住父母养儿育女的艰辛，更多的还是在叮嘱中体现着儿女和父母的情缘可以让现实生活中的人们永远拥有一个幸福和美好的亲情之恋。我相信，无论我们的父辈生活多么贫穷，创业多么艰难，亲情始终是我们欢乐的源泉。“你女儿一定很漂亮。”我轻轻地插了一句。也许是我的询问调动起了温总那原本就已经开始兴奋的心情，他抬眼飞速地扫了我一眼，起身走到自己的大班台前，从桌面上拿过一个相框递给了我。照片上写着“全家福”三个字。只见相片中的温总年轻中透射出他这个农民子弟那特有的一种敦厚和夹带着自信的帅气，两眼笑成一条缝让我看不到他的眼神，但从他粗大的双手左右环抱着一对儿女和紧紧地从背后用两臂环搂着他脖颈的女子来看，这的确是一张写满圆满、快乐的全家福。我专注地端详着照片上的每一个人，此时的温总转身坐到了我的身边。他指着照片上的女儿对我说：“这是我女儿六岁时候照的相片，你看她的样子有多乖。”也许是温总平时抽烟太多，又或许是拄烟的习惯已成为他疏解压力的一种方式，总之虽然他坐得离我有两尺远，但还是从他身上传来浓浓的烟草气息，我情不自禁地稍微挪动了一下身躯。可能是我这个不经意的行为让温总感觉到了自己突然间的随意，他又起身朝我对面的沙发上走去。

坐下来的温总不再对着照片指指点点，而是直接向我描述着其女儿和家庭的故事："女儿的出生分散了我一部分精力，我也格外留恋在家的日子，那个时候的我总是尽最大的可能把工作交代给其他领导人，早出家门也早归家门，太太自然欢心不已，女儿更是在伴随着我们夫妻和睦家庭幸福的欢笑声中健康地成长着。又是三年过去了，冒着超生被罚的风险我的儿子在我的企盼中帮我了结了因缺少他而萦绕在心中的那一丝传宗接代的遗憾。从此'望女成凤，望子成龙'的人生信念占据了我这个事业男人工作之余的全部空间。我期待着自己这种心满意足的日子可以就这样平稳地走下去。

"一晃，我的女儿六岁了，儿子则在慢慢地爬行中度过了他一周岁的日子。而此时，我那已不再继续投入精力的事业圈子也在不知不觉中发生着翻天覆地的变化。首先是国家和地方对医疗卫生行业进行整顿和改革，并公布了许多有利于社区康复保健服务的管理机制，由卫生主管部门派生的许多体现人文关怀的社区康复中心也相继在深城各大区域落成。这样一来，由我一手创建的区域联盟服务网受到了冲击。一是有些常年和我捆绑合作的部分诊所要求解体自谋发展；二是社区康复中心的出现让原本集中接受我们诊所服务的病患人数产生了极大的回落；三是我这种创新式的联盟合作在复制出了一套成功营运的方式后让我的合作者私欲膨胀，既不愿意和我分享现有利益又不情愿继续接受合作监管，但是他们又想要和我保持并依赖一个共同的品牌关系，以继续拥有原有会员网络的病患资源。一时间，我的事业面临硝烟战火后的千疮百孔，为了重整山河，我又开始挖渠填海般重新开创经营新局面。但此时的我不知为何变得有些心力不足，不知道是家庭这个温柔乡带给我太多的精神眷恋，还是十几年的创业经历让我留下了太多身心的疲态，我的动力虽然没有减弱，但是我的心灵之光却在不断变化的事业挑战中渐渐变得微弱，无可奈何之中我拉紧了拼搏的绳索坚持着最后的奋斗。

“每天的忙忙碌碌、口舌之战、服务的创新、人际关系的网络、商战策略的制定，让我在精气耗尽的日子里变得焦虑和机械。终于，事业在重新的修整中恢复了元气，我原有的诊所不但没在冲击中落败反而有了更大的成功。在大刀阔斧的举措中我又注册成立了一家医疗器械公司。从此，我的事业根基更加稳固，一切都在如愿以偿中走向事业的辉煌。但是，一顿焦头烂额的商业拼搏留给我的已不再是笑傲江湖后的那份轻松，而是可怕的性情变化。我开始变得暴躁、易怒，尤其是回到自己的家里，一种莫名的冲动就是想发泄。太太的一句话可以引来我的火冒三丈，女儿的哭声可以让我对太太暴跳如雷，儿子的摔倒也可以令我把男人的铁拳挥向太太那娇柔的身躯。”温总的语调充满了感伤，他把头深深地埋了下去。

办公室里的空气一下子变得凝重起来，望着仍然还被我拿在手上的那张全家福照片，看着女主人那幸福阳光的脸庞，我似乎想象得出当她的丈夫用拳头来宣泄对她的不满时她那份惊愕和无措。此时的我不知为何心里一阵悸动，我感到了瞬间的压抑和心痛。同为女人的我，虽然没有办法去评判女主人在遭遇到肉体暴力时的那份精神的哀痛，但我完全可以“目睹”到这铁拳下的摧残给夫妻双方带来的那条永远也无法真正愈合的精神断裂带。温总的故事似乎才刚刚进入主题，而我的心则好像不能再继续倾听这沉重中带着血腥味的故事结局，原本因病而体虚的我的确无力再在心里去辩论生活的逻辑是多么的复杂而又琐碎。

此时的我完全可以预见得到，家庭暴力就这样自然地在一个女人的生活中铺垫开来的结果，这关不住的水龙头一旦被水压撞开，那将是怎样的一泻千里啊！电影中、电视中、小说中太多的男女主人公在彼此生活的故障中让家庭暴力成了餐桌上的“味精”和“酱油”，久而久之的施暴和当事人委曲求全的服从将是人生多么残酷的一幕啊！家庭暴力表面看来是一种失控的行为，事实上是施暴人精神虚幻孤独无助的一种自然宣泄，甚至是灵魂泯灭一瞬间的丧心病狂。这种暴力的伤害让任何一个正常的人都会因面对精神的摧残而不寒而栗，这种暴力的举动一旦形成将使受害者的心灵陷入长期难以自拔的痛苦之中，有些不甘受屈的当事人在遭受到亲人无情的暴力下甚至会用生死诀别来抗议施暴人冷酷无情的侵害。这让我想起了早已被重新拟写的那句话：“女人，你的名字不应该是弱者。”

望着仍然羞愧不已的温总，我轻声地问了句："你太太，她现在好吗？"

温总面对我的提问没有正面回答，他说："自从第一次挥发自己的体能，暴力就成了我卸压的工具。太多次了，我扮演着天使和魔鬼的双面孔。当我施暴时的那份残忍通过太太那止不住的眼泪让我感觉到自己无法自制的狂躁后，我不能原谅自己作为一个男人对太太无理的侵犯行为。但是，我总是在清醒和麻木之间、在爱与怨之间重复着对太太的暴力。每天，我在办公室里春风得意，似乎人生的一切都不再是难题，而回到家中对太太所做的一切家事却充满了挑剔和刻意不满后的那份敌意。太太变得沉默而又寡言，她总是小心翼翼地接受着命运给她的挫败，我性情大变的结果让她在短暂幸福婚姻生活后体验着无端受虐的苦涩。不知道为什么，她越是这样低眉顺眼，越激发出我那潜藏在热血里的那股亟待发泄的躁动：从对她大声呵斥到拳脚相加，从把一本书摔到她胸前到把一杯开水泼在她的背上。我已经不记得自己用了多少无理的理由，花了多大的力气，说了多少伤害她的语言，把家庭暴力时时升级并带到一个我和她还有儿女都不再拥有平静和欢乐的日子里。终于有一天，在我把碗筷摔到地下的那一瞬间，我在十岁女儿的眼中看到了一汪饱含在眼眶中的热泪，那时候的我像一个被枪击中后的雄狮立即软瘫在沙发上。女儿有一双会说话的大眼睛，清澈、明亮、天真无邪，让我在冷静后无地自容。没有办法保持家庭的和谐，我开始独自呆在办公室里。我害怕狂怒的自己，更害怕暴躁中自己那些粗鲁的举动，有家不敢回是想把一份安静与和平悄悄地留给妻子和儿女。我不在家至少他们不会因为我的出现而害怕，而躲在办公室孤灯下的我是多么想念昔日那温馨而又甜蜜的家庭生活。"

温总再一次在长叹中点燃了一支烟，他大口大口地吸着，似乎要把心中所有的郁闷都用烟雾喷吐出来。整个谈话中他都没有说到自己太太的想法，我一直很担心这个女人，她究竟有多少耐力可以抵抗住家庭暴力给她带来的不幸。我再一次向温总发出了探询："对于你的种种行为，面对一个为了支持你成功默默承担着相夫教子家庭责任十几年的女人，如今却要经历这非人的身心摧残，你有没有去想过她的感受？她是用什么样的思想在衡量着你们夫妻二人现在的关系？"在我一连串的发问下，温总的眼中滚出了两行泪花，我想自己是戳到了他的心坎了。我急忙从面前的纸巾盒中抽出两张纸巾递给他，但是接过纸巾的他并没有去拭擦面颊上的泪水，而是用两手把纸巾搓成了一团。他颤着音对我说："我很庆幸自己可以娶到她那么善良和知书达理的人。在面对我长期精神郁闷下所产生的暴力行为时，一开始她可以说是伤心欲绝，因为她不相信给了她那么多幸福承诺的男人会对她实施暴力。再说，我们俩一直都是彼此尊重、相互敬爱，既没有生活的矛盾，也没有性格上的差异。尤其是她怎么说也是一个读过大学的人，平日里我在生活上对她也常常是言听计从，结婚以来两人几乎就没有红过脸。因此，我的变化在她一次次的伤心中让她开始分析起我施暴的原因。她怀疑我在长期的职业压力下患上了精神疾患，虽然她不能确认我的心理疾病有多严重，但她肯定我有心理障碍。为了不刺伤我的自尊心，她没有用语言来告诫我，而是在一个夜晚用泪水醮着笔墨给我写了一封信，并悄悄地放进我的公文包中。第二天中午，正准备午休的我在公文包中看到了太太的亲笔信，详读完内容的我情绪已难以自控，联想到太太的用心良苦，我这个西北汉子一时竟悲从中来，躲在办公室里哭得泣不成声。她善解人意的宽容下散发出人性的慈悲解开了我积蓄已久的心结。我对自己的女人有了更深的了解和愧疚。这封信成了我们化解家庭恩怨的灵丹妙药，太太的苦心更使我在心存感激的同时焕发出男人雄性的悲戚，我彻底地被太太的温情感化了，我就像一个掉队的老鹰又有了展翅高飞的强劲欲望。"温总的眼泪尚未干，但神情已被幸福的片断所感染，他不停地解说着重新开启心灵的那个艳阳天。

"可以让我看看这封信吗?"我被信的内容吸引着，忍不住向温总发出了请求。"可以，在包里，我拿给您，我一直放在包里。"温总一边应答着我，一边小心翼翼地转身从桌子上的公文包里抽出一个白色信封递给我。

我迫不及待地展开信，只见笔迹秀丽，信件内容直入眼帘："亲爱的老公：你好！我知道此时的你一定是百感交集，因为你的心中渗满了自虐的苦水，你不甘心在我们生活富足的今天让煎熬成为家庭的主题。我爱你，亲爱的老公，我知道你也爱我，爱这个家，爱我们的孩子，是什么让你变成了一个生活的暴徒可能连你自己都不知道。当你第一次用武力来作为我们夫妻交流的方式时，我的心就开始流血了。多年来，眼泪没有拯救我受伤的命运，伤痕也同样没有唤醒你麻木的神经，对自己同床共枕妻子的暴力行为早已成为你对我进行精神杀戮后的那种解脱自我压力的借口。我曾经无数次在受伤后抱着一对儿女要跨出这个充满杀气的家门，我也不止一次想到了用丢弃性命来诅咒你对一个手无寸铁女人的暴行。但是，每一次悲伤后的思考，留在心中最大的伤痛不是因为自己，而是你暴力后的那一丝喘息，你的行为夸张恰恰暴露出你精神间歇的那份失意。你太累了，十几年的奋斗让你在今天不光有了一个家庭，同样也有着疲惫的身心和不平衡的心理。自从和你在一起，我就再也没有走出家庭这个小圈子，丢掉了大学的理想，忘记了奋斗的目标，更遗落了生活的筹码。我在封闭的世界里依赖着你精神的高大，依附着你生活的供给，把自己所有的情和爱化作了盼你回归的眼神。每天围着你的衣食住行转成了我这个无业女子最大的职责，而‘夫唱妇随’也是我这一生追求幸福生活的根本，我任劳任怨地履行着一个做妻子的职责，因为我爱你，我深深地爱着你和我们的孩子。可是我没有想到，自己一个对生活充满热爱、对人生抱着美好期待的女人，竟然会在遭遇丈夫肉体摧毁的今天继续扮演着承受暴力的弱者。是你的野蛮让我的思维停止了转动，还是我的无能让你的恶劣插上了罪大恶极的翅膀。我不知道。所有的一切因果都令我困惑和迷茫，但是伤心而又绝望的眼泪在决堤中不光冲刷着我受屈的心灵，同时也启蒙了我保卫幸福生活的欲望。

“终于有一天，当你像一头遭到围攻的野狼一样向我扑来时，我的心真正地战栗了。我知道你病了，你病得很严重，严重到你自己毫无窥视自我虚弱的能力。你每次暴力后的那份微妙的快意都尽收我的眼底，一个惯性的行为成了你自我调节情绪的变压器。正因为如此，我满足着你瞬间的需要，我挣扎在自己崩溃的边缘，把自己修炼成铜皮铁骨来承受你癫狂的虐待。但是这么多年过去了，你并没有因为我的退却而让你对自己的女人产生一点怜悯，相反我的弱势让你变得更加强势。此时的我才真正懊悔自己为什么不是一名专业的医生，可以及早洞察你身心的变异。回顾我们夫妻走过的相爱的日子，我认为是时候该让你清醒了。我不能再害怕你的暴力，也不能再让你成为一个不要命的施暴者，我要和你一起面对暴力——

那个真正的暴力，那个来自于你职业高压下让你丧失人性的精神暴力。但是，让你缓压的方法不是让你在自己受伤的亲人身上撒下一把令伤口更加痛楚的盐巴。要知道，你的失态和忧伤都会让你的妻子变成一只孤单的羔羊，让你的儿女看不到父亲的慈祥。因此，唯有你的健康和快乐才是我们家庭中最大的希望。老公，我爱你，放下你的心魔，去看看心理医生吧！求助也许是无谓的，但这也应该是一个最让人释怀的选择吧！再一个，我也希望通过这洁白的信纸告诉你，我决定出去找工作。你一定会惊讶我为何在荣华富贵的今天要去外面的世界找一份不安和辛苦。在这里让我告诉你，这么多年离开社会的居家日子让我对人生产生了进一步的认知。我经常想，家庭暴力能够在我的身上重演和我自身有着密切的关系，当你在我面前毅然挥动你男人的巴掌时，除了你难以自控的情绪外，还有就是在你的潜意识里我早已成为家庭生活的奴隶；在精神上你和我之间已不再平等，你没有正确地评估我对家庭任劳任怨的付出也是一种耕耘和劳作，你一定认为我没有收入也就没有了相应的人权，我没有职业也就等于你可以任意实施主宰我命运的霸王条款。当我在大彻大悟中客观地分析你的精神状态和我危险的人生处境时，我不想在无奈中仅仅靠眼泪来冲洗悲哀，我也要活出自己应有的尊严。我的大学教育经历记忆犹在，我的女人心仍然充满着生活的幻想。外面的世界究竟有多精彩让我在今天格外向往和期待，我要走出自己心灵压抑的门槛，朝着希望的明天让‘女人’一词成为世人尊重的符号。

“最后，让我说一句，谢谢你，我最亲爱的老公，谢谢你选择了我，谢谢你曾给予我无限的幸福，谢谢你用自己的奋斗给了我和孩子一个不为金钱发愁的家园，也谢谢你用暴力启发了我沉迷家庭生活已久的那颗与世绝缘的落伍之心。当然，我更要感谢自己在今天还可以拥有在人生逆境面前能够重新站立起来的勇气。我相信你最终也一定可以让自己从身心受挫的职业繁杂中找到一个可以真正歇息的精神港湾，更相信我觉醒后重新投身职业一定能够创造出美好人生的硕果。让我们夫妻二人不遗余力地、坚强地面对现实，活出健康，活出品位，活出精彩！最后，请答应我，去找一个专家给心灵洗个澡吧！清洁后的心灵将不会让你再被精神的尘埃所污染，只要彼此的心境都能够在身心健康的思想指引下让幸福回归平静美满的家庭生活，我和你还有孩子们也就有了梦寐以求的永恒的快乐天堂！”

我一口气把温总递给我的信看完，想到一个女人在承受丈夫对自己如此残酷的身心侵害下，还可以写出这样一封令人感动和心酸的信件，我禁不住对着照片上的女主人送上了自己欣慰的笑容。温总在我看信时仍然是用抽烟来掩饰着自己被我明了家事后的那份局促与不安。

“你太太现在怎样，一切顺心如愿吗？”我把信件小心地送回信封后抬头问道。温总惆怅地对我说：“她现在很好，已经上班了。”“是在医院吗？具体做什么？”我紧跟着问。“没有，她在一家贸易公司做业务，是涉外业务。”温总随口说道。“为什么她没有选择自己原有的护士专业而是去选择一个和自己的特长、专长、经历完全不一致的岗位？”“是啊，我始终没想通，做涉外贸易首先英文要过关，而且来来往往都需要一定的工作能力和市场操作水平，她从结婚后就没有再上过班，那种严谨的岗位工作要求也不知道她是如何适应的。”温总若有所思地轻声说道。

听了温总的话，此时的我再次读懂了这个写信的女人，她不光有着聪明的头脑，而且还是一个具备生活智慧的强者。看着温总对太太走出家庭投身职场的决定显得那样的不解，我想这可能就是他作为一个大男人可以在过去这么多年里任意发泄自己性情的一个原因吧！他在事业的收获中自认为成全了和太太的二人世界，其实他早已忽略了一个女人同样拥有的思想和与他一样具备的生存能量，他在职业的过度强悍中也已经忘记了太太身上始终潜伏着那份追求生命价值的执著。南来北往的游子不论是男是女，每个来到深城这个美好世界里寻梦的人，都是在经意和不经意间因为生活的目的得到和遗失寻觅已久的战果。我相信，女主人在一刹那的顿悟中悟出的不仅仅是一个职业的去向问题，而是她的“离家出走”正是为了更好地铸造她和她先生那个理想的家庭归宿。望着眼前的温总，我的心里突然有了一点激动，是因为太太的那封信让他开始正视自己发病的心理，还是太太如今大刀阔斧切除家庭暴力这个肿瘤所带给他的震撼。总之，想象一下今天的他该如何排遣那份精神孤独，没有了可以任意攻击的对象，那悬空的拳头又能够击向哪里？谁才可以成为他真正的精神教父，使他在卸下身心压力的同时也同样可以像他太太一样在感悟人生的得失中拥有真正的快乐？

我思考了一下，问道："你今天的精神失落和心理痛苦是源于太太的举动还是后悔你曾经给她带来的伤痛，是因为太太执意选择职业给家庭带来了表面上的波动还是你今天仍然不具备把解除心理障碍变成一种解决暴力倾向的能力？"温总回答道："我的心很乱，你说的问题好像都有，如今的我总感到孤独与不安且力不从心，好像患上了久治不愈的大病。"温总再一次长长地叹了一口气。

"那你希望怎么办？"望着似乎真的有些不知所措的温总我反问道。他低头沉思了一下，说："这几年，随着我国国民经济水平的日益提高，人们的健康意识也在不断增强，对保健产品的需求大量增长。我公司研发生产的家庭型保健仪器目前在市场上已是供不应求，我们还有几款家庭保健诊疗仪已远销国外。从创办公司到现在，我的企业不断发展壮大，生产自动化程度更高，技术力量也更雄厚。为了进一步发展，我又引进了先进的技术和设备，在管理上，从仓库到生产、销售都采用了产销一条龙的科学管理模式，并在客户中树立了良好的信誉，使得销售额逐年上升。""这是值得你骄傲的成绩，你应该很开心才对呀。看起来你艰辛的创业生涯早就与功成名就画上等号了，为什么你还要让自己郁郁寡欢呢？"我忍不住插嘴道。"问题的症结就在这里，自从太太固执地坚持把自己的精力投入到她的打工生涯，我就觉得幸福离我越来越远了。按理说，女儿已上中学，儿子也在读小学，我没有任何理由将她囚禁在空无一人的家里；尤其是我曾经给她带来的暴力伤害，都让我没有足够的理由可以去阻止她跨出家门的决心。""你为什么要去左右她选择开心的方式，她的那封信还不能打动你这个硬汉的心吗？"我开始为女主人辩护起来。"是的，她是想到了自己的需要，但是我太太直到今天都不能真正感受到我对她的爱早已由青年的浪漫转化成一个中年男人情怀的依恋和对家庭生活的依赖。"

温总提高了语调把一连串的哀怨从嘴里吐了出来，他的声音里包含着让我无法用语言去描述的那一丝委屈和孤单。这似乎就是一口心灵的枯井，它在埋葬着一个男人对自我精神健康信心的期待。我有点迷惑，这个任意让心病入膏肓的男人葫芦里究竟卖的什么药，一时间也让我在与他的交流中错失了询诊的方向。

"你想说什么？"我立即追问道。"我想要幸福，想要一个梦寐以求的豁出青春、赔上岁月、努力追求、拼命攀登事业成功后的那种夫唱妇随的家庭幸福，这才是我真正想要创造并拥有的财富。可是，如今的我由于行为的伤害让我的太太开始在思想上强大于我，而我却在心理的错位中助长着自己灵魂的那份孤单。”说到这里的温总面部表情显得格外地无可奈何。

是啊，幸福是什么呢？我们每个人起早贪黑就是为了能够活下去吗？在21世纪的今天，在用“快”字填写日历的时代，竞争、压力、问题、矛盾以及孤独和寂寞、失败与成功，在任何一个环节都有可能让我们在追求幸福的时候和真正的幸福擦肩而过，但是谁又能否定在我们失去和失意的时候，幸福就不曾光顾过我们的世界呢？我知道温总和许多人一样，用传统的标准和对人生一如既往的追求固守着生活的概念，探寻着自己幸福的内涵。他在拥有了一切事业成功的硕果后眷恋起家庭的港湾，向往着温馨持久的夫妻情爱，骄傲着对儿女成长的慷慨给予。但是，如今让他耿耿于怀的是，一家四口还不能做到在无忧中同享天伦之乐；似乎太太经济的独立和精神的振作也给了这个刚强男人重重的一击，让他在纠结中走向了思想更加无助的困惑。

我被温总面部的表情和他那段承载着忧郁和哀伤的肺腑之言深深地触动了，天下之大竟然没有一个让这男人释放痛苦的去处。面对温总一个下午倾诉的问题，我不能不发出这样的感慨。对于一个男人来说，尤其是对于温总这种曾经为了理想经历过无比艰辛的创业人，他们该如何寻觅快乐灵魂的归宿，又要到哪里去寻找精神歇息的家园。虽然我对他们有着很深很深的理解和感悟，但是，面对这些企业家的所思所求，的确不是我用语言就可以贴切地表达出来的。

对温总和他的太太来说，他们的内心世界里都包含着一脉相承的那种无法相互拯救的痛苦。我认为，只有让他们本人真正找到心灵的平衡才是人生最大的救助，而理解和信任也是他们此时最需要互相鼓励的精神力量。我在想，温总的故事背后又何尝没有书写出我们更多的企业家与家人同心感受的那种幸福心愿的失落呢。虽然现在的温总他还不能直面他心中暴力的杀手，但是他早已经知道今天的自己在心里依然滚动着一个强烈的欲求——那是一种对家庭和睦和拥有至高生活欢愉的追求，那也是一个人希冀摆脱心灵负重的索求。

温总的家庭故事还将继续，我在担心着他和太太的未来处境时也在想着这样的问题：过去我们许多创业人梦寐以求的标准是房子、汽车和高科技的家庭设施，而如今我相信，他们心中第一个想要拥有的应该是平安幸福的家庭及快乐轻松的心情。但是，社会环境的复杂与前所未有的时代压力大大超过了现代人处理人生问题的忍耐力。能够让自己的心情快乐一点、让自己的精神兴奋一点成了一些人在不知不觉中用暴力来满足自己身心发泄的工具，并以此作为对抗各种压力的方式。在这个容易让人情绪失控和无端排斥他人的商业时代里，我们渴望早点找到自己的精神盟友，我们希冀能够永远置身于亲人宽容的怀抱里，我们同样也在固执中需求着一个牢固的朋友圈子，我们都在努力地想用更加温暖、更加紧密的亲情和社会人际关系群来让自己感受活着的价值和幸福的日子。但是，英雄背后的孤独谁能读懂，面对大千世界，我们唯独不能承载的还有那时时都会遭遇到的精神上的失落。

告别了温总，我的脚步与心一样在沉重中挪动。今天以后的温总是不是从此可以在身心无忧的岁月中继续着那恢复平静的夫妻牵手？温太太再次踏入职场的行为意味着她期待中的人生归宿将会是什么？他们的家庭世界从此还会有多少欢乐与矛盾？这些都牵动着我的心，让我一时陷入无语之中。

英雄的孤独谁能懂

——民营企业家创业心路

走过的沧桑

虽然他清醒地看到了自己企业所面临的亟待修正的问题，然而早已成形的家族企业运行模式根深蒂固地埋下的世俗观念严重影响着企业的健康发展……他在孤独中思量，在思量中焦虑，在焦虑中求变。

早晨刚进办公室，苏董的电话便追了过来。昨天我已和他在电话上说好了，要到下个星期我才有时间和他见面，但是这刚一上班不知道他又有什么说法。只听他在电话中连声对我说：“不好意思，不好意思。”我问道：“有什么事吗？”他说：“没有，我刚刚接到邀请，下周要去日本开会，想看看今天晚上能不能和您先见个面。”我赶忙说：“今晚我已经有安排了，不如等你从日本回来后我们再见，好吗？”“还是今天吧，我知道，我忙，您也忙，就今天。”苏董的语气非常恳切，让我没有办法拒绝他。我和这些企业家们打交道多了，非常懂得在他们需要见面背后的那份迫切。联想到苏董在多次电话中向我强调叙述的他那些充满传奇色彩的商业经历，我只有应允他晚上见。

五点半我就走出了办公室去南洲宾馆赶赴一个商务的饭局，八点钟苏董按照我们约定的时间一分不差地把电话打了进来，我唯有提前离开饭局。在南洲宾馆的门口，我看到了一辆苏董先前告诉我的林肯车，对了一下车牌号，没有错，我朝前走去。这时，一个年龄在六十多岁光景的人从车身的后尾箱处站起来朝我挥舞着手臂，是苏董。只见他一脸憨笑地向我走来，我们在相互问候中上了他的车。不一会，我们就来到了位于城南大道的中华广场附近。苏董把车快速地绕道开进广场的地下停车场，然后我俩徒步穿过广场中央大道，朝广场南面的那尊象征着深城人创业风范的垦荒牛塑像走去。苏董在第一次打电话给我时就说过要在这里向我讲述他的人生故事。我俩在离垦荒牛塑像十米远的地方找了个角落就地而坐。此时的深城正值炎热的八月，地上的石头还存留有被白天的阳光照耀得滚烫后的余温，坐在上面让人感觉到极其干爽舒服。一坐下来，苏董的眼睛就没有离开过那尊垦荒牛的塑像，只见他用眼神牢牢地“吸吮”着垦荒牛身上那因为夜色灯光的映照而变得铮铮发亮的光芒。我想，今天苏董除了告诉我他在电话中反复说明的心理问题以外，还要和我分享的一定是和美好深城建设相关的话题。这使我向这位创业人更多地获取深城发展历程信息的想法更加强烈。

苏董是深城一家房地产公司的董事长，20 世纪 80 年代由工程兵转业来到深城后，深城便成了他永远的家乡。但是，这个伴随着深城成长的企业家，却在今天因自己陷入不快乐的孤独症而黯然神伤。他问道：“您知道我们当初在深城是怎样创业的吗?”苏董把目光转向了我，还未等我开口他又接着说:“深城是真变了，变得美丽、高贵，像一个世纪皇宫；但深城人也变了，变得富有和没有人情味了。”乍一听，我感到这句话似乎概括性太大，正想提出自己的建议，苏董又接着说道:“噢，是我说错了，准确地说我想表达的意思应该是，现在不是商业社会吗，人们的竞争意识太强烈了，因此在竞争时代里自然不会有更多的人去关心他人，当然大部分人还是有情有义、崇尚真善美的。但是一个国家、一个社会、一个时代，即便是有少部分人没有跟上时代的步伐，对历史前进的车轮来讲，也是在拖后腿啊!”苏董一开口就把话题上升到了一个民族的高度，让我对他今天见我的目的产生了质疑，他到底想跟我谈什么呢?苏董从裤兜里摸出一包红塔山香烟，问道:“我可以抽一支吗?”明知故问，这不明摆着让我做二等烟民吗?我笑着说:“刚才你还谈到深城的美丽和高贵，要是在深城所有的地方都设上无烟区，不知道你们这些烟枪手又要到哪里去追求吸烟的享受?”苏董也笑了，说:“我知道和您交谈时抽烟是很不礼貌的，对自己的健康也没有好处，抽烟可以说是损人又不利己。但今天您得让我抽，一定得允许我抽，不然没有这支烟做支点我怕自己连谈话的思绪都没有了。”“为什么，往事真的那么不堪回首吗?”我反问道。此时的苏董那两道粗黑宽阔的大刀眉开始不自觉地上挑，他陷入了深深的回忆之中。

“1947 年，新中国成立前夕，我的父亲因为身强力壮被抓去做了壮丁，从此杳无音信，扔下二十多岁的母亲和我上面的两个哥哥、两个姐姐，一家六口靠挖野菜充饥度日。眼看一贫如洗的家境就快要把我们一家人推进死亡的火坑，一声春雷震响天地，新中国的成立让劳苦大众彻底翻了身，父亲也回到家乡与亲人团聚。我在家乡的阳光下出生、成长到十几岁，后来荣幸参了军，成了一名光荣的工程兵。在部队一待就是二十年，再后来，20 世纪 80 年代一纸命令，我又随战友一起来深城开始了打拼。当时的深城，既吸引着旅游观光者，也诱惑着想到这里来奋斗的那些怀揣梦想的人，可是改革开放后的深城也曾埋葬了多少人曾经妄想的天真!”苏董的语气充满了感慨和深沉，让我一时也猜不透他究竟想表达一个什么样的主题。突然苏董又反问道:“您最喜欢深城什么?”我停顿了一下，回答道："我最喜欢深城的朝气，这是一个不断激励人去攀登的城市。深城给我最大的感悟就是要想成功必须依靠自己的努力和付出。还有一个就是在深城待久了，你就会明白做一个普通人是多么幸福的事。深城可以教会你如何淡泊名利，如何让梦想成真，如何真正拥有幸福的人生。"我一口气讲了这么多，苏董用另外一种眼神目不转睛地望着我，好像在看一个他从来都没有见过的人物。"怎么，我说错什么了吗？"我也被他夸张的表情弄得有些不好意思了。"没有，您讲得太好了，我现在才真正明白什么叫做'万两黄金易得，知己一个难求'。长时间以来，我心灵的孤单和精神的孤独，我对现实的无助和心情的烦恼就是对'人'这个大写的字产生了太多的看法和不满，我觉得现在的人怎么都这样让人捕捉不到友善、感悟不到真心与真情呢。"苏董又一次发出了感叹。我笑了，说："苏董，你是不是由于经历得太多，对现实社会有点苛求了。"苏董摇摇头，说："不是的，每一代人都有一个梦想，而我们这一代人心中的梦还是那个原始的梦。那就是：日子好了，笑声自然也就有了。我是搞房地产开发的，虽然商业社会寸土寸金、高楼大厦也是时代进步的象征，但是楼层的封闭、空间的萎缩、独立体的房屋设计，让每一个回家的人都看不到邻居的背影，电梯里进进出出的人们似乎都没有想过怎么样才可以给身边的人留点亲切的笑声。冷漠、无视、不动声色、没有表情这一类的人的形象就这样穿梭在现代都市的街道和高楼大厦里！"

我终于渐渐读懂了苏董的感叹和脸上的忧郁，他想给我说的是一个特别的话题，一个因为"人"而让他不快乐的事情。同时，我也在心里暗暗发笑，他真像我的父亲，那么专注于社会话题，那么大胆直白地抨击着社会上的人和事，那么干脆地表达着自己的感情，那么不开心地发泄着满肚子的憋屈。我认为，他的思想的确也将带出一个值得我们每一个现代人用心去关注的阳光课题，那就是如何让大家在生活中都能够力所能及地去奉献自己的爱心。也许是我不由自主地表现出对苏董的理解和赞许，他变得更加自信，也越发提高了表述的声音："您知道什么叫环境危机吗？我在书上看到过，环境也是人们心灵的解毒剂，我们现在的社会是一个多变和压力巨大的社会，每个人都在承受着生命赋予自己的双重责任，既要让自己生活富裕、活得像个人样，又要让自己梦寐以求的理想变成现实。可是，社会的巨变、生活节奏的加快、各种社会与个人的问题让压力无处不在。在我们难以摆脱这些压力时，是否就意味着我们将永远和快乐的笑脸擦肩而去？这种把快乐指数降到最低的生活模式让我开始担忧起我的孩子、我的朋友，还有我晚年的日子。因此，我除了可以开发建设出一幢幢现代化的摩天大楼，我还希望能为在这里居住的人做点什么，可是我又能做点什么呢？我又能对人文环境做怎样的改变呢？我曾经和我那在大学里教书的孩子进行过不厌其烦的沟通，可是孩子认为现在的社会现象就是这样，只要事不关己则可高高挂起。冷漠的人际关系、紧张的生活节奏是大家根本无心去顾及他人的缘故。如今每个求生存的人都很繁忙，自己的生活还照顾不及，又怎么能够对他人送去关爱。我也曾和自己昔日的战友聊过天，他们也是一副满不在乎的样子，似乎只要每个人的口袋中有着花不完的金钱，那开心自然就会随之而来。可现在的钱哪有那么好挣啊！如果每个人都因为要去迎合生活对财富的需求而放弃对快乐的追求，您说我们人活着到底又为了什么？我们对人生的追求还有什么理想的盼头？”

我没有想到，这些本应由社会心理学家和行业专家来探讨与研究的民生课题，竟会让一个民营企业家如此关注。我对苏董顿生敬意。他一直试图让他周围的人，甚至包括今天的我都明白，他一个走过人生甘苦的人最懂得人活着的价值。然而，好像没有几个人能够在今天真正体味他的良苦用心。他是一个企业家、一个房屋建设的设计师，他希望住进现代化高楼的人们都不要因为空间的封闭而让人与人也断了友善的联系。常言道“远亲不如近邻”，欢乐的笑声没有距离，他更期待着每一个进出楼梯的居家人士相遇时都可以用微笑来代替冷漠的眼神。可是，我认为这些问题似乎还不能让苏董的心从此在孤单中染上病情的细菌。他真正的心事到底在哪里？我决定让他尽快把话纳入主题。于是我说：“你就是因为这些问题把自己折磨成了一个自认为心理有疾病的人？”苏董苦笑了一下，说：“泛泛而谈，有感而发，其实今天和您见面我主要是想谈谈企业管理的措施问题！”苏董的话题转折太大，让我一时之间也颇感意外，我轻声地问道：“是你自己的企业吗？”苏总应答道：“是啊！是我的企业，是一个家族型企业，我想您也应该了解深城的人吧，还记得当年神州大地的改革开放大潮吗？从那时起，房地产这个新兴的产业以人们始料不及的发展速度昂然崛起，在兴旺发达的各行业中首先热闹起来了，其成长的空间和市场的广度甚至比股市更大、更加实在。尤其是 1992 年春天邓小平发表南方讲话之后，对中国房地产业未来发展腾飞的预见性宣传屡见报端，由此也可以从中窥见当时国内房地产热之一斑。”沉浸于往事回忆中的苏董此时语调中夹杂着兴奋，他把那支早已熄灭的香烟重新又点燃起来并用力抽着，那是一种心满意足，也是一种心态的暗示。

此时，我也思考起 1992 年邓小平先生南方之行的那个春天。常听人说，当时所有南下创业的寻梦人和本地人一样，被时代即将发生巨变的期望所召唤，在深城努力地创造着自己的未来。有人说“土地是财富之母”，也有人说“土地本身就是财富”。其实，一块自然的空地值不了几个钱，盖上楼宇，土地才显示出尊贵。中国的房地产业的确已经为无数房地产商带来了无尽的财富，我相信明天的市场同样也会为更多的房地产投资商带来创业致富的契机。

把烟嘴掐灭的苏董又继续讲述着：“在房地产业刚刚兴起的中国，对内地房地产商来说，幸运之神光临的几率最大。要知道，黄金、股票、房地产是世界公认的三大热门产业，然而，黄金与股票的保值与增值远远跟不上房地产。房地产经营与投资是一门既稳当而又能获取丰厚利润的行业。之所以这样讲，是因为随着人口的继续增加，现有可用土地和房屋相对减少，必然导致地价和房价不断上升。因此，从市场经济的长远规划来看，房地产业的确是充满辉煌前景、不断兴旺发达、充满魅力与魔力的行业。当时在深城商界就流传着这样两句话，‘如果你想抓住发财的资本，不妨到房地产市场上去寻找商机’。前面我有讲到，我这个当了二十多年部队工程兵的老将，在投身深城建设中也为自己开拓了一条事业的康庄大道。记得 1995 年在国家因宏观调控后的房地产发展步入低潮，但又因 1997 年香港的回归而再次复苏，这一商机让先期进入深城创业的一些有胆识的人瞄准了房地产这个宽阔的市场领域。我呢，一来不年轻，二来也在长期的政府工程项目中积累了一定的筹建经验。于是，不甘平凡、雄心勃勃的我毅然辞去了旱涝保收的公职，迅速联络到我在内地的兄长们，鼓励他们与我一起来深城共同创业。最后，围绕一圈的亲人们一致决定听我的。于是，我们几个兄弟联手在深城共同组建成立了这家房地产公司。我还依稀记得，当时深城房地产业的开发和经营的确是极大地吸引着港、澳、台地区及海外商人，同时也影响着更多内地的商人。据统计，当时全国房地产开发公司已由三千多家迅速发展到四千多家，房地产经营公司也已近五千家，就连当时有些普通的生意人也受到房地产这股热浪的市场冲击和可观丰厚利润的刺激，在摸着石头过河中干起了炒‘楼花’、炒住宅、炒地皮等经营房地产的生意。对这些往事您可能不是很清楚，对吗?”苏董突然停住了述说并扭头望着我问道。我应答道：“对深城房地产行业的发展与进步我还是有所耳闻的，但是今天我很想知道，你这个部队的老兵是怎样凭借自己的智慧在房地产行业大展拳脚的，你的事业之路一定有着与他人不一样的捷径。当然，我想您的企业也同样在创业发展的过程中经历过不少艰辛。不过，在我的心目中，你曾经是一个军人，面对复杂而又充满竞争挑战的商业战役你绝对是一个有备而来的战士，加之你又是一个工程兵出身的创业人，所以我同样相信你有一套自己的成功哲学。”

听了我的解说，苏董没有再追问我。他接着说：“作为一个房地产投资商要想立于不败之地，首先就是要了解国家的政策和法规。因为国家的政策对房地产市场的影响非常大，只有吃透国家的政策和法规才能在房地产业中自由地上岸、下海，并依法致富。几年下来，我的公司已经是房地产业界的一个品牌企业，开发建设的几处楼盘也在市场上获得了好评。由于屡次项目开发都策划得很好，所以我们企业的先期投资已经由滚雪球的方式逐步用于再投资，并获得了更大的利润回报。可是这个时候‘船大难调头’的问题出现了，企业今天的发展引发的矛盾已不再是如何继续扩张的问题，而是家族企业经营管理水平所带来的一系列影响企业稳步发展的风险。近年来，我们企业的高层管理者在经营上已经多次出现了纰漏，决策难以统一成了我们这个企业快速腾飞的最大障碍。”苏董叹了一口气，又点起了一支香烟，烟雾缭绕遮盖住了他脸上那略显沧桑的面容和落寞的神情。

望着苏董那满腹心事的神态，我陷入了沉思。改革开放的国情让发展中的房地产事业在景气和不景气之间沉浮。房地产市场风云变幻，既有着宏观发展的巨大潜力，也存在着巨额投资的高度风险，成败就像一把挥舞的利剑冲击着房地产企业家们或坚强或脆弱的神经。我们的企业家如果没有坚强的心理承受能力，就无法面对因市场冲击而带来的一系列经营风险问题。但是，对于房地产市场来讲，升降涨跌似乎都属于正常的经济发展现象。那么，作为一名房地产商究竟还需要具备哪些资本运作的管理素质呢？“没有金刚钻，不揽瓷器活。”我想，他们必须要有扎实过硬的房地产知识和开发建设的技能，否则便难以在房地产业的商海中凭优势游弋、凭资历拼搏。20 世纪 90 年代初期，就是因为有许多商人不太熟悉地产行业的投资规律却还纷纷介入房地产交易，因而引发出了地产开发的周期混乱，并在一个时期导致了国内房地产领域发展的不均衡，市场受到挫败，令投资商们很是灰心和不甘。总而言之，房地产业是一个充满魅力而又颇具希望和挑战性的行业，它的确能够给我们的企业家带来意想不到的成功与收获。因此，经营房地产的巨额利润犹如巨大的磁铁始终吸引着众多的后来者纷纷介入投资的阵地。

苏董在我思考的瞬间也燃完了他嘴上那叼着的香烟。他继续说道：“尤其是在我们企业发展的后期，在企业管理的过程中，针对企业进一步发展的战略方针和资本的再运作，以及公司内部人员的岗位安排、市场开拓、部门权力的分配与高管薪酬标准的制定等问题，我这个只懂扛枪的老兵头痛不已。往往是，在公司里已经由高层通过并决定了的事，由于我家人观念、视野不同而得不到很好的落实与执行，特别是对聘任员工的信任也难以做到任人唯贤与一视同仁。这样一来，由于一些根据企业发展需要而制定的新型管理制度不能及时实施，就形成了企业内部不断重复失误的问题。这些阻碍主要来源于我那几个担任董事的哥哥和姐夫，他们本来就来自乡下，长年生活在脸朝土地背朝青天的山区里，就是手上捏着的那些钱，也是因为赶上了全国改革开放的政策，利用靠山吃山、靠水吃水的地理优势把家乡的特产输送到外地才戴上了当代富农的帽子。但在现代化的企业经营面前，他们这些连小学都没有读过的人怎么可以担当大任。因此，由于公司业务发展得很快，开始出现了一些因为他们自身的行为问题所导致的严重的管理不协调问题。”说到这里的苏董深深地叹了一口气。见我没有反应，他又开始讲了下去：“我的两个姐夫呢，又都是在老家的乡下靠做小麦、红薯起家的农民小商人，我的两个哥哥在来深城前也是以经营砀山梨和山东蜜枣富起来的，他们在当地被号称为‘小财主’，所以他们身上总是有着一种原始的自我和无知的霸气。创业之初，由于我的兄长、姐夫们是和我一起参与投资经营这家房地产企业的，又在项目起步的关键时期齐心协力、步调一致地和我一起打拼着，为公司的发展的确吃了不少苦头。因此，他们后期主人翁的意识在企业里也就表现得很具体、很充分。

“但是，随着公司经营业务的不断扩大、职员的不断增多，人事管理工作也变得越来越复杂，为了加强企业内部管理，公司开始实行层次管理，一级管一级。但是，这种科学的管理方式在家族成员的干扰下遭到了一系列的冲击。我的兄长们都是热心粗俗的人。尽管成长的企业早已今非昔比，不再是当年创业初期的小规模状况，但是他们对公司的大小事务仍然一如既往地显示出过度的操心：知道职员的薪金待遇提高了他们要议论，看到职员的奖金发放表他们也要过问，对公司正式聘请任命的业务副总经理做出的业务管理策略他们也要掺和。发展到最后，他们竟然当着购房顾客的面跟售楼经理为购房打折的事争吵起来。对于我兄长们的所作所为，尽管有许多职员由于看不惯而心存芥蒂，但是公司高层和其他部门管理人员还是表现出了相应的包容和理解，大家都知道他们就是太把公司当成自己的家了，以至于搞不清自己目前的位置。

“但是，类似的事情不断发生，对公司的发展明显不利，由于各位亲戚素质参差不齐，且说话又都很有‘话语权的分量’，致使董事会在一些经营决策和管理问题上常常难以及时达成共识。特别是我每次千辛万苦从别的公司挖来或慕名请来一些高管能手，都会因兄长们的无知和猜忌让这些能人无法在公司里施展他们的才华。眼看着企业的发展已远远超出了我个人监管能力的范围，面对新型企业经济发展规划的战略目标，为了公司的长治久安，困境中的我也想过让兄长们离开这个已无需他们再操劳的企业，每年只需要回来开开股东会议，拿到自己应得的那些分红就可以了。但是，哥哥、姐夫们仗着是家族中的老大，我是他们的小弟，跟我较起劲来完全不把我放在眼里。好像守在公司就守住了财富、拥有了地位、获得了尊重，他们不愿意离开企业。那个固执、那种偏激让我实在无法刷新他们陈旧的观念。都说家和万事兴，在情理面前我唯有做一次又一次的迁就和妥协。回想最初创业时，他们什么都听我的，除了点头就是随从；可是，现在不同了，在深城这里待久了也洋化了，住上别墅，开上跑车，那神气和得意已经不是他们最初来深城的样子了。我在部队成长，受过训练、受过教育，明白企业的继续壮大离不开那些聘任的优秀人才，但是身为这个企业的一家之长，要想把标准的企业经营管理措施完全地贯彻下去还着实挺难的！”说到这里的苏董已经没有了开始那份自信的神态，他那原本就不年轻的面容上在一瞬间竟然添上了几分老态龙钟的神情。

“你可以说得具体点吗？”我插了一句。“主要问题有两个：一个是公司的重要岗位全部都是我的家族成员在掌控着，什么姑姑的儿子、舅舅的侄女，总之只要是需要点头签字的都是姓苏家里的；二是全公司的人都知道我这个法人是做老弟的，在公司里还有四个股东都是我应该称大哥的。您说这样的企业机制怎么会让人有信心！”苏董深深地叹了一口气说。

现在的我终于明白了他的苦衷，也慢慢地了解了他的心事，我对他说：“其实作为一个私营企业，有亲戚、家人尽心帮助打理这是再好不过的事情了，正所谓‘打虎亲兄弟，沙场父子兵’，现代家族企业也并非难以发展，但是一个规范的企业必须责、权、利分工明确。事实上，我们有许多民营企业刚刚开始创业时都有一个较好的起点，这主要是大家都在借助着改革开放的契机和中国人口众多、地大物博的优势，让创业发展的机会成就着我们开拓创新的富裕之路。但是，又有相当一部分企业在发展的进程中常常会因为企业内部的机制和管理问题过早夭折或衰败下来。我认为，你的家人作为企业的一名股东也好，一个管理者也好，都必须让他们清醒地意识到企业管理是一门大学问，每一个人都应该遵照现代企业管理的经营模式去履行自己的义务和责任。作为企业老板也唯有做到惜才如命，用人不疑、疑人不用，广纳英才，不分家族内外成员，上下同心，紧密团结，方能让企业在风吹雨打下健康成长且屹立于不败之地。另外，企业法人是企业的灵魂，每一个站在他身边的人都应该尊重和辅助他把企业成功的缰绳拉得更紧，万万不可在严肃的管理系统里称兄道弟。虽然关起门来大家或许是亲戚或亲人的关系，但一旦走出家门面对企业和众人，每个人都是企业的一员，平等而没有任何的优越。

“另外，你也别太纠结了，任何一个民营企业，只要是追求发展的企业，股东的存在、股权的分割以及决策层的分歧是很常见的。你的兄长们和你一起打拼天下的今天书写出的原本就是一个容易让亲情牵绊的家族企业奋斗史。但是作为一个企业的领导人，你深知企业真正的决策人还是自己，因为企业胜败的命脉始终还是掌控在你的手里。身为董事长的你承担的是一种企业永续发展的责任，其实你比任何人都更能感受到企业成长的艰辛和获取成功的不易。你的兄长们那些令你恼怒的无视企业管理的无知行为可能反映出的正是他们由弱变强后的那份虚荣心，或者是那种出身贫寒、与生俱来的骨子里的渺小和自卑让他们在时刻提醒着周围的人要记住他们现在的身份和在公司里的权威，这原本是你最了解和最应该明白的地方。你不是说过他们均来自乡下和小地方吗？你应该理解他们在和自己拼搏成功后刻意表现的还是那份需要张扬的自尊和知足的强势。我觉得，亲情关系不应该真正影响到你创业的决策，倒是成功后的今天，企业不进则退的现状和你对一切事务都感到不满的心理状态让我担心你的精神状况。”

听了我的话，苏董突然高声地说：“我现在很焦虑，您知道吗？请问您怎么看待焦虑症给一个人的心情所带来的压抑？”听到他急促的话语我没有感到意外。我用眼睛凝视着他。接着，苏董坚定地对我说：“我有些焦虑，我的内心由于承载着太多的压力而对许多事物产生了厌倦，我很清楚，我的焦虑还来源于我思想上的那份对企业未来发展的期待和向往。活了六十多岁，如今的我原本应该让快乐的心情成为活着的资本，但是创业的艰辛、处世的复杂、新生事物的不断升级，让我对开创事业的繁琐应接不暇，商业关系的严酷带来人情关系的冷漠也同样让我在今天产生着莫名的紧张。其实，您说得对，我的企业问题我自己完全有权力也有能力去解决，但是我并没有大刀阔斧地去真正行使手中的职能，这是因为企业的经营现状让我感到了精神上的疲乏。准确地说，多年来对企业规模发展的仁者见仁、智者见智使我的理想目标变成了思想囚禁的沙漠之地，我自己似乎也因此已经没有了再战江湖的激情和雄心勃勃的变革斗志。面对不断扩大的企业规模，我既需要兄长们的亲情，又顾虑着因成全亲情而导致他们继续目中无人和放肆的行为。因此，如今的我切肤之痛地体验到了‘创业容易守业难’这条残酷而又不变的奋斗真理。”说到这里的苏董再一次停止了叙述。“这就好比我们常说的‘亚健康状态’，我们没有疾病，但似乎又不健康；我们什么都可能有，但却缺少幸福。”我插了一句。苏董睁大了眼睛望着我，是我的话一针见血地点到了他心灵的死穴。他把拿在手上原本已经熄灭的香烟又点了起来，并连声说着：“我感觉自己很多时候都很孤独，您能告诉我，像我这样的年龄、我这样的经历、我这样的成功人士，孤独来自何因吗?”

看来苏董的阅历已经将其与人相处的方式训练得相当有水准。他的谈话从来都不是直接切入主题，他和我之间的这种提问式或疑问式或探询和感叹式的交流方式，已经让我在短短的时间里看到了苏董性格中潜伏的另一种成功人士所固有的性情特质，那就是面对问题他们总是喜欢让对方先说。我想，这应该是一个创业人的“知己知彼，百战百胜”的心理表现吧。

我笑着对他说：“如果你让我直言，那恐怕我会让你的心情更加难以释怀。”“不会，不会，我前面有讲过，人生在世知己难求，我希望您是一个可以真正看懂我的人。”苏董再次用诚恳的口吻对我说。“好吧，那我就不回避你的问题了。”但是，面对我眼前这个饱尽人世风霜的骄傲的老军人，我还是没有直言，只是微笑着轻轻地摇了摇头。

我在想：“他的孤独应该来自于掌控一个强大企业的能力上的底气不足和没有获得人生知己的遗憾。他出身贫寒，家境困难，但幸运的军旅生涯铸就了他一个军人的豪迈。他在部队二十多年，养成了有板有眼的做事风格。他一个时代的过来人把自己的创业梦想融入了一个五彩缤纷的商业世界。信息高速公路，带来的是市场经济飞速变化发展的结果，他用家族手中的原始资金带领着企业最终飞上了成功的蓝天，但科学的企业管理要求让他这个工程兵出身的带路人感到了担子的沉重。虽然他清醒地看到了自己企业所面临的亟待修正的问题，然而早已成形的家族企业运行模式根深蒂固地埋下的世俗观念严重影响着企业的健康发展；但是，由于一个民营企业经营团队举足轻重的建设目的，他不敢轻易去触摸和解体那张家族的‘情网’。于是，他开始烦恼。他知道，自己的心病并不仅仅停留在那不知如何推进的经营手段上，更多的时候还是由于居安思危所引发出的忧患意识加重着自己的精神负担。他的内心蕴涵和向往着国际化的企业管理模式，但是，他又担心企业内部的改革会因为操之过急、用人不当而陷入僵局。所以，他在孤独中思量，在思量中焦虑，在焦虑中求变，同时在无奈中对企业现状听之任之，这些均导致他更加苦苦思索着企业未来发展的策略。他心里清醒地意识到，如果就这样让事业散漫下去，这个自己一手打造出来的民营企业可就毁在了自己的手中。因此，现实让他担忧着企业命运的安康，也让他期待着事业远景的辉煌。”

此时的苏董在我的沉默中又开始了倾诉：“如今每天下了班，公司里那些安居乐业的人员都可以回家去和家人共聚晚餐，甚至可以和朋友一起闲聊、逛街和打打麻将、唱唱卡拉 OK。而我却总是把自己留在办公室里，在孤灯下苦苦冥思企业的未来。长时间以来，我从来不敢放松思考，也不愿意让自己出去游玩逍遥，总感觉每天都有太多的事情要做但又不知道究竟该从何做起。我也曾报名去读了 MBA 培训班，但还是感觉压力犹在，我们这些只懂得服从管理不善于实施管理的人唯有把更高的期望寄托于那些专业人才上。可是又寻思着，这些前来打工的毕竟是打工的，他们能够为企业承担的责任究竟有多少，这都需要时间的考验才能判别得了。因此，我们这些‘摸着石头过河’的民营企业家，唯有依靠自己积累的老经验来应对企业经营的一系列危机了。”苏董讲到这里表情有些无奈地停了下来。

苏董的话唤起了我对民营企业家创业艰辛过程的更多感想。谁说深城遍地是黄金，就算遍地是黄金，也得弯腰才能拿得到，不劳而获的梦想在这里永远也实现不了。改革开放，犹如春风拂面，让每个创业人都心潮澎湃，但是深城三月后的夏季炎热而又湿闷，却不是每个人都适应得了的。的确，“创业容易守业难”，在这个竞争的时代，是责任更是追求中的创新需求，形成了苏董他们这些时代功臣们心中真正的孤独。是呀！无论是昨天、今天，还是明天，只要是企业在市场上获得了生存的资本，那么每个掌舵的企业家就都将面对新一轮商海沉沦的再次起航。所以说，没有几个笑傲江湖的创业人能够真正在拥有成功后从此做到金盆洗手、远离江湖。无情的商业魔法让每个投身改造世界的人都不能轻易地摆脱角色这顶桂冠所赐予的重压，一波未平、一波又起的职业目标永远让承载它的人目不暇接、心力交瘁，但又必须努力地支撑着。联想到苏董的创业史，更说明我们许多企业家是在用一生的激情编织着对事业梦想的追寻，强烈的奋斗欲望让他们在开拓创业的行进中无数次迸发出再接再厉、排除万难的信心与决心。

见我陷入沉思，苏董好奇地问道："难道您也和我一样让苦恼分了心?"我看了他一眼，笑了。"在你面前，我就是少年不知愁滋味，我还能有什么苦恼?""我想也是，当今世界，我们男人就像大自然一样面临着太多意外的自然危机，而你们女人则像天上那个世纪花园里的玫瑰，那样鲜艳欲滴、明亮耀眼，接受着阳光的垂青。"苏董的口吻怪怪的，让我不能明白他的意思。此时我才发现面前的苏董真是一个极端喜好感慨的人，我想他是真的"累"了，"累"得任何一个可以挑起他兴趣的话题他都想要去纠结几句。"看来你对男女性别的差异好像很有成见嘛!"我故意用不满的语调说道。"不敢，不敢，我是非常尊重女性的，尤其是在深城打拼的女性更让我敬佩。要想在深城立足连我们这些大男人都很难吃得消，也就更别说你们这些娇气的小女子了。我想一个女人要是没有点真本事、真功夫，肯定也'揽不到月亮，上不了青天'了。"苏董望着我急忙地辩解道。见我没有言语，他也就没有再继续调侃下去。

我并不想在今天尤其是在这里和苏董探讨深城男女职业人各自的优势，因为我也是一个创业人，我也把自己最美好的青春献给了我热爱的职业。其实，人生并没有给我们这些并不刚强的女性特别的人生优惠，我们和所有的男性一样用自己创业的辛勤平分着事业艰难行走中的那份秋色。一阵夜风吹来，让我感到非常舒服。我在想，人生难得一搏，更是难得一歇，能够在工作之余坐在这里享受夜风的亲吻和夜幕下的清爽，也算是对碌碌人生的一种犒劳。我沉浸在风的拥抱中，让心情在欢愉中更加舒畅与逍遥，我忍不住在心里对自己说："做一个人真好。"

"说到这里，我想起了我这活了六十多年的老兵和那些期待着自己也能够早日成功的年轻人。"苏董突然插嘴说了一句让我意外的话打断了我遐想的瞬间。见我投过去专注探询的眼神，他再次睁大了双眼朝垦荒牛望去。我想他肯定又是一番高谈阔论了。果然，沉思片刻的他把我俩原有的话题又引向了一个新的主题："我喜欢这个垦荒牛，看着它会很容易想起幼小的自己。一眨眼，我不光是走过了生命的不惑之年，而且人生已经是

‘夕阳无限好，只是近黄昏’了。如今的我还会经常想起家乡的田野、树枝上的鸟儿以及山脉上的晨雾，这些让我魂牵梦绕的乡情几乎天天都占据着我这颗迫切回归山村大自然的躁动之心。自从年幼参了军，我的生命就有了发芽的根。在部队一待就是几十年，除了留下一个军人的秉性似乎就没能够再挖掘出自己身上还有哪一种本事。是深城造就了我任重道远的事业追求，在这里我第一次知道了什么叫做真正的商人。回想起当年正是在分析了国内的行业经济现状后，我才发现中国内地潜伏着一个巨大的房地产市场。虽然我不是学经济的，但那个时候的我相信，经济的高速增长必然会带动房地产业的高速发展，因为任何经济活动都离不开‘房’和‘地’。就这样，我第一次找到了生意场上的指南针，第一次懂得了做企业的艰辛，第一次体验到了老板的不易，第一次成了一个腰缠万贯的有钱人。第一次，第一次……所有的第一次在五味杂陈与得失中让我拥有了企业家的成就。回顾岁月，唯有庆幸自己赶上了祖国建设的大好时机；展望未来，犹感自己在并不蹉跎岁月的磨炼中成了一个性情中人，固执己见地关注和应付着周围的一切人情和事宜。”

讲到这里的苏董情不自禁地苦笑了一下。“我想这可能就是我们常说的，越是经历得多、越是喜欢探究，就越是显得感慨多、越是觉得顾虑多吧。”我笑着插言道。苏董意味深长地点了一下头，并说：“我自己也有点疑惑，究竟是经历得太多才有了历尽沧桑的感触，还是目前企业的经营现状让我背上了沉重的精神包袱，心里总是涌动着一种欲言又止的感受。按理说，自己的事业和个人的追求已可以让我在今天大胆地让奋进的脚步稍作停留，但不知为什么如今无论如何都找不回那份想要的宁静和快乐。思想的躁动带动着情绪的不安，而且总有一根看不见的生命红绳牵着心思、扯着神经让人过得不那么安逸和轻松。所以，每逢看到深城年青一代的创业人，我总是在细细品味着他们的活力、冲动和热情。是他们的欢乐和喜悦、他们行进的脚步和背影，迫使我不能松懈，让我有着一种被追赶、被超越的无形压力，也因此在新旧交融的商业比试中思考着自己如何可以再战江湖的策略。为此，我总是在企业如何成长的问题上徘徊与摇摆，一种摸不着看不见的忧郁深入我的心灵，有种被绞痛的感觉。虽然我可以到高尔夫球场上去挥舞球杆，也可以到保龄球馆去挥动臂膀，还可以开着快车把深城的市貌好好地作一番打量，但这一切对我来说都只是昙花一现的快乐，那无法逃避的现实问题仍然萦绕心头，折磨着我的神经，影响着我的心情。走到今天，历经岁月磨炼的我才刻骨铭心地知道自己最想要的还是那种平常人的简单和自在。”“你对自己今天的一切感到不自在吗？”我忍不住打断了他。“是的，总感到自己不如那些普通人过得实在和轻松。”苏董应答道。“那么在你的心目中，什么样的人才叫普通人呢？”我又递上了一句。“那些不需要承受超出自己能量压力的人就是普通人。”苏董毫不犹豫地把自己对普通人的定位说了出来。

一时间我明白了他的心思，他始终没有摆脱企业如今不进则退的阴影，他根本无法在精神上推卸自己作为一个企业掌舵人的那种责任和因此而产生的莫名的忧虑。他就像一个攀山的司机，已经把车开到了弯弯曲曲的半山腰，尽管已经筋疲力尽，但是没有人可以替换他这个“专职司机”的角色，唯有依靠自己的智慧和技巧与高傲的山峰较劲，以求车和自己都可以在平安中抵达想要去的目的地。想到这里，我不禁对他的心思有了进一步深入了解的好奇。“难道你们这些拥有了最大财富和成熟企业发展模式的领导人，就没有寻找到一些可以为你们担当重任的接班人吗？”见我这样直接，苏董更加敞开胸怀了。他说：“有，当然有，一个企业不管是在初建期还是在成长期以及发展期，只要是一个想做大事的企业领导人一定会把人才放在第一位，我的企业就是一个最好的例子。我认为，家族企业的现实矛盾对企业的发展是一种慢性自杀，如果不是我多少还具备一点企业决策人的理智和清醒，我想自己的事业早就在复杂的亲情关系中化为灰烬了。我坚定不移地相信，只有引进高素质的人才做企业的主力军，才可以在行业里创造出属于自己的一块商业阵地。但是，即便有各种优秀专业人才介入到企业经营的管理层内，在面对成长中的事业蓝图时患得患失的心理还是让我们这些开拓者有着牵一发而动全身的顾虑，因为我们在心里根本丢不下——丢不下对企业那扇窗口亮光的永远牵挂。”

这是多么形象的比喻啊，苏董的一番陈述道出了许多企业领导人的心声。是的，企业的成长总有一盏圣灯在窗前悬挂，灯光的明亮和灯光的灰暗总是让期待它的人忧思或幻想，只有让圣灯永远放射出它应有的光芒，关注它的人才可以在希望中摆脱迷茫。然而，面对沉浮不定的商海和风吹雨打的市场经济，谁又可能真正拥有那可以永恒照射的亮光。这一企业生存发展的艰难写照道出了众多企业家永远也无法与责任背道而驰、轻松卸任摆脱压力的现实。

想到这里，我忍不住想提醒一下面前这个虽然事业成功但却总是在说自己精神失落的企业领导人："其实，你也不必太介怀企业成长中的优劣碰撞，因为日子的平淡原本就不像一张白纸那么简单，你的生涯故事让我想起了佛家的'禅'。我讲个小故事给你听吧。如今信佛吃素的人很多，每逢初一、十五，一些佛门居士和接受佛教文化的人们总是不忘到素食馆去吃一顿斋菜。一次，我和几个朋友在旅游中正巧赶上初一，于是我们就在这个城市里到处寻找能够吃到素食的餐馆。终于，我们在繁华闹市的一角找到了一家写着'吃素好去处'招牌的小店，当我们在欣喜中入门并坐下来接过了店主呈上来的菜单时，尽管当时我们每个人已经非常疲惫和饥饿，可是对着那张精美的菜谱清单大家刹那间都感到了郁闷。因为，虽然店主经营的都是素食品，但菜单上的菜名全部都是什么'红烧乳鸽'，什么'白切鸡'、'烤山羊腿'、'水煮鳝鱼'、'爆炒腰花'，包括'干蜗牛蛙'，甚至还有'清蒸甲鱼'、'辣子鸡丁'，你说这样的素食馆叫我们如何咽得下这般盛宴。"叙述中的我不知道该如何表达自己当时的心境。倒是苏董听后一个人哈哈大笑起来，并说："真是很滑稽，您说的我也很有同感。我也曾碰到过此类情况，真不知道这些餐馆的老板是怎么想的，简直是不伦不类。""何止是不伦不类，后来我们环视餐桌四周，既然看到了收银台上还摆放着一大堆有关佛学书籍以供食客翻阅。"我的话让苏董更加笑得喘不过气来，受到他的感染我也不由得轻声苦笑起来。

"您想告诉我什么？"苏董突然止住了笑声扭头问道。我平静了一下，说："这个故事说明了什么呢？我想你已经不需要我再作说明，显而易见。也许这是一个令人啼笑皆非的小事件，但是我想对你说的是，为什么明明是要招揽吃素的顾客，却又要冠以荤菜名呢？是店主的一时糊涂，还是他始终都在经商的清醒中想象着前来用餐的食客仍然是对荤品保持着必然的贪口？是店主对'禅'的理解已经到了炉火纯青的地步以致让他在自己的菜谱里继续演绎着'酒肉穿肠过，佛祖心中留'的民间戏言，还是他既套用了现代人对佛学精神的追求又安抚了平凡人那饥肠寡肚的需求？我想不和店主做上一番深刻的交流，我们是搞不清他的行为缘由的。但是有一点必须说明，我认为店主用这样的方法吸引食客有违情理。”

虽然我和苏董最终谁也没有为这个本不应该令人发笑的小故事画上结论的句号，但是从苏董历经沧桑的创业故事来看，他的确也应该尝试释怀心情。虽然要面对当今社会那么多褒贬不一的人和事，包括他自己企业中的诸多问题，但是这一切都应该是他生命历程中的过滤器，不应该因此而压抑。我希望，所有由此而引发的心理忧郁都会在他自我的调适中得以及时的舒解。因为要想改变心情、改变环境就必须让自己先轻松和快乐起来，唯有好的心理状态才能唤起自己强大的精神动力。苏董的焦虑和孤独是因为他认为现实环境中有着太多的人缺少热情，尤其是有些人完全不具备社会公共关系的美德，冷漠的行为扭曲着人们心中那个美好的生存世界。但是，我相信随着人类的进步，只要人人心中都拥有那份对生活的热爱，社会习俗就一定都会朝好的方向发展。望着眼前那尊垦荒牛塑像我似乎感悟到了垦荒牛的精神。我想，这尊垦荒牛绝不是单纯耸立在这里供人观赏的，它的存在昭示着在这个人心浮躁的年代里，每个人都要像这头牛一样有着甘于平凡和吃苦耐劳的精神。因此，为了美好的将来我们也要像牛一样地任劳任怨，奉献社会。因为只有做那个默默地为社会付出自己爱心的人才是我们心中真正的铁牛；他们才是影响人们甘于奉献社会的希望，也是我们这个时代倡导学习的榜样。

此时的苏董不知道为什么有些沉默。他那挺拔的坐姿让我猜想，他肯定还在想着那些让他说不清、道不明的企业旧事。我不想去扰乱他的思绪，只是静静地用手将长发轻轻撩起，任凭微风肆意地吹着。我想，在这个英雄辈出的时代怎样才可能让自己无愧于这个年代，从苏董他那断断续续的性情展示中，我体会到了他的人生价值观和追求生命历程的目的。在现实生活中，的确有太多的人就是这样，在这个用艰辛书写“成功”二字的创业时代，用自己平凡的人生际遇包裹着不平静的心境。苏董那时而张扬的牢骚情绪和时而顿足的黯淡心理，让我在体会他的人生甘苦中找到了一种人性的初衷，也许我们创业的父辈都是一样的。虽然有幸置身于现在这个时代的创业波涛里，但仍然摆脱不了骨子里对美好事物向往的固执和喜欢怀旧的心理。苏董给我描绘了很多老一辈创业人并非轻装上阵的创业激情和成功在望后的那份孩子般的童真，使我在深层接触到他的内心世界时，也更加准确地捕捉到了了他要见我的目的。

其实，每个人都有着急欲掏空自己内心的时候，只有在一个陌生人的面前他们才会将心灵的屏障彻底地掀去，这可能才是我们每个人灵魂深处所隐藏着的真实的自我。我想，脚下的路该如何继续行走，其实在苏董心里早就有了很清晰的方向。我知道，他始终在坚持着自己的企业和自己的追求都能够在更上一层楼的理想中去实现人生价值最终的守候。因此，虽然他今天和我只是剖析了几段值得分享的话题，但我认为这番畅谈会让他在与我的交流中解开捆绑自我情绪的绳索。我们的企业家就是这样总是用高调的职业步伐，把自己的心理空间排挤到了无法容纳情绪释放的状态里，于是就有了那无法与人对应心灵的落寞和信念难融的诸多感慨。但是，无论他们曾经如何失落和不满现实中人性的差异，我坚信他们始终都是职业场上真正的强者和最优秀的勇士，他们既承担着企业发展的使命也担当着社会进步的责任，而造成英雄瞬间气短的原因也仅仅就是他们缺乏一个放任心灵空间的磁场。他们一腔热情地投入职业，其目的也是想证明一下个人的战斗力量，更重要的是想让人生理想的目标插上高飞的翅膀。因此，我不希望他们由于长期的问题纠结而让自己承载超重的压力，我祝愿他们能够在追求事业收获的日子里找回人生春夏秋冬四季的美丽。同时，苏董走过沧桑的生涯故事让我自问着，我六十多岁的时候也会和他一样爱说、爱笑、爱忧愁吗？我不知道。

天晚了，和苏董漫无目的地谈了这么多，我想回去了。于是，我起身跟苏董握别。他坚持要用车送我，微笑中我婉言谢绝了苏董的热情，因为说了这么多，我实在是想一个人好好地感受一下深城的夜风，也想再独自思考思考苏董的问题。

风轻轻地一遍遍用它的温柔不断地撩拨着我垂肩的长发，让我感受到了呼吸中那不一样的清爽，这难得一闲的享受让我的心对风变得贪婪起来。一瞬间，我明白了一个道理，在人辛劳甘苦的命运中欲望是那么容易从心底里冒出来。而人这颗贪欲的心在得到满足的时候又会失去什么呢？我一边猜想着“欲”这个大字背后的人情世故，一边顺着城南大道两旁的人行道朝家中慢慢走去。由于此时已经是深夜十二点多了，不见人影的我一直不敢从小道中行走，绕过了几条大街才来到了离家门较近的路口。正欲拐进前面的花园小区，身后传来急促的车的喇叭声吓了慢步沉思的我一跳。一回头，陡然发现苏董那辆漂亮的林肯车正不远不近地跟随着我。刹那间我明白了，我的心一热，原来他放心不下我，在无声中陪伴着直到我安全地回到了家的门口。只见他的车在离我一米外的马路边停了下来。他打开了车内的亮灯，我看见他朝我挥手并做了个拜拜的姿势。我在感动中也同样朝他挥动着我的手。

此时的我心里暖暖的，谁说现在的世界人情很冷漠？这一小小片段的画面告诉我，不管有没有经历过人间的沧桑，在这个世界上还是好人多。我相信，只要我们每个人都用真善美去衡量如今这个快速多变的世道，就知道我们现在的日子应该是比以往更有生存的意义。因为，现代人比我们的前辈更加懂得了生命的价值和活着的意义与责任。再说，大千世界怎么能没有栖息我们精神的家园和牵手互信的社会人脉呢，相信我们每一个有爱心的人都不会目睹人类的需求而无动于衷，更不会将义务置之度外。我希望大家都可以在努力的奉献中撰写我们期待的社会环境，也祝愿那些奋斗在创业路上的企业家们面对经营的问题同样可以不畏艰辛。因为这些毕竟都是我们可以去征服的困难和清除的障碍，相信一切都会好起来，包括苏董的企业。

英雄的孤独谁能懂

——民营企业家创业心路

失落的情愫

在这个世界上从来就没有精神上的清教徒，有血有肉的男人和有情有义的女人面对情愫一样敏感而又脆弱……既然我们曾经相知，那就努力在今天让生活在温暖中继续。

楚总开着他的“宝马530”车把刚刚从北京返回深城的我从飞机场接到了他的家具城门前的自助西餐厅。七天前是我和他第一次约好见面的日子，由于我临时赶赴北京参加一个会议错过了那次见面的机会。但是，认真的楚总硬是计算着我返回的日程，把接机和见面的事情放在了一起。坐在清净的西餐厅里听着背景音乐《雨一直下》，在喝下一杯楚总为我点的鲜榨西瓜汁后，我一扫连日差旅和乘机的疲态，精神逐渐振作起来。

坐在我对面的楚总，身高至少有一米八五，体态匀称，身材修长，像是一个经常参加长跑运动的人。还没有等我发问，他自己已经开始了表白：“不好意思，您这么辛苦我又把您接到了这里。这人也不知道是怎么搞的，一旦有了和谁的约定就好像总有件事在心里搁着，让人牵肠挂肚。自从前几次和您通了电话后我一直就在等待和希望着一个和您畅所欲言的机会。其实，也不是什么特别重要的事，都是些琐碎的问题。只是剪不断、理还乱。主要是，我对自己目前的生活状态感到前所未有的郁闷，所以很想寻求改变。”“你现在可以说来听听！”我接上他的话说道。

也许是他对我的陌生，因此，我这个单刀直入的提议让他竟然犹豫了。总之，楚总那原本急欲倾诉的表情又发生了变化。他低下头沉默着。见此情景，我没有立即追问，只是静静地观看着他。不一会儿，他突然抬头问道：“您想吃点什么？这个西餐厅也是我开的，刚才进来时您已经看到了对面的家具城，那里就是我公司的所在地。当时在筹建家具城时我就考虑到，在这里挑选家具的一些人可能会一下子拿不定主意或需要较长时间选购，所以决定在这里就近开个西餐厅。这既可以方便人们进来喝点饮料、吃点甜品，又可以让我的西餐厅借机盈利。您别看这个投资不大的西餐厅，我当时一个大胆的设想换来的可是月月几十万的纯收入啊！”此时的楚总用轻快的语调展示着他得意的心情。我不由得也在心里赞许他此举的精明，于是我随口说道：“家具城的生意也应该不错吧。”他的神情更加飞扬，说：“不错，等一下我也可以带您过去参观一下，在电话上我曾经告诉过您，我们是一家以住宅、办公和宾馆家具及集家居配套、装饰工程服务于一体的民营企业。目前，我们主要是坚持原创家具设计，走自主设计开发的路线，重在弘扬中国家居文化，引领家居消费潮流。多年来，我们还吸纳了国内外一些优秀的设计师加盟，建起了一支数十人的设计师团队。我们企业设计生产的产品目前已达千余种，多次荣获国家和省市'先进企业'、'质量信得过单位'等荣誉称号。"楚总一一描述着自己企业的近况和远景，让我更多地了解到其企业发展壮大的成长史。

"但是，在企业发展的今天我时常纠结着心中的一些问题，使自己每天少了许多快乐。"楚总话锋一转，神情显得落寞。"都是些什么呢？什么原因导致的呢？"我连问了几句。"是无法言表的问题，我发现自己越来越找不到快乐的资本！"楚总的神情有些悲戚。"那又是为什么？"我小心翼翼地继续追问道。"不知道，就是有一种对现实状况的失落，而且是深深地有些被刺痛的失落。""是企业的发展遭到了重创吗？""不是，企业还好，就是因为企业发展得还算稳定，所以我才能深切地感觉到自己应该拥有的快乐指数太小。""是不是对事业还有着自己更高的要求？可是前面你谈到对企业不是挺满意的吗？""对企业的现状我何止是一种满意，准确地说是一种满足，一种成功后对自己有所交代的那种满足。""那为什么已经具备了满足心理的职业人却感到远离快乐呢？人们不是常说知足者常乐吗？"我和楚总一问一答，但是他始终还是没有准确地表达出他心中不快乐的缘由。

"是家庭出了问题？"我换了一个话题问道，此时的楚总开始用沉默来回应我的问话。

过了一会儿，他在沉默中向我敞开了心扉："我今年已经五十三岁了，人这一生该经历的、该想的我大都感受过思考过了，唯有今天的家庭生活让我不能对自己的心情落寞完全释怀。回想起自己走过的创业之路，光用酸甜苦辣尚不能完整地描述我脚下走出来的这条路到底经历过多少艰难。然而，过去的一切辛苦都比不上此时内心世界的复杂感受更让我倍感孤独、忧虑和困惑。虽然住着洋房、开着好车、摔着钞票、吃着海参，但我总认为自己现在还是没有能够开启那扇快乐幸福的闸门，我没有能力让自己具备一个好的生活状态去品味通过拼搏而得到的那份人生的成果。回想起来深城之前的自己，那还是在改革开放的号角刚刚在中国大地奏响的时候，我这个年轻的供销社采购员在北方一个不大的城市里圆着能够有杯宴请的酒喝也就无比快乐的好梦，我潇洒地把采购员那份自由和自在甚至是自我的工作职能发挥得淋漓尽致。拿着公家的报销单，仗着年轻的活力，凭着单位领导的信任，我的足迹遍及全国。虽然当时的我每个月的工资并不高，但是要想吃吃喝喝也绝不会为钱发愁，所以仗着这份职业的优越我以为自己会在采购员这个肥差上长久做下去。抱着一丝知足，我也的确是卖命般地不分季节、夜以继日地完成着我们那也算是市里重点单位的化工厂的推销任务和采购单子。

“但是，没有想到一次随厂长南下的深城差旅之行，既改变了我原有的人生信念，也打破了我稳定的职业梦想。我在深城因采购结识了一位同行的商人，他看中了我娴熟的业务技能，更窥视着我脑海中那一些供需单位的客户群，就极力游说我来深城和他一起创业。年轻的我躁动中带着自信，骄傲中夹着雄心，在对方开出的年薪超过十万还有年终奖金的时候。看着和自己一样年轻的深城，听着街头传来温柔缠绵的粤语歌曲，想着百万大军南下寻梦的奇迹，我不顾单位领导的教育和训斥毅然停薪留职只身一人来到深城。新东家最初对我还是很器重的，我一路顺风地在他的私营企业立了足，也成了该企业开创业绩的主角。想着他曾经央求我来到这里的诚恳和承诺，少年不知狂的我总是在和他屡屡的碰怀中称兄道弟、忘乎所以。一年过去了，他的公司业务蒸蒸日上，我呢也把自己在内地上班所积累下的南北客户网全部毫无保留地贡献给了这家企业。想到自己出卖了原供销部的业务网，这一年的春节我没有回内地休假，心虚的我独自留在了深城过年。第一次感受到深城紫荆花开的浪漫时节，我的心情显得尤为兴奋，因为去年一年的奖金可是我在内地几年的工资收入啊！看着手中那人生第一本个人储蓄存折，我发了疯似的想要再大干一场。

“但是，还没有等初尝就业快乐的我回过神来，新年过后我接到了公司人事部的通知，老板的小舅子代替了我负责的业务网络，我被调到公司后勤部负责仓库的收发工作。我找到了老板，希望他给我一个合理的说法，想不到老板昔日那张堆满笑容的肥脸，见到我即一反常态地阴沉着，对我的质问不理不睬。慌了阵脚的我对着他大声地吼叫着。他这样做等于是毁了我的‘钱’途，我这个昔日的大将可是用自己多年积累的客户资源才换来了企业今天的销售网络。如今要卸下我的职业资本让我变成一个无所事事凭出力气维持饭碗的仓管员，今后我还能有什么发展事业的空间。情绪的失控换来的是老板那不需要商量的口吻，‘想干就干，不干你可以走人，在深城混，这点机敏都没有你还想来这里捞世界，简直是做梦’。老板那无情而又冷酷的表情换来的是我平生以来最猛烈的一拳，他的鼻梁被我击碎了，一阵‘快报警’的狂喊声从这个满脸流淌着殷红鲜血的奸商的口中吼出。我被警察带走了，拘留十五天后我被放了出来。据说，原本老板要以故意伤害罪起诉法院追究我的刑事责任，也可能是他对自己强加给我的罪恶也感到心悸，又或许是他从我的暴力中也看到了我这个北方男子那怒起来就不要命的个性。总之，经过他一翻斡旋，公安局最终采取了拘役的处理方式，我也侥幸地从大事化小、小事化了的事件里承担着最轻的责任。但是，狠心的老板却没有怜悯我失业后将面对的生活困境，他提供了医院的证明，光修复鼻梁的手术就需要一大笔费用。在公安人员严肃的监督下，我摸出手上那本银行存折给那个恶人做了全部的赔偿，至此，这件‘血’案才算是在双方的让步中得以终结。

“我的行李箱已经被老板派人送到了派出所。打开行李箱翻动着里面那几件从内地带来的略显寒酸过时的衣裤，我的鼻子一酸有点想哭。整整一年，我竟然从来没有好好地逛过深城的大街，也没有给自己添上几件像样的衣衫，我全部的热情都因新生活的诱惑而投入到忘我的工作之中，想不到自己今天竟然会落到一个如此凄凉的下场。拎着行李箱的我毫无目标地漫步在深城的十字街头，钱包的空扁、肠胃的饥饿、精神的沮丧，让我这个体内充满狂妄的热血青年在此时忧郁得全身发抖，沮丧、落魄的我不知何处才是自己重新迈步的事业山头。无奈之中，我拨通了内地厂长办公室里的电话。听到我在深城发展的挫败，老厂长对我先是嘲笑般的数落，接下来又是怜子般的关怀。看在过去我在单位勤劳工作的份上，他决定给我一个将功补过的机会。他说可以帮我汇来坐车的费用，并要求我收到钱后马上启程回老家去，他可以给我一个重新上岗的工作机会。厂长宽容的胸怀感动得我直落热泪，但是一股不服输的蛮劲让我不能踏上打道回府的行程，我谢了厂长的好意也放弃了自己重返家乡就业的机会。我恳请老厂长先借两千元钱给我。我在心中暗暗发誓，不在深城立足决不回故里探亲，在哪里摔倒，自己就要在那里爬起来，我打定主意一定要在深城干出点名堂来，以洗刷自己这赔了夫人又折兵的奇耻大辱。

“挂了电话的那一晚，我在深城戏院旁解放路天桥下的石凳上躺了下来。清晨，还在睡梦中的我感到有人在翻动我身上的口袋。我一翻身从石凳上摔了下来。只见一个肮脏无比、两眼浑浊、白发苍苍、衣衫褴褛的老头，左手拿着一只掉了漆的大破碗，右手正用力地在胸口来回地揉动着。大概是我刚才本能地挥动双臂，打中了这个靠要饭为生的老头的心口，只见他从嘴里发出了含糊不清的叫骂声。联想到他刚才无所顾忌的掠夺行为，愤怒中的我攥紧双拳迎头朝他扑了过去。老头的眼神在我的逼视下充满了惊恐和哀求，从那已见秃顶的脑袋上我看到了一个老朽的垂暮，我终于控制住自己那亟待发泄暴力的欲望，提起石凳上我夜晚枕在头下的旅行袋和脚下的行李箱转身离去。天色还在灰暗中，春天的深城还是有些阴冷，我不知道自己又该到哪里去继续歇息，唯有沿着马路边的人行道漫无目的地晃悠着。

“又是几天浪迹街头的狼狈。在三天后的下午，我终于收到了老厂长电汇来的两千元人民币。当收到人民币的那一瞬间，我的眼眶湿润了，想起单位领寻对我的培养和期望，再想想自己一年来违背诚信对原单位的客户群实施的挖墙脚行为，我恨不得抽自己两个嘴巴子。有了钱的我底气足了很多，取了两张百元大钞放在身上备用，其余的我小心翼翼如珍宝般把它们存到了银行里。此时的我嘴里唱着毛主席那首《忆秦娥·娄山关》的歌曲，开始在深城急切地寻找起改变命运的机会。我没有想到，现实的残酷还不仅仅是来自于每天必须承付的像流水一样不经意地就把口袋掏空的消费，还有让人更难接受的就是用人单位对选择人才的标准是那么的苛刻和无情。我高中毕业后就凭老爷子的关系进了厂供销部，一直稳稳当当地打着考勤、领着工资，从来没有考虑过学历的问题。但是，如今在深城由于自己无法提供高学历证明，始终给不了应聘单位以信心，这样一来我几乎是被所有的企业拒之门外。找不到工作的我硬着头皮一遍遍篡改简历，一次次被用人单位发现又一次次取消了让我复试的机会。一个月下来，我不光没有成功竞聘，就连老厂长汇来的两千元钱也只剩下不到一千元在存折里。我再一次感到了害怕。不敢和时间做游戏，我更加近似疯狂地趴在人才市场的招聘栏前搜索着可能看中我的企业。此时，囊中羞涩、极度失落的我不敢也不能再轻易地踏进旅馆的大门，哪怕是又小又脏的招待所都让自己迈不动沉重的步履。我开始在夜晚前便躲进一个公园里，靠着逐渐回暖的夜风，天当被来地当床，在绿草花丛的包围中，望着星星、就着露水，熬了一夜又一夜。

“上苍似乎一直不肯原谅我曾经的自私行为，也不肯迁就我犯下的背信弃义的过错，不管我怎么努力寻找落脚的地方，但希望一直没有出现。我开始在垂头丧气中让执著的信念变成了一种对现实无可奈何的懒散，曾经的信心也在疲劳过度中让自己停止了拼搏的决心，而精神的欲望更是在失望的麻木中消失殆尽。就在我连暴死街头的心都有的时候，一道生命的曙光驱散了我心中的阴霾。一家牛奶公司要面向社会招聘一大批牛奶工，无需学历、无需经验，只要能够吃苦、踏实肯干，即日就可以应聘上班。用狂喜来形容当时的我似乎一点也不为过，抱着苦尽甘来的庆幸心理，我的精神为之一振。因为那个时候的我身心状态已濒临崩溃的边缘，似乎一切都已无药可救，自己也只是一个在做最后心力挣扎的极度虚弱无助的人。二话不说，我取出了存折上那仅有的六百元人民币，交了工作押金。靠自己我终于在深城谋到了职位。在深城提供这种力气活工作的企业大多是采取包吃包住、底薪加提成的报酬制，因此工作待遇相对来说还是不尽如人意。可是，现实的残酷让我深深体会到，我不能在乎这种生存的艰苦。当时在我心里有着强烈的工作渴望，我认为只要能把握这个救命的机会让自己活下去，铁棒我也要磨成针。抱着起死回生的念头，我每天比任何一个送奶工都要积极和努力，因为我知道只有找到工作的寄托、寻觅到生存的庇护所，我才可以东山再起、重新收获。”

楚总一口气把自己初踏深城土地的故事声情并茂地讲了出来，从他时而摇头、摆手、叹息时而表现出无奈或聚精会神中，不难看出这段青年时期的创业起步已在他的心里刻上了“风霜苦寒”这四个大字。联想起家具城门口的这间西餐厅，恐怕也是他在创业经验中总结出来的令企业多元化发展的经营成果吧！其实，在深城停留的几百万寻梦大军，他们的故事几乎都有着惊人的相似之处，大部分创业人都经历了在这片热土上举步维艰的发展过程。在这个欣欣向荣的令人向往、让居住的人骄傲的城市，曾经埋藏着多少人“沧海一声笑”后的那一缕缕不堪回首的创业感伤，相信已是举不胜举；同样，在这个和梦想永远相伴的城市中又培育和开放着多少成功人士理想与收获的鲜花，也的确难以统计。

深城的今天仍然承载着南来北往追梦的游子们万里长征的远行跋涉，“物竞天择，适者生存”的人们不仅要凭着热情和实力，还要加上对深城不改初衷的一往情深，最终才有可能拥有获胜的掌声。我知道，像楚总这样在深城靠艰苦起家的创业人不知道有多少是含着泪水在挺进，这些成功人士在走出人生低谷、收获事业甘甜的同时还往往收藏着自己那一丝不愿抹去的心声，那就是感谢深城这个精灵的城市曾经给予他们拼搏的机会。这让我想起了《孟子·告子下》的一段话：“故天将降大任于斯人也，必先苦其心志，劳其筋骨，饿其体肤，空乏其身，行拂乱其所为，所以动心忍性，增益其所不能。”如果没有上苍的好生之德，如果没有深城这个城市对寻求梦想的游子的博大和宽容，如果没有创业人面对现实困境那超凡脱俗的执著，又怎么可能让自己那已经疲惫不堪的身心融入与这座城市荣辱共存的奋进之旅。“几度几雨几度愁”的确不是一句创业中的感叹，那些用毕生的信念去追求到的成功经历，始终影响和感动着每一个寻梦人振奋的心。

我想，楚总一定还有更多的创业花絮可以告诉我，于是我说：“牛奶工虽然很辛苦，但对你来说做牛奶工绝不仅仅是单纯地收获着生存的种子，我想你肯定又在这个工作岗位上获得了更多的经验和感悟。”楚总向我投过来赞许的目光，他眼睛里的亮光告诉我，我说对了。他真是一个有心人，一个不甘于让理想破灭的人，他一定又有了更加精彩的人生故事。

果然，楚总在我的理解与鼓励下又开始了叙述：“整整一年，我专心地做着一个送奶工，不为其他行业诱人的发展而心动，我更是将曾经自我的供销员身份抛到了脑后。您知道，送奶工的辛苦不是那些喝奶的人可以想象得出来的。每天我蹬着一辆送奶的单车，装着自己每天必须准时送达的瓶装鲜奶风雨无阻地飞驰在深城的大街小巷；尤其是要将牛奶送到那些没有电梯的老式楼房里，就完全要一层楼一层楼登上去，一天下来浑身就像散了架，倍感疲倦。然而，我却在辛苦中体验着那份劳有所获的快乐，尤其到了工作的后期，这快乐中还蕴藏着一个我那不为人知的、穷则思变的痴梦。

“这还得从头说起。我在一次送奶的途中巧遇一家主人开门出来，他接过奶瓶的时候顺口问了句：‘你们送奶工一个月工资是多少？’在我不知道该如何回答每月收入都不一样时，他又笑着解释说：‘是这样，我们家自从在你们公司订奶以来，每天都能及时地收到你这个送奶工送来的鲜牛奶。你们企业这种服务方式，给了我很大的启发。我是一个家具厂的老板，最近工厂在搞设计，我也想找几个市场调查员，专门定期到各小区楼层去了解一下目前这些家庭成员对家具的选择有什么样的喜好，相信在知己知彼中由我们厂设计生产出来的家具就会更加符合消费者的需要了，所以想顺便问一下你。’订牛奶的主人在说完这句话后笑着带上了房门，而我的心却被他不经意的话语重重地击中了。自从做了送奶工，我一直在默默地酝酿着自己心中那想要立足江湖创业的计划，这也许就是命运赐给自己的又一个机缘。联想到一年来走家串户的经历，我想凭着自己对家家户户的了解，重新开始学习一门新的技能，这将是改变未来命运最好的途径。

“以后的日子里，我总是掐着点计算着有可能和那个家具厂老板再遇的机会。终于有一天提着奶瓶的我和他在楼道里碰了个正着，我鼓起勇气对他说：‘上次你询问我时就萌发了想去你厂里上班的打算，不知道你现在还需不需要市场调查员。薪水待遇我可以不计较多少，只希望可以用一年多汗水换来的对街道住户的熟悉经验去你的企业打工和为你的工厂出点微薄之力。’也许是此时的我渴望着一次出击就能获得转行的成功，又或许是我调动起了自己当了几年采购员所培养出来的那三寸不烂之舌的功力，总之我拼命地强调着自己的优势和自从与他谈过话后自己已经在小区开始打探他所想要去征询市场调查的相关问题。可能是我的坦率与认真感染了这个老板，又可能是我虔诚的态度加速了他的决策，最后他答应给我一个重新选择职业的机会，但同时强调了再过半年他的这些市场调研计划才会正式执行。也就是说，我还不能马上跳槽去他企业工作。但他望着我若有所思地说，如果我真的有心到他厂里去工作也可以从现在开始准备，因为等待中也一样可以发挥一个职员的作用。他模棱两可的话语中虽然没有给我明确上岗的任期和具体的薪酬约定，但是此时已经在深城经受了求职不易的我不会再去计较这其实并没有最终承诺的答复，还是决定牢牢抓住这个可能改变自己工作现状的机会。于是，我爽快地接受了他无条件的建议。每天一样地送奶，一样地勤勉，所不同的是我心中有了更大的动力。我要求公司派我去那些自己从未涉足过的社区和大厦送牛奶，我还详细地整理出了一套可以自由出入各小区的路线图，期待着有朝一日凭着手上的这张宝贝图可以穿越生活在底层的卑微，摆脱贫穷。

“半年后，我终于等来了这个老板对我的正式录用，自己两年的送奶工作也顺理成章地结束了。我来到了家具厂报到，然后每天坐着中巴车出入市区欢快地干起了新的工作。凭着两年送奶工作给客户留下的熟悉面孔以及和社区大门保安的熟稔，我一次又一次轻松敲开住户的家门进行着‘家具市场调查’的工作，通过自己不懈的努力和对新岗位的倾情付出，很快，手拿‘市场调查问卷’的自己被老板钦点进了工厂家具设计部担任设计助理。我的工作主要是配合设计师进行新产品的选择和负责协调量身定做家具的客服关系，并承担解决这其中产生的买卖双方的摩擦。这个工作既给我带来了白领身价的优厚薪金待遇，又让我进入到一个全新的工作领域，我死心塌地地追随着慧眼识英雄的老板，卖命地把工作职能的水平发挥到了极致。三年后的工厂庆宴上，老板把用一张报纸包着厚厚一沓的钞票在无人处递给了我。带着醉意的老板用充血的双眼瞪着我高声地说着：‘这三年，我的工厂得以快速壮大也有你一份功劳啊！这是我个人表示的一份心意。另外，你也不小了，在深城成个家吧！这样一来，你也可以在我这里安心地工作了。我既不会看错你，更不会亏待你。说实话，如今这年头像你这样玩命工作的人也不是很多啊！你是一个有出息的人，请放心，我会好好重用你的，以后我的厂就是你的厂，好好干吧！’老板迈着踉跄的步履从我身边走了过去。一句话惊醒梦中人，掂着自己手中那沉甸甸的人民币，我的思绪在快速地转动，厂长那句‘我的厂就是你的厂’在瞬间拨动起我不甘为人下的雄心壮志。是啊，我为什么就没有想到自己出来单干呢？回想在深城走过的五味杂陈的打工生涯，我的私欲被强烈地激发出来了，按捺不住心中的那份跃跃欲试的冲动，我迫不及待地找到了自己已经谈了两年恋爱的女朋友。”

望着我这个听众眼神瞬间划过的诧异，楚总把话语停顿了下来，见我并没有打断他的意思他又开始了叙述：“我和女朋友，也就是我现在的太太的认识也是一个巧合。那一年，她的父母在我们工厂定做了一套真皮沙发。我们送货过去后，他们又嫌规格不够标准想重新定做一套。巧的是他们家当时要求定做的那套沙发的尺寸比较少见，厂里也没有现成的样板，一时之间又不好专门为他们安排加工，他们为此与销售部多次发生争执。这是深城本地土生土长的一户人家，老两口每天锲而不舍地来我们设计部要求解决问题，经过与厂部协商后，技术部同意接受我的建议给予重新设计制作。为了避免再一次的错误，厂里特意指定我这个设计部助理亲自上门去丈量尺寸，就这样在老人的家里我和他们的女儿不期而遇。也许是我这一米八五的个头和北方汉子那特有的魅力吧，他们的女儿对我一见钟情；而我屡次热心上门的服务让二老对我也多了一份亲切，他们总是对我说，今后可以把深城的这个家当做自己的家，常回来看看。自然而然地以后的周末我便开始有了回家的冲动，而这善良的一家人也总是用深城当地的白话夹着一点点生硬的普通话，给予我这个离家多年的职业浪子送来人情最友善的关爱。从没有品味过男欢女爱滋味的我也在第一次的情感碰撞中成了爱情的俘虏。热恋中的男女两眼总是瞄着对方最耀眼的地方去感想，我的太太她有着广东女孩特有的性情，而我呢又有着北方汉子那自古以来怜香惜玉的大丈夫之气，她女孩的娇羞和我的主动出击促成了我们南北两地人最融洽的感情牵手。我和她没有经过多少风花雪月和花前月下的浪漫，便开始考虑起男婚女嫁的人生大事。想必厂长也希望我通过成家后的责任，可以让我更加忠心于这份在他看来纯属恩赐给我的这份我热爱的职业；但是，他没有想到自己的毫无设防之心让这个他认为煮熟的鸭子永远也不可能飞走的我，竟然萌发了要摆脱他的企业去走自我创业的道路。

“我和女朋友在市区的咖啡厅见了面，在听了我的打算后她兴奋的情绪立即超过了我踌躇满志的状态。她马上用电话告诉了家中的父母，能够有一个可以做老板的女婿想必老人也觉得脸上颇有光彩。只听见电话中传来两位老人不断称赞的笑声。另外，他们说愿意拿出家中所有的积蓄来支持我，条件是我必须和他们的爱女立即结婚。于是，在你情我愿的恋情交织下，我决定接受这看来也算两全其美的婚姻结合方式。下班前回到厂里，我立即递交了婚假申请单。当然，我的老板很高兴也很自然地在这张一个月的长限婚假单上签上了大名。尽管当时工厂的设计部门根本离不开我，老板这种爽快的行为让我在以后很长的时间里都在分析着他这个企业领导人当时的心理。客观地说，我的老板用他那特有的处世哲学毫无顾忌地给我放长假的理由有着显而易见的目的。因为他很清楚，我一个月的离岗将会给他工厂的业务带来多少不便，但是面对我在岗位技能上的不断独立，他还是首先考虑到了如何用稳定和归宿感来让我对他心存感恩之心。就冲他这一点心机，我就很佩服他慷慨背后的那份沉着和冷静。

“我把父母接到了深城，完成了老人做梦都在操心着我娶媳妇的心思。两家人的团聚与相处是礼貌与和谐的，新婚的妻子更是对自己的公婆好得不需要我用语言去提示。一个月的婚假事实上我只用了三天，刚刚筹备完喜宴的我就开始伏案疾书撰写着自己注册公司的相关规划。一想到自己如果离开目前任职的这家工厂，老板的心情会怎样，我的心里就直犯怵。可是，漂泊了这么多年，我不能不为自己着想了，而且如今我已不再是一个单身汉而是拖家带口的一个大丈夫。我不为自己考虑，也总得为小家去谋划。当然，最主要的是，我这个北方男人骨子里的那股自大也不能允许自己长期依附妻子娘家的资助来壮大自己的未来。于是，权衡再三之后，在目的和决心的驱使下，当一个月后我向老板递上辞呈的同时也拿到了工商局颁发的营业执照。目瞪口呆的老板并不愤怒，但他用利剑般的眼神穿透了我稚嫩而又心虚的神情。我虽然没有低头，但我的心在剧烈地颤抖。我想起了自己当年的所作所为，家乡的领导和那个被我击碎了鼻梁的奸商，还有我和面前这个老板初次相逢的机缘以及这几年他那总是用拍一拍我的肩膀来表现他对我的信赖和亲近的动作。是‘不想当元帅的士兵不是好士兵’，还是我总在扮演着无辜的角色，我看到了自己内心隐藏的诡计和不安的歉意，那是一种必须不惜一切代价向前冲击的心理和还要带着一种坚持的勇气去迎接现实挑战的顽强与面对面的尴尬，包括接受审视的窘迫。”

讲到这里的楚总现在倒是在我面前深深地低下了他企业家的头颅。我在想，这么多年了，可能他从来都没有忘记过那个曾经给过他最大机遇的昔日老板，也或许是初来深城那段苦不堪言的经历让他把自己内心那原有的单纯世界变得混浊而又不愿意清醒。总之，人生就是这样，患得患失的命运究竟给了我们多少想要的收获，创业人的所思所求也总是在不甘输赢的商业战局中被现实所左右。我不知道我们每个为目标而奋斗的灵魂是不是在经历劫难后仍可以得到心安理得的平和？就像曾经的楚总是不是唯有让知遇的关系裂变成这样惨烈对立的结局才能书写出当事人心中对改变现实无助的感受？所以，面对楚总这样的企业家，我的内心总是充满着对他们思想的关注和创业不易的感悟。谁让他们总是要去做一个承担创业重任的凡人呢？也许这也是造成他们人生经历中那高处不胜寒的原因之一吧！

楚总慢慢地抬起他那久垂的头，声音略显低沉地又开始了叙述："我用太太娘家提供的资金大胆地推出了一系列实木家具，随后又开辟了板式卧房家具、宾馆酒店家具及办公屏风、软体沙发等产品。我凭着自己在内地担任采购员精打细算的经验以及在深城养精蓄锐的打工经历，加上自己不到黄河不死心的坚强信念，用超越同行业的眼光重新规划着家具市场新的发展方向。很快，凭着多年积累下的客户群我把自己的企业推进了成功发展的航道。随后，经过多年呕心沥血的建设，我终于可以不用再每月都关注会计报表了，也有了创业收获中的难得一闲。这时候，我的女儿也已经十六岁了。原以为职业上的戎马一生可以换来一份尽享平凡日子的轻松，但是很快我就发现了自己那并不快乐的原因。过去我拼命地创业，在家停留的时间很少，长年的商业奔波垄断了我的业余时间也消磨了我和妻子彼此都并不太在意的对家庭生活情趣的依恋。不知道是我长期在外工作让太太习惯了没有我的日子也一样过，还是快到更年期的她再也没有了对我这个老男人的感情需要。总之，我们现在各忙各的、各玩各的，生活中来往的朋友也都是各自圈子里的人。无论在喜好上还是在精神上，我们都随性着彼此各自原有的生活方式和习俗偏好。我从来没有要求过她对我这个北方男人粗犷性情的适应，她也没有抱怨过我这个丈夫长年累月因投入工作而不能给予她更多浪漫生活的表现。对两个人相互依赖的感情需求和夫妻相伴的亲密感受她显得特别的迟钝和不在乎。而我在度过了那么多个独自艰辛创业的日子后变成了一个喜欢倾诉心曲的人，我特别渴望和太太重新过上两情相悦的幸福日子。

"此时的我才深刻地感觉到平淡得让人孤寂的岁月让我和太太思想感情的沟通变得特别地艰难和无趣，两人的精神世界如今几乎只剩下金钱和因年龄衰退而带来的暮气。为什么前面我会对你说，拼搏到今天自己才意识到生活的内涵可能少了些期待，这是因为我拥有的事业战壕'家具城'并不是在单纯销售商业产品，而是在为消费者提供和倡导一种高品质的生活购物环境和居家幸福生活的理念。因此，每天我都可以在自己的家具城里看到一对对夫妻、一家家男女老少因为了解到我们服务的体贴和宣传的理念专程不因路途遥远而来这里选购居家饰品，他们祥和、温馨和甜蜜的神情，以及对生活的规划、向往和从容均能勾起我羡慕的思绪，尤其是那些有情人亲密的神态和我如今心灵的孤影形成了鲜明的对比。所有来这里消费的人那种布置居家美好的热情与欲望，也都反衬出我的家庭虽然富有但却冷淡得犹如南极的冰河般没有了波涛的撞击声。我终于知道，虽然如今自己有了一个生活的小家，也有了一个企业的大家，但是我并没有为自己的人生设计出一个让日子可以绽放激情的温床。尽管如今我不再需要用精力和体力去为事业而奔波，但我的思想仍然在无休止的冲动中寻求着放‘心’的世界。五十几岁了，我似乎现在才明白自己一生所求为的是什么！

“回顾我和太太生活的日子，我的事业从来没有让她操心过，她的居家生活也同样从来没有让我担心过。自打结婚后，事业的忙碌、女儿的出生让我们夫妻再也没有出入过电影院、咖啡厅，也没有一起去唱过歌。我历来习惯自己和她相处时从来不谈企业的事情和个人的困惑，她也从来没有和我讲过她还有什么不顺心的事。总之，我们两个拿着结婚证、盖着一床被、已经年过半百的老夫老妻，谁都没有主动表达过自己还想不想过一种新生活的念头，日子就这样按部就班地过着。乏味而又简单且没有幸福内容充填的家庭让我在失落的黑夜中多了一份寂寞。女儿大了不再依附于我们，太太心中似乎也更加没有了生活的内容，热衷麻将成了她最终选择的精神寄托。她疯狂地沉迷于师奶的角色，一掷千金地打发着无所事事的富人日子。是她唤不起我生命的热情还是我给不了她生活的激情，又或者说是我和她在漫长的婚姻生活里早已别离了对彼此需要的那份真情。我们就像一对落伍时代的机器人一样相互没有了热情的感觉，彼此只是因为家庭的存在关系而让这无味的婚姻继续着。

“有一天，因打麻将彻夜未归的太太把我一个人扔在了冰凉的席梦思床上，望着家中豪华的装饰我突然感到了灵魂中的那一丝恐惧。五十三岁的我在精神的困惑中扪心自问，难道牺牲青春成就今天的我只能做一个时代的守财奴？难道这没有欢愉的婚姻关系就要因岁月的流逝而让我从此变成情缘的清教徒？难道这就是我一个男人用三十年的创业岁月缔造出来最终的人生结果。我和太太爱过，也恋过。可是，初恋的我们因忙于生活条件的创造，没有给爱铺垫一条沉淀深情的心路。那个时候的我一门心思在‘钱’里头，男大当婚女大当嫁，自然的结合，彼此不再孤单是因为有了一个家的归宿。我以为这就是我们终身爱情痴梦的所有。但如今，我放下了对事业的狂热，却再也无力守住夫妻情感温存的源头。这究竟是为什么？作为一个男人我想好好地活着，成功地活着，美满地活着，而且是在爱和情的怀抱里继续幸福地活着。可是，我为什么情到浓时方知缘浅，为什么错失春秋才会梦醒？是什么让我们家庭的日子再也回不到从前那个温馨的时刻？又是什么样的岁月过滤让我们这对年老的夫妻再也没有了风情撩人的心心相印？”

楚总用力地敲打着摆放着果汁和咖啡的台面，他的样子有点失控，但是他的那些“为什么”却一遍遍回放在我的耳边。是啊，人究竟存活在一个什么样的魔法世界啊！一个只懂得用奋斗来书写生命历史的企业家，一个靠染发来掩饰白发丛生鬓角的不再年轻的男人，一个从来都没有怀疑过自己最初选择婚配的过来人，一个在得到了事业的成功又遗落了心灵需要的孤独者，还要继续承受生活赋予他多少的职责才可以真正赢得快乐天使的降临。被楚总用力敲打而倾溢在台面的咖啡慢慢地变成了一块褐色的印迹，在光滑洁净的大理石餐台上显得那么的不和谐，深色的刺目让注视它的我感到前所未有的压抑，此时的我比任何人都可以读懂楚总那“为什么”背后的故事。在这个世界上从来就没有精神上的清教徒，有血有肉的男人和有情有义的女人面对情愫一样敏感而又脆弱。我们要的并不是少男少女那热吻下的颤抖，我们所渴望的是那些让人生充满希望的爱情、亲情和友情，这些让“心花”怒放的“情”是我们凡人永远也无法用黑暗和孤寂可以代替的心灵神灯。我想，有许多女人直到现在都还不明白，丈夫为什么要在成功后让精神出轨，令身体移位；也有许多男人最终都没有搞懂，到底是多情的世界改变了自己，还是自己塑造了人间的多情。凡夫俗子的命运始终都无法与红尘道别，并不是因为渴望的人怀着的都是对情的索取和对爱的不屑，而是“人心难测”的背后还蕴涵着一条不变的真理，那就是“人原本就是情感的动物”。望着楚总那尽显忧伤的面容，我想还是去家具城走走可能更加有利于我们继续谈话。

于是，我对他说："不如先到你的家具城去看看吧。"楚总连忙站起来说："也好，现在正是消费的高峰期，您参观一下给提点建议吧！"我和楚总一前一后走出了西餐厅。穿过马路，楚总带着我跨进了令他倾注了无限心血所打造出来的家具城。场内除了现代化的种类繁多的家具产品外，那清洁舒适的环境也令我眼前一亮，所有的工作人员都在以最佳的精神面貌接待顾客，那统一戴着白手套的保安在不断地为顾客开着大门和指引着停车的场地。来到楚总的事业宝地，他的情绪平复多了。我们一路慢步。他指点着场内的陈列不断地为我讲解着："当今家居劣质产品给消费者造成的健康损害问题比比皆是，尤其是因家具引起的环保污染成了社会所关注的大问题，因为人体长期吸入这些有害气体会出现头晕、头疼、恶心、胸闷、乏力等症状，让人们在享受着时尚带来的居家风光时也承受着病魔的侵蚀。由此，选购家具时消费者都不得不重视家具的环保性与健康性。但是，家具门类众多，材质各异，消费者对于家具产品的常识知之甚少。是选实木的还是选板材的、是选古典的还是选现代的、是先装修还是先选家具这些令人头疼的决定，在我们这里都可以得到导购员的专业指导和合理建议。因此，来我们这里消费的顾客，虽然也喜欢我们设计的款型，但大都是冲着我们的品牌与服务质量来的。"楚总越讲越自豪，我也在洗耳恭听中随着他的手势不断地把目光投向那来来往往的消费人群。

忽然，我在人群中发现了一对年龄在二十五六岁的男女正站在衣柜采购区发呆，大概是两个人的想法始终不能取得一致，女方显然有些生气，而男方则不知所措地站在一边默不作声。继续观察下去，我看到了那女方流连顾盼的眼神流露出对入墙衣柜特别的青睐。只见各种颜色和款式的入墙衣柜充分展示出了其个性包容的空间，让陈列其中的物品演绎出了居家温馨的气息。突然那名男子拉起女子的手朝身旁一排排板材木柜走去。我终于听到了他们的对话。男的说："还是买这种拆装方便时尚美观的衣柜比较好，将来用旧了感觉不好可以再换。"女的说："你就知道用旧了就换，可是我喜欢家里的一切都是固定不变的，从我们结婚开始到老了，我都不希望改变家里的装饰，因为这样的人生才会有永远浪漫的情怀，我还是想买固定到墙内的衣柜。""你说的那个将来也可以换。"男的大声地说。“不可以换，因为就是换了，也会有损坏，所以我不会换。”女的声音更大了。“既然两种选择都可能会最后换掉，那我说的这种搬起来就可以处理的岂不更简单和更方便。”男方的声音丝毫没有减弱。“你就知道简单方便，能换就换，那我还能有什么安全感。”女方带着哭腔把自己的语言像炸弹一样地抛了出来。“你太不讲理了，真是不可理喻，这哪跟哪啊!”男方也恼怒起来。

望着仍然在争执不断的这一对青年男女，我的目光转向楚总，心中充满了感慨。我们的生活问题的确时刻都存在着，这一对男女不经意的对话，难道反映的仅仅是采购居家装置中两个人欣赏衣柜角度不同的矛盾？我认为不是，因为可以看得出来，年轻的他们事实上早已用男女角色两性的差距在表现着男女本质的性情区别。看得出来，女方对家的向往一开始就充满了幸福的期待和幻想，而男方对家的装饰所附有的表现就没有这么多细腻的内涵。因为得到反而不安是所有女人心中致命的“硬伤”，一个采购的行为都可以让一个女人牵扯出对自己所爱男人的不信任和对未来的担心。是因为情感在需要着一个男人对家庭保护的直接承诺，还是女人心中那永远也难以安心的婚姻依托让她们每时每刻都在敲打着对男人不放心的警钟？这样的行为方式究竟好不好？可能大多数的女人连想都不会去想。男人的随意、随性或不经意，可以引起女人多少复杂的心事连男人自己都不知道。也许男人和女人天生就是一个矛盾体吧，在一起争吵，不在一起烦恼，看似水火不相容的男女有时候又是那样地亲密和协调。遗憾的是，现实中正是因为我们太多的人在坚持自我和不懂得彼此需要的心理错位中，让男女原本可以轻易统一的精神战线变得不再顺畅。

再次回想起楚总对妻子的不满，我轻声问了句：“当你感觉到自己对家庭生活有新的内容期待时为什么没有主动去和太太做想要改变的沟通?”楚总苦笑了一下，说：“有过一次刻意的尝试，但结果让我更加深刻地体验到随着夫妻生命的衰退家庭生活的情愫有了巨大的变化。”楚总的语气和话语的内容让我不得其解，我不知道他指的家庭情愫究竟代表着一种什么样的概念。于是，我说：“你的话题似乎很复杂，你想向我说明什么呢?”

楚总意味深长地看了我一眼，说道：“记得一个阳光明媚的星期天，为了重新和太太的感情甜蜜牵手，我对一早就要出门去打麻将的太太说下午一定要早一点回来，但是我没有告诉她自己要她回来干什么。太太一出门我就开始了忙碌。我先把家里彻底地打扫了一遍，然后亲自到菜场去买了鱼、菜和骨头，我还特意到花店去买了一把红色的代表着深深的爱和情的红玫瑰。回到家里，我就像当年那个年轻的后生仔，怀着一份异样的喜悦把温馨的花束摆到了卧室的梳妆台前。随后我又开始了蔬菜、肉类的清洗和烹调厨具的准备，我尽可能地发挥自己能够有的爆、炒、蒸的厨艺水平做了满满一桌子好吃的菜。期间，我不断致电太太，告诉她要快点回来，有重要的话要谈，但每一次的电话中都传来她因忙于甩麻将而顾不上和我交流的那种不耐烦的敷衍声。一阵阵的电话催促没有把太太及时地请回来，倒让色香味俱全的佳肴由于上桌的时间太长而变了模样，那大骨热汤也因我不断的重复加热被熬成了雪糕状。我一个人坐在餐桌前，环视家中的一切，犹感自己的家庭生活死气沉沉，少了夫妻之间应有的情恋和彼此互动的关爱，这一切现状令我再也没有了期待的信心。想想过去，自己努力创业，总是那么自私地不把太太放在心上，可日子照样也过得有模有样，而现在我想让太太重新回到自己的身旁却连'回家的呼唤'都成了奢望。太太没有想到，我在家里竟然煲起了汤，我也没有想到自己心里竟然还有着那么多的欲望，我从来都没有去刻意剖析过自己对家庭生活质量的向往，一切精神需要都是在生活中自然而然地感觉到的那心灵不甘平淡的渴望。要说自己也一把年纪了，不要去追求也可以不想，恰恰做不到的就是自己内心还有着那种清醒中的强烈欲望。

"太太打麻将又将是彻夜不归，我则在胡乱填了两口饭后灌下半瓶法国红酒，然后蒙头大睡到天亮。第二天清晨才从麻将台上撤下来的太太脸色蜡黄地瞪着布满血丝的双眼跨进门来，看到美丽的红玫瑰，只说了句'都这把年纪了，买花干什么，听人家说把花放在卧室容易过敏，拿出去吧'。她竟然没有领悟到我的良苦用心和希望夫妻感情更新的那份浪漫，失望中的我从那以后唯有把心思与喜乐的释放都寄托在打理我的家具城上。"

此时的楚总用一种并不难过的语气把自己的这种努力娓娓道来，一时间我也不知道该说些什么才好。难道生活中真的有那么多麻木的女人让麻将桌成了自己和亲人之间感情的屠场，麻将台上那不倒的“万里长城”真的就成了男女双方孤单心灵永远也超越不了的距离和路障。面对楚总口中所描述的太太，我在想，是因为当年助力了先生的成功而导致她今天对自己男人的精神忽视，是因为她真的让五十几岁的女人成了情感活跃的绝缘体，还是因为先生这种深沉纤细和看不见的生活期待原本对她来说就没有太大的震撼力，以致让她在今天再也不会兼顾到自己和先生之间的那种情缘持续的默契呢?

我和楚总继续在闲逛中聊着无关的话题，这时巧遇一对年过花甲的老人正站在售床区前窃窃私语。我和楚总静静地迎了过去，只见两位老人均头发花白。听携扶他们的子女说，二位老人是在彼此丧偶后经亲人撮合即将重新结合的新婚人士。他们这是前来给自己选购一个让两人可以从此相互依偎的双人床。只见老头对着自己面前的女人说：“你自己选，你喜欢的，我就喜欢。”老太太则用略显娇羞的眼神回应着高她一头的男人说：“还是你来拿主意，你要的，也是我要的。”两位年过半百的老人用最简单的语言表达着自己对所爱的人的信任、尊重与附和。我被这一瞬间的场景感动了。看着他们很容易就达成统一意见后的那份满足和喜悦，想象着他们即将相互携手走完余生的美景，我的脸上很自然地浮现出了那种让自己都感到开心的笑容。也许这就是相爱吧！一种深沉得让人毋庸置疑的情感火花就这样自然地绽放在老人彼此幸福牵手的命运里。我不知道，站在我身旁的楚总是否已同样在这一刻体验到了“执子之手，与子偕老”这句话的生命诠释。其实“解铃还得系铃人”，楚总的心结唯有他自己才有力量去解开。而且我相信，对一个事业成功的男人来讲，或许生活的障碍更难克服，但他一定有这个底气去重新投入激情和更有方法与智慧去经营好自己那早已成为一潭死水的家庭。作为丈夫，我期待着他同样也可以用自己对美满人生的向往与执著去唤醒那对生活也同样感到不再新鲜的妻子。楚总和他的太太才只有五十几岁，还有几十年的生命会在他们的努力中演绎和表现出他们的深情与快乐。想到这里的我，唯有在思索中用无声向楚总夫妻送上深深的祝愿。

此时已经走到厨房区的我不由得轻声地问了句：“平平淡淡才是真，这句话你怎么看?”楚总并没有立即回答我，而是凝视着厨台展示柜上的那段广告语："幸福的婚姻从家开始，让我们以人性化的设计，齐全的款式花色，满足您个性化的追求，使入厨成为一种乐趣、浪漫和惬意，让回家的感觉'真好！'"他深深地叹了一口气。望着楚总那若有所思的神态我没有继续去追问他，因为他的眼神已经告诉了我他心底的想法，他目光中那一忽闪的亮光也让我相信了他今天的自我一定可以在努力卸压后让忧郁成为过往烟云。我和楚总继续在大厅中穿行、踱步，他的沉默已不像先前那般让我在思考中担心着他精神的出路，因为他的目光在扫过人们的面容时让我看到了一份来自心底的刚毅。

楚总的故事在我离开家具城时画上了短暂的句号。我不知道他下一步会如何去调整自己的身心状态，但我相信他有能力自救。因为每个人都会在牙牙学语中探索自己成长的脚步，也可能会在目标中迷失自我。重要的是有一天岁月终可以让每个觉悟的人都会因需要而表现出追求的欲望，日子同样也会在耐不住的寂寞中再次发出人性的怒吼，爱着的人总要想着去为对方做点什么才是自己情愫最终的依托。因此，"平平淡淡才是真"，并不是让我们去忽视平淡生活给人带来的那种让人害怕的孤独和精神的失意，幸福的日子更是希望人们能够不改初衷、一如既往地去追求积极人生的那种激情和快乐；平平淡淡更要求人们不要因为失落而让孤寂成了永久，因为生活可能会在阴差阳错中让人们不知所措，但是渴望同样也会在迫切的心理需求下让人们的生命重新拥有所求。既然我们曾经相知，那就努力在今天让生活在温暖中继续；既然我们有一份情，那就让情不再停留；既然我们体验了命运的苦乐，那就让彼此的心灵相守不再成为梦游。

英雄的孤独谁能懂

——民营企业家创业心路

人心的尘埃

难以取舍的现实使他们无法克服心灵的抗争，也无法远离是非的干扰，更无法逃脱这个让人欢喜让人忧的商业阵地。

我从来没有碰到过这么热情的人，自从蓝总和我联系上以后他就常来电问候我，有时候他甚至是一天打两个电话给我。每次我因没有充足时间和他约见而感到抱歉时，电话那头总是传来他那粗犷而又宽厚的笑声："下次再约，下次再约，谢谢，谢谢！"收了线的我总是在想，他这几句客套话说得简直就像是事先录制好的标准得每次都没有差异，纯粹一个职业人的习惯性口吻让听的人感受不到他语言背后那种真实的目的。

曾听蓝总在电话上说过，他的公司是一家专门从事集数字监控系统、防盗报警系统、智能化管理软件、智能化产品开发和安装施工于一体的全方位多元化发展的民营企业。实在想象不出他一次又一次的催约到底想和我谈些什么。尤其是他那特有的笑声洪亮而又爽朗，让人难以想象他是一个背着心事的企业家。所以，每一次我都把他和我的约定因工作忙碌而无期地推延着。

在一个星期三的下午，性急的他又给我打来了邀约的电话，考虑到我长时间以来对他的爽约，我不能再继续扮演一个不能承诺的角色。于是，在谢绝了他邀我共进晚餐的盛情后，我答应了他今天见面，并告诉他可以晚点到深城妇女儿童医院来接我。因为一个下午我都必须待在医院里陪护一个刚刚生了女儿的朋友。我这个朋友在人生的第一次生产中没有能够得到丈夫在场守候的呵护，因此情绪显得特别低落。此时的我就自然地担当起了她远在异地工作的丈夫的职责，关心和照顾着她和她刚刚出生的女儿。闻听我在医院守候朋友，此时的蓝总显得尤为热情和主动，他在电话中关切地询问着我："需不需要买些补品顺便带过来作为见面的礼物？"我在电话上用"谢谢"二字婉拒了他大方而又诚恳的好意，并告诉他这些小事就不劳他这个企业家的大驾了，只要他能够按照约定的时间准时和我见面就可以了。

一个下午，我都耐心地待在医院里和朋友探讨着生儿育女、为人之母的话题。终于，朋友在产后虚弱的状态中沉沉睡去，一时无事可做的我也有点不知道该如何打发剩下的时间。考虑到晚上和蓝总已经约定好的见面，我便慢慢地下了妇产科的楼层，想到附近的街道去转一转以轻松一下自己有些疲倦的身体，顺便再到"粥锅王"去喝碗紫米粥。没想到刚刚走出门诊部的大门，只见对面停车场上的一角有一个人正微笑着向我招着手，并快步走了过来。但见他身躯高大、肥胖，年龄在四十五岁左右，还未等我细看清楚，他已经站到了我的面前。

“和照片上的人一样。”他一边端详着我一边自言自语道。看着面前这个唐突而至的人，我没有表情地反问道：“请问你是……”“鄙人姓蓝。”他迅速地向我伸出了自己肥大的右手。原来站在我面前的这个几乎吓了我一跳的男士就是和我打过数次电话的蓝总，于是我也很自然地向他送上了礼貌的微笑。“你早就到了？”我轻声地问道。还未等我说出第二句话来，此时的我已被他身上顺着微风扑面而来的那浓浓的酒味冲得倒退了两步，我不由得顺口问了一句：“你们上班也可以喝酒？”“我们上班、下班都喝酒，天天喝，夜夜喝，月月喝，年年喝，酒是我们男人的好朋友。”蓝总的舌头好像还有一点发硬，他那种似乎从来都不会去掩饰的语言和此时憨笑的神态让我疑心着他在和自己玩着话语的迷藏。“那你现在还不回去先解解酒，你在这种状态下与我还能说些什么？”我望着他那故意有些站不稳的模样接着说道。“没事，没事，要是不喝酒，我也不敢来接您啊！您看，和您约了这么长时间也没见您把时间安排出来接见，我要是等到您自己想和我联系的那个时候大概都要到明年中央电视台的春节联欢晚会了。”蓝总用两眼盯着我打趣地说道。“那你没醉吧，喝成这样，你来时交警怎么不开罚单给你啊！”我也同样打趣道。“放心，我天天都这样，没有人来罚我，只有我自己罚自己。”蓝总仍然是一副醉态，望着我直视他的眼神蓝总一挥胳膊，说：“走吧，放心，不会有事的。”见他若无其事的样子，我唯有跟在他后面朝前走去。

蓝总开着一辆魔幻蓝珍珠漆的沃尔沃“S80 型”的豪华轿车。他为我打开了车身的后门，我坐了进去，随后他自己绕过车身也坐进了前边驾驶室的副坐里。在他那早已端坐在车内的司机启动车身的那一刻，蓝总随手打开音响控制台，带有 MP3/WMA 功能一体式六碟 CD 播放机里便立刻传出了邓丽君那一首首经典的歌曲。尤其是一首《漫步人生路》让此时的我从邓丽君那动人的唱腔中体味着歌词中那人生多变的甘苦和音乐旋律的意境。歌声在不断地重复：“在你身边路虽远未疲倦，伴你漫行一段接一段，越过高峰另一峰却又见，目标推远让理想永远在前面。路纵崎岖亦不怕受磨炼，愿一生中苦痛快乐也体验，愉快悲哀在身边转又转，风中赏雪雾里赏花快乐回旋。毋用计较快欣赏身边美丽每一天，还愿确信美景良辰在脚边，愿将欢笑声盖掩苦痛那一面，悲也好喜也好，每天找到新发现……”享受着美妙的歌声，我的心变得悠闲起来。我巡视着这辆来自瑞典的名车，只见车内标准的真皮舒适型坐椅完全是按照人体工程学进行的设计，可折叠的两段式后排坐椅和可折收拉平的前排坐椅，加上柔和的木色真皮方向盘以及经典木质的换挡杆头，尤其是那带有记忆可调节、可电动加热的功能和车身外那明亮的后视镜，都让人感叹该车的现代和时尚。看着坐在前座体态略显沉重的蓝总，我在想，从每个开车人对购买车的品位中，多少也可以看出车主的性格和脾气。联想到蓝总留给我的他那有些目空一切的印象，我又开始思量，这辆宽敞车座的时尚风格恐怕正是符合了蓝总的购买喜好，才让他感觉到了自己坐在里面是那么的自在和骄傲。

蓝总并没有因为带着酒气而让我在继续地担心着他的清醒。一路上，他都在振振有词地聊着他想讲的话题。不一会，他的司机便四平八稳地把车开到了位于城东南路的星光夜总会。下了车的我在蓝总的指引下迈进了这家豪华的星级夜总会。我们绕过一间间隐隐约约传出歌声的包间来到了走廊的一角，这最里面的一个包间是蓝总他早已预订好的卡拉 OK 房。进了门的我和他自然地在沙发上坐了下来。环视四周，我诧异地问道：“这么大的包间，你还约了谁啊！”“没有，就我们俩。”蓝总漫不经心地说道。“干吗？你要开个人演唱会啊！”我好奇地问道。蓝总一脸严肃地对着我说：“不是个人演唱会，而是个人演说会。”瞧他那模样，简直就像是跌倒在酒缸里的孩子般耍着故作姿态的俏皮。在我看来，此时的他还没有真正地清醒过来，我认为他正说着胡话呢。

把我扔在一边的蓝总此时自顾自熟练地点起了自己演唱的曲目，他借着体内尚存的酒意一遍遍地唱着张也的《走进新时代》、刘德华的《中国人》、周华健的《朋友》、宋祖英的《好日子》……一刹那，看着蓝总手舞足蹈、忘情投入的样子，我似乎预感到了一点什么，是他的故意还是我也无意主动询问的安静，我们都没有去打破这种各怀心事的场景。总之，他忘我地无所顾忌地唱着、唱着，直到他的嗓子眼里再也没有了明亮的歌唱声才放下手中的麦克风。此时，他迈着有点刻意摇晃的步子转过身来坐在大厅内宽大沙发上的一角独自微微地喘息着。我目不转睛地望着蓝总，想在这个空间里把他那隐藏的心灯看个剔透。这真是个奇怪的男士，把我带到这里让音乐做伴供自己发泄喜乐，却完全不考虑我坐在这个空旷包间里的不自在。是他的心事让他的心情变成了歌声的回忆，还是他在用音乐的旋律高调地调试着那准备讲述的自己的生涯故事？我在猜测中等待着他介绍自我的开始。

稍作休息的蓝总开始呼唤起门外的服务小姐。不一会儿，他就点上了一台面的零食和果盘。随后他对服务小姐说："我们这里现在不需要服务，请你们在门外等候，如果有什么需要我会叫你们进来。"就这样他不客气地把包间的木门紧紧地关上，甚至把电视屏幕上正在回放的音乐也关掉了，只留下惨淡昏暗的灯光将房间的人影缠绕。他自己则在我身旁的沙发上坐了下来。他看了我一眼并清清嗓子说道："我今天中午虽然喝多了一点酒，但是我可以向您保证，现在的我绝对没有醉。我坐在这里的样子可能有点醉态，可是我的心和思想都很清醒。我知道平时大家都忙，也很难约到您，所以我今天专门安排这个星期三的晚上，想和您敞开心扉地说说我的心情。以前在电话上我已经告诉过您我的企业是干什么的，其实我的企业也就是一个本着始终坚持以客户为根本、以科技为核心、以市场为导向的企业理念，凭着一流的产品、精湛的技术、用心服务的经营宗旨，致力于计算机产品、监控产品的研发与销售以及大、中、小型企业信息化、办公自动系统集成工程方案的设计与施工，并竭诚为各界服务，建立一种诚实守信的合作伙伴关系，相互依存、共同发展的民营企业。"蓝总像小学生一样又把自己的企业像模像样地、抑扬顿挫地对我描述了一番。

这时的我真担心他还沉浸在酒的销魂里而不能够将话语切入主题，于是我连忙说："你企业的情况我都清楚了，你在电话上已经给我讲了很多次了，但是今天你究竟想和我谈些什么呢?""谈心情，我刚才说了，我就想和您谈谈我压抑的心情。"蓝总一脸虔诚。"你的心情很压抑吗？看不出来。"我故意逗乐地说了句。"这日久才能见人心啊!"他意味深长地说道。"这么说我们今天的谈话岂不是会因时间的短暂而让你和我都不能找到共同的语言。"我又打趣地说道。"那不会，您是老师，我相信'听君一席话，胜读十年书'这句话。""那你就快把你的心情说来听听吧。"我接着他的话说道。"这一段时间我总是失眠，而且是那种没日没夜的、睁眼到天亮的失眠。我的神经每天晚上都处于极度的亢奋当中，我好像已经不知道人体还有睡眠的需要。”说完这几句话的蓝总一脸沮丧。“有什么特别令你开心不已的事吗?”我又问道。“没有，现在的我还能有什么特别开心的事可以让自己兴奋得连觉都睡不成。其实，是我自己因长期失眠而导致心情极度的烦躁和精神非常的衰弱。您可能没有感受过，这人的睡眠质量一旦不好，大脑神经就不听使唤。这不！我是天天狂饮也没有让自己睡好。”蓝总一脸的无辜，他那哀怨的目光好像是在说天都给他吃了冤枉药，我有点想笑。

“可以说说你平时的生活习惯吗?”我转了话题问道。“这还得从我的企业说起才可能比较对得上号。”说完这句话的蓝总开始了自述：“当年我下海前是内地一家银行信贷部的主任，为了一个也许我现在也没有弄清楚的理由，我毅然辞去了公职一个人来到了沿海打工。最初，我在海南一家知名的地产公司担任销售总监，后来就拿着在海南积攒下来的钱来深城开了自己这家不大不小的科技公司。我们这个行业的特点就是要求每个企业领导人必须具备灵敏的市场嗅觉，尤其是要善于建立商业关系。因为丰富的商业关系是最终决定我们这种民营企业能否在江湖立足的关键的一步棋。回想当年自己在内地金融界也只不过是一个信贷部的主管，但那个时候求我们的人可多着呢。所以，我深深感到创业中的资本绝对少不了人的因素。另外，我在海南做总监时，也是凭着公司知名的品牌优势展示着自己在行业中的影响力和在职场上那高人一等的地位。所以不甘居下的个性、自以为是的心态和善于与人打交道的作风都是我们这些不屑于平凡的人的职业特征。可是到了深城，形势就大不相同了。无论是个人的财富来源、企业客户群的建立，还是经验丰富、素质精良的高科技人才队伍的组建，对我来说一切都要从零开始进行原始的开创和积累。当年那个创业的艰辛味现在回想起来还让我感到心悸不已。您可能不了解，我们这种企业的业务那可是大工程、大项目，一旦成功架接到一个客户，就将是名利双收。但是，谁都知道，在商场上可没有什么真正的亲兄弟，在我看来也只是互惠互利的人际关系。因此，要想进行业务公关，不是你光介绍自己的产品和服务周到就可以做得到的。尤其是要想为那些重点单位安装上配套的防盗监控与对讲、无线通讯系统，那可得花大力气、凭大关系。于是，为了打开新市场的局面，建立起自己的消费群体，我开始像蜘蛛一样用精密的网线编织起自己的商业客户群。当然，一开始要想放低自己的尊严去迎合讨好，甚至去巴结那些手中握着实权的领导或自己说了算的企业家时，我这条北方汉子骨子里的那份清高还真是适应不了。但是，我想，既来之则安之，自己要想在深城打出一片自由的天地，就必须有一套为人处世的技巧。就这样，我开始不分昼夜、马不停蹄地张罗起人情世故的开幕式，一瓶瓶红酒下肚后夸下的海口和起早贪黑与那些关系户马不停蹄的应酬，让我在圈子里着实赢得了数量不少的商业伙伴。公司的基本业务是大有起色了，但付出的代价就是，你所期待的关系网一旦编织成形，那继续投入的关系维护就再也中断不了啦。因此，几年来，酒桌上我端的酒杯是越来越没有了定量，我频频请客买单的消费投入成了自己企业那永远都不会削减的经营成本。另外，这种日夜颠倒的生活方式，同样让我这个知名企业家面临着苦不堪言的健康危机。数年下来，我在这张由自己亲力亲为打造出来的商业人情网中已经没有了自己想要的退路，每天都是在笑脸的陪衬和酒精的麻醉中度过，久而久之我才发现自己的身体和心理已经有了一口深深的寒洞。尤其是面对那些为了我们双方的目的不断要求我再豪饮杯中烈酒的商友，我就忘记了自己也不是一个铁打的人。”此时的蓝总用肥厚的手掌拍打着自己的膝盖，仿佛他的心情真的是糟糕到了欲罢不能的境地。

我轻轻地呼了一口气，想把话题继续引入他那沉重的思绪，于是我说：“你今天也算是一个成功的企业家了，有些过期可以不用的人际关系或者说不必要再投入精力的人和事，是不是也可以不用太在意地去周旋呢？”蓝总抬起那早已因酒精和睡眠不足而布满血丝的两眼望着我，说：“我也很想呀，但是这种关系就像‘远亲不如近邻’所说的那种让人无法摆脱的抬头不见低头见的居住群关系，而我现在强调的是，企业公共关系则是一个更加复杂的商业关系，要想瞬间瓦解和放弃谈何容易。想当初，那些在你最困难的时候伸手拉过你的人还要不要用报恩的心情来继续和稳固双方的友好关系？那些在你最绝望的时候给过你一次机会的企业关系还要不要在谈笑风生中保持着联系？再有就是那些老领导、老朋友以及平日里没完没了来找你借钱的、托你办理大小事情的人，你都必须去应付、去面对，这些纵横关系的紧密性让我们这些依赖资源方能稳步成功的民营企业如何做到‘目中无人’。因此，我们该怎样做才能摆脱商务人情的负重？我们该怎样行事才能建立好友谊万岁的长梯？反正我是没有办法彻底解脱。”蓝总一连用了两个“该怎样”，我明白他的问题背后写着“困惑”两个大字。“但是，既然你明知道这些现实都早已成为职业路上的无可奈何，那为何又要让自己的心情为此蒙上更大的忧郁？”我反问道。“因为失眠，因为长期无休止的夜不能寐，我深感自己的精神已经到了衰竭的边缘。”蓝总一边重复形容着自己的身心状态，一边指着自己的头顶大声说着。“真的就没有改变现状的有效方法吗？”我轻声地问道。只见蓝总从牙缝中蹦出了句：“有，但也没有。”

迎着我探询的目光，他开始了解释：“我刚来深城开公司的时候，因为职业的需要，年轻而又精力充沛的我恨不得自己能够分身有术。回想那个时候，要想约请对你事业有帮助的人出来喝酒、吃饭、唱卡拉 OK，那可谓难上加难。在贫乏的人际关系网前，我硬是凭着锲而不舍的精神，对那些该请的、能请的、有必要请的、可能请的客户，都使出浑身解数和他们发展成了商业关系户的密友。志得意满的我承载着事业发展的目标走过了艰苦创业的岁月。现在，我的企业早已经是今非昔比。可是，不知道是因为自己渴望早日摆脱商业战役的拼杀，还是希望自己也能够在今天成为一个可以自由主宰商途的人。总之，我现在也许是因为人生即将迈入老年，所以就有了一个男人性情回归平稳的欲念。说了不怕您见笑，如今的我非常喜欢回家的那种感受。忘了告诉您，我有一个幸福美满的家庭。我的太太是市里一个大医院的内科医生，已满十五岁的女儿则在市重点中学读书，她们母女是我这个成功男人心中最大的成就，也是我生命中最重要的职责与守候。前几年，由于忙于创业，我大部分的业余时间都没有能够和她们相依相伴，如今事业有了一定的成就，我就想尽可能地和她们在一起天天吃顿团圆饭。可是，现实中的生活情景让我对她们连这最起码的要求都满足不了。

“前段时间，自打我开始创业便以其资金支持我的老岳父从内地来深城看望我的女儿，由于年纪大了，一路车行颠簸让老人家一来到深城便住进了医院。原本我这个女婿应该借此机会好好照顾老人家，我自己也计划着要静静地陪伴他几天。结果，我还是因为工作繁杂，只能是每天到医院去匆匆地看上他一眼，最终都没有能够抽出时间和老人坐在一起聊聊心里话。上个月，我那可爱的女儿放暑假了，原本我也曾答应和她一起去云南的香格里拉住几天，也是由于临时有昔日的领导要求陪伴，而不能兑现对女儿的承诺。这些有违情理之事都成了我心中挥不去的对家人的愧疚和自责。前两天，我太太过四十二岁的生日，此前我就对太太做了保证，一定要和她在生日宴上共度欢乐时光，后来我还是为了一个远道而来的客户而把太太的生日晚宴遗忘到九霄云外。就这样，原本可以很自然、很开心、很容易享受到的平凡生活都常常会因突如其来的人际事务而不得不改变内容。除此之外，目前最让我苦恼的还是自己这肥胖但并不强健的身体。

“最近，我随太太去医院做了一次全身的检查，体检结果出来时我才发现，自己高歌一曲的事业背后有着太多生命的隐患。由于长期用酒当饭，我的肠胃功能已经呈紊乱病态，高血压、高血脂、高血糖更让我意外地看到了自己未老先衰的生理和体能在慢慢地侵蚀着我的壮年，我开始从心里恐惧和厌倦这种烟酒过量的职业生存方式。但是，现实却让我身不由己，照样日复一日对酒当歌，岁岁并不平安。每天晚上从六七点钟开始一直到凌晨两三点钟，我总是在烟雾腾腾的夜宴中让那些推不掉的应酬变成了我八小时工作以外的全部消遣。因此，深夜才能够回到家中的我，很多时候并没有因为酒精的麻醉而让自己可以顺利地进入睡眠的甘甜。彻夜未眠、辗转难眠、兴奋不已这屡屡黑夜的记录，总是让我在黑夜中令精神和思维进入麻痹状态而导致神经衰弱，可谓苦不堪言。”

蓝总不断地重复着相同的话题，可是我还想听到一些新的内容，于是我打断了他：“你自己有没有分析过这种心情的压抑究竟还有着多少其他的理由？”蓝总略一迟疑，然后说：“我想还是骨子里那永远也超脱不了的现实所需吧！”此时的我也已经体验到了蓝总思绪中那努力想表达的思想脉络，他正在向我倾诉的不光是一系列的现实困惑也有他渴望改变现状的心声。“能说得细一点吗？”我望着他问道。蓝总在把茶几上的果盘推向我面前时，也用牙签随手插上了一颗紫色的巨峰葡萄。他把葡萄放到自己的面前仔细地端详着，并放慢了语速轻轻地开始了“心”的诉说：“我虽然也只是人到中年，但是，如今的我已经深切地感受到了红尘的戒律和命运的索求。其实，人活着也就那么回事，贫穷、富贵实乃生活中交错的人生所得。我们这些企业家在他人眼里是那样的不可一世，他人也羡慕着我们与其不一样的命运归途。其实，名声、财富和地位给我们带来的早已不再是一种个人享乐。由于公开扮演了成功者的角色，历史也就让我们充当起了救世主，慈善、公益、扶贫、赞助这些大量超出我们个人所应承付的社会责任，也常常会因为我们的成就而让那些指望我们的人觉得奉献是义不容辞和情理之中的举动。因此，我总是希望自己的人生可以在低调中行进，不想去露那个脸。另外，为关系铺路、给人情买单，这些永远也无法挣脱的特殊人缘，让我们明白在自己的圈子里很难寻找到真正的朋友。因为没有人去关心你企业成长后仍然背负着的那种需要持久发展的经营困难和商业战斗中那份拼搏的失落。因此，在现实中无论你有多少苦衷，只要是任何因你而产生的人脉关系都会理直气壮地让你在成为英雄的时候不可以轻易地谢幕。所以，如果毅然告别昔日的'网友'回家独享天伦之乐，则意味着你的忘恩负义和人情世故的淡薄，那就必然会迎来更多让你永远也无法安心睡觉的负面的压力。总之，一旦被推崇为时代的骄子，那必定就是台上的无限风光伴随着台下那难言的苦涩。这一切的原因只有一个，那就是为了'商业地位'的稳固什么时候你都不能奢求摆脱。因为，现实不允许你有那刻意寻求轻松的逃避之心。"蓝总的语调有些消沉，他没有继续讲下去。看着他仍然沉浸在诉说中，我问了句："有些企业家可能不会像你这样有着如此深刻的'人情'感悟，那么他们又会怎样去理解与应付这种事业的人情关系和裙带的商务需要呢？"

蓝总接上我的话说："我个人觉得，有些商务中的人和事是不能回避的，是需要我们去长期经营和维系的。因此，为这种友好互助关系耕耘付出我也是乐此不疲的。我今天与您所谈及并表示厌倦的是那些可能永远也不会改变的社会风气，所以我在挣扎着想与这条路上贪杯的人背道而驰，我也在思考中向往着自己想要的人情世故和轻松的职场圈子。可是，您可能不知道，现实中有些人就和我不一样了，有许多职业人不知是由于习惯趋炎附势还是对未来有过高期望，他们总是心甘情愿地对人情网投入无限的心力，有的甚至是热衷于这种商业关系群的建立。比如说，我认识的一个企业老总，尽管他的事业做得很成功，在行业也颇有知名度，但是，不管是什么时候你联络他，他总是告诉你自己在饭局上或又在为他人办着什么大事。他频繁而又长时间的宴请和周旋，其目的只有一个，那就是他认为自己在今天拥有的商业台阶还不够，只有继续用人际关系的强大建设来支持那永无止境的事业高峰。因此，像他这种类型的企业领导人又有着和我不一样的心理需求。这位老总他是想继续扩大自己倍增的事业王国，他心甘情愿地用宴请的招数来满足着关系互动的联络，他要的就是这种铺张浪费后人情的紧密与彼此的承诺，当然他也的确让自己的付出得到了相应的回报。又或许在他的内心世界里也和我一样并不愿意让应酬成为架设关系的一座桥梁，但是他没有其他的选择，因为只要他的企业有这种建立往来的必要他就要知道该如何去和人打交道，尤其是牵扯到行业的一些主管部门和有可能涉及的监管系统，这种敏感的人际关系只有靠自己的精明策略才能让事业的道路平坦通畅。所以我说，这其中的难言之隐只有当事人自己才能知晓。

“还有另外一位老总，我和他认识的时间同样也不短了，但最终我们并没有成为知心的朋友。为什么呢？就是因为长期依靠搭建‘商网’而让企业营运成长的他，完全不相信商业手段下面还能有什么真心的朋友。他是一个谨小慎微的人，他既不相信救世主也不认同牛鬼蛇神。他更相信有钱能使鬼推磨，他信奉‘吃人家的嘴软，拿人家的手短’，所以他硬是用自己的江湖哲学把送礼和收礼的默契变成了一种呼风唤雨的商业策略速成着自己追求的事业。我去过他豪华的办公室，在他办公台面的日历上触目惊心地用红笔粗粗地记录着张××老父亲的生日、李××女儿的婚礼、王××的家宴、吴××的旅行等日程。总之，从平常的小礼到节日的大包，他把送礼变成了自己职业生涯中的一杆高压秤，并用其轻重来度量着现代人际关系的重要性。我也曾和他聊过，这年年都送礼，礼品该如何选择？他告诉我这其中的深奥非常人可以通晓其所含的情理之道。总之，此种礼尚往来在他心里成了创业仕途背后的另一种职能，礼品的价值高低更是通向目的的一种有效解决问题的学问。这位老总在企业发展状况劣势的情况下，机械而又灵活地用人情的手段为自己的事业铺就了日新月异的创富平台。但是，他自己究竟又从中得到了多少因‘礼’而交的挚友则听不到一个真实的说法，因为他说自己早已在灵魂深处习惯了自己这种看似低下的投机行为和他人在上的交往方式。因为在相互利益的驱使中，是我们自己把因果的所需变成了自己赢取商途的伎俩。所以，他说自己没有什么心理负担。初次闻听此言，我不知道也不明白这位老总是把送礼的行为理解成工作需要的一个作为从而乐在其中又败于其中、得于其中也失于其中呢，还是因为现实社会风气所驱令我们每个当事人不得已而随之？总之，他的心里有多空落、真正的朋友多不多，唯有他自己更清楚、更明白。

“再就是另一个和我一样来自北方的老总。这位老哥的事业发展得有声有色，按理说他可以让繁忙的自己在工作的闲暇中趁机歇一歇拼搏的脚步。但是，他好像并没有这个闲情雅致去享受成功后的那份轻松和自由，光看那每天找他帮忙解决琐碎之事的电话就可以想象得出他有多么辛苦和劳累。如今的他仍然好像刚刚起步的商人那般事必躬亲地与职业相关的人情和事务周旋着。在我看来，那些出钱出力操心不已的杂事同样也没有间断过打扰他的生活。什么去飞机场接机啊，什么帮×××的女儿办理出国手续啊，什么帮个朋友约某领导一起出来吃个饭啊，还有什么亲自开车载着×××的亲戚到香港、澳门等地闲逛啊、购物啊，再就是想尽一切办法帮助需要的人弄个什么难弄的东西或者办一个难办的事啊，等等。总之，他每天就是这样花三分之一的精力在企业，其他的能量和精力全部投进了那些说不清、道不明的人际关系中。看到这位老总的样子，有时候我也在想，要说我们这些在商界中已经立足的企业老总，本应该潇洒地让自己的日子变得淡定和随意，但是恰恰相反，这个老总的行为实实在在地代表着我们事业风光背后的那种人际关系的微妙。在自己的企业里我们指挥着各个职能部门，作为老板在沉静而又威严的气势中始终带着不可违背侵犯的神圣。可是，一旦陷入人情世俗的怪圈里，我们就必须马不停蹄地服务于人情之需，但这并不都是心甘情愿的行为，有时候也让我们在无奈中品尝着摧眉折腰、丢失自我尊严的酸楚滋味。可是，背水一战、孤军奋战的创业风险和企业永续发展的艰难让我们这些行为的实施者变得更加专注于为人情世故建桥铺路，甚至是忘我的投入到为所需的人际关系浇花灌水的辛劳之中，以求在这牢不可破的人情网中达成我们各自所有的目的。”

蓝总一口气在毫无掩饰中把自己心中的人情世故做了详尽的解说。他起身朝门外走去，我不知道他是为了掩饰自己有些激动的情绪，还是想出去重新梳理一下自己讲话的思路。总之，他出去了很长时间也没有给我留下只言片语的说明，我独自坐在偌大的卡拉 OK 房内却没有音乐作陪。这间包房很大也很豪华，墙纸很漂亮，灯光的迷离让人很容易联想到灯红酒绿、醉生梦死的人和事。我想起了“人性的深层是丑陋”那句意味深长的话。在当今这个以财富论英雄的时代，什么才是真正的笑傲江湖？什么时候我们才能真正读懂现代人那看不见的人情世故？什么时候我们才能无价拥有商界真正的朋友？什么时候我们才能在友善中触摸到那并不冷漠的人心索求？这些时代商圈里的人生故事究竟还蕴藏着多少当事人浮华背后的失意？是什么让我们懂得了如今没有一个人可以在这样一个前进中的世纪里过得即使没有近虑也必有远忧？是的，我们虽然拥有了今天的富裕，但却无法保证未来的所有。因此，人生苦短，当代的企业家们，他们不在战斗，却志在从军。但是，谁又能离群索居？人是任性的动物，精妙复杂的人生技巧书写着现代人生存的策略。

蓝总他们如履薄冰般地打造着社会公共关系的航空母舰，难以取舍的现实使他们无法克服心灵的抗争，也无法远离是非的干扰，更无法脱离和告别这个让人欢喜让人忧的商业阵地。他们也同样无法做到让自己在时代的商圈里可以任意绽放精神自由的情绪。因此，心情不悦才是他们心中最大的敌人。我认为，这就是蓝总这些比常人承载着更多负担和责任的部分企业家对现实处境厌倦后的一种压抑心情的缩影。此时的我不由得也想起了曾经认识的一个企业家，几十年的艰苦创业让他患上了严重的肠胃病。尽管主治医生反复地对他强调，只有戒烟、戒酒才能保证病情不至于进一步恶化，他面对病魔也对医生许下了一定会注意身体保健的诺言，但是他还是在事业的需要中情不自禁地演绎着商人赌注般的雄风。酒桌上的故事从来都是在丧失理性的坚持中把人变成一个没有自制力的疯子。这位豪爽的老总只要是坐在酒宴上，别人让他喝一杯他也绝不会因为身体的病态而只喝半杯，别人让他喝一瓶他也同样不会因为狂饮的危害而少饮半瓶，来者不拒的酒风让他在“海量”的一片赞叹声中，亲手把自己那并不年老的生命时钟推向了最终的末日。

蓝总推门进来了，他的脚步声打断了我的沉思。抬头望去，只见他既抱歉又调侃地笑着对我说："我出去抽了支烟，因为对着女士抽烟不够礼貌，所以我只有自觉地把自己关到门外去。下面我们来唱几首歌高兴高兴。"还未等我回应，他就开始为自己快速地点了首腾格尔的《天堂》，和着那草原激昂的音乐声他大声地高唱起来。随后几曲下来，意犹未尽的他又热情地招呼我一起跳舞，我婉言谢绝了他的邀请。见我的确不愿附和，他转身出门一招手，便进来四名二十岁左右衣着时髦的妙龄女子。只见蓝总随手拉起一名清瘦高个的女孩在音乐的伴奏下曼舞起来，其他两名女孩也相互牵手加入到了舞动的队形里，另一个女孩则用自己并不优美的嗓子唱着李琼的那首《山路十八弯》。

我一直端坐在舒适的沙发里观看着蓝总他们自娱自乐的欢快场景。我在想，现在的人究竟还有多少有待冲破的精神迷雾？我们的心灵还有多少不能够清除的困惑？我们的思想里还有多少被世俗包裹住的自由？尘埃落定的人心究竟想告诉我们什么？只要和朋友们在一起，他们总是在哀怨如今的社会人情冷漠，不管做什么，只要是需要求人的事就很难在轻松中把事情办得漂亮而又利索。互帮互助本应是人类一种传统的美德，但是在如今，凡是用金钱和奉承敷衍出来的友谊总是在不经意中显示出人情关系的脆弱，那种单薄且不牢固的商务网总是让身陷其中的人在倚靠中同样会感到寂寞。我的一些朋友虽然在追求人生的道路中获得了自己想要的结果，却把岁月时光中更多的好心情遗留给了郁闷和不知所措。是什么让现代人的眼中总是弥漫着一种不轻松？又是什么让我们开始惧怕起这错综复杂的人际关系背后所隐藏着的那份孤单与孤独？蓝总的故事代表的是现代社会里那些奋斗不息的部分民营企业家和高端商业平台里的一些白领人群，他们为实现任重道远的企业发展和个人不甘心就此落后的目的，用现实的生存技巧所建立起来的社会资源网，虽然让他们拥有了事业上的一些成就，但现实同样也更多地揭示着他们这些修建关系长城的精神劳工那渴望解脱和向往单纯世界的心情所求。

蓝总约我来原本主要是想和我倾诉一下他厌烦人际关系压抑的心情，但是他的谈话却引发出了我想和他聊一下另外一个话题的欲望。于是，我招呼着仍然在舞曲的伴奏中旋转着慢四步的蓝总。我对他说："今天和你在一起的感受很深，因为你让我看到了一个企业家无奈于人情世故背后的那些难言的苦衷。但我想问一下，难道说这所有清一色的人际关系都让你觉得压抑吗？会不会正因为你是处在创业起步或发展腾飞这个特殊的事业环境里而发现到这些人情面孔背后缺少着一些真性情呢？”蓝总对我的提问很是警觉，他不知道我究竟想探求些什么。于是他说：“您想了解什么？”“我只想看看你这个江湖人的身上到底还有没有一块没有受伤的皮肤？”听到我如此直接的话语，蓝总他显示出了不解的样子，我想他可能还沉浸在自己纠结的心情故事里。于是，我说：“你别紧张嘛，我只是随便问问，如果你觉得为难就算了。”“不行，既然您问了，我就得回答，我只是一时之间不知道该从哪里回答而已。”蓝总像个小孩一样摇晃着脑袋倔强地对我说。“那好吧！你慢慢考虑一下再讲吧！”我笑着对他说。“那好，我先去欢歌一曲，也许那个时候我什么都可以告诉您了。”

蓝总一转身又融进了舞池，在舞步的停顿中他点了韩红的那首《天路》。音乐响起，他扯开嗓门用撕裂喉管的高八度音调把韩红的这首描写西藏铁路建设的经典曲目，学唱得像扮了相的舞狮人在尽情地撒野。眼前的蓝总这个看似爱闹和爱玩的企业领导人让我在用捂着耳朵来抗拒他的爆破音时，再一次分享了这个粗犷男人性情中的原始。我原以为一曲过后的蓝总会回到我的坐位前来继续我们先前的话题，但是他似乎早已忘记了和我之前的口头约定。他一直在唱，一首一首地高声地唱着。望着他那忘乎所以的样子，我粗粗地呼了一口气，不知该和他将话题如何继续下去。联想到自己，生平最不喜欢的就是当你非常信任和尊重一个人时，他却在随意的承诺中和你玩起了漫不经心的语言游戏，而信以为真的当事人却在对方那空头支票的约定下失去了等待的信心。有时候，真的非常害怕碰到那些信口开河的人。蓝总平日里会不会也是一个喜欢轻易承诺的人呢？

我还在独自地猜测着，屋内的音乐却停了下来，只见蓝总把那些服务小姐一一请出了包间。他转过身来对我说：“刚才虽然我在唱歌，其实我也在想该说些什么。现在我可以大胆地告诉您了，其实我心中的尘埃远远不止我前面对您说的那些。我对商业事务的埋怨，我对现实环境的不满，甚至我那想逃避人海的心意，都是因为见得太多而引发了者多感悟。坦率说，我虽不认同自己的一些商业手段，但也无力挣脱创业世界那匹烈马的缰绳，我没有办法给出对错，我也不想去识别真伪，我只想在奋斗生涯中徒步行走的今天，能够寻求到一个心灵的加油站可以让自己快乐。我对您说起过，如今，下班的我特别想回家，因为只有我的家才是自己卸下职业伪装的港湾，也只有回到家里我才能够有勇气说我的心里还有一方净土，家才可以带给我一份踏实和轻松。说到这里，我要向您介绍一下我的太太。我太太虽然只是一名普普通通的内科医生，但是在我已婚生命的成长中，她不仅是最佳的妻子，也一直是我精神灵魂矫形的神父。记得刚刚创业时日子过得很艰苦，但是太太一直无怨无悔地在背后默默支持着我。这种支持并不仅仅是对我无微不至的生活照顾与勤俭持家的操劳，她和我患难与共的真情见证更多的内容来自于我们始终有着信任的默契与精神的互动。面对拼搏带给我的无穷无尽的压力，她虽然从来没有阻止过我迈出家门投入疲于奔命的应酬，但是我每一次离开家时她总是会用一种企盼的眼神把我的心牵住。那种眼神是一个女人对自己闯荡江湖的男人的理解和包容，是一个妻子倾其所有情感对丈夫的期待和寄托；那种眼神还时刻告诫着我，世界大门的背后有着一个家庭在等待着自己回去。太太用眼神把一个女人的柔情和对自己爱人的依恋化成浓浓的药酒滋补着我在外辛苦拼搏的身心，也支撑着我无怨无悔的创业信念。因此，一切商业恩怨对我来说都不在话下。每当不堪职业负重的我情绪走向极端难以自控想要逃避现实的时候，太太那信赖的眼神总能够让我在精神上变得更加振作。太太用自己的聪慧和贤淑陪伴着我度过了风雨交加的创业初期直到我拥有了今天的事业成果。所以今天的我不能忘记，是太太在我身边的鼓励成就了胜者为王的自己。”

蓝总的话匣一打开便如高山流水般清澈无比，他和太太的情分让我想起了那些为家庭的摇坠而担忧的女人们。常听到许多女人在埋怨，有事业的男人不回家，有钱的男人不爱家，成功的男人居高临下，失败的男人总是拳脚相加。这些让日子失落美好的抱怨算不算人心的尘埃呢？我想一定是有些人让心灵褪色的思想在作怪。如今，我不知道是我们生活中的一部分女人失职于女性的贤惠和无法表现出善解人意的温柔，还是承载着我们事业和家庭责任的列车在行进中让两轨相连所迸发出来的撞击声使当事人无法寻求到平衡的支点。总之，生活中哀怨的人太多。蓝总的太太一定是一个非常懂爱、懂生活、懂丈夫的女人，她把家庭营造成了夫妻双方彼此都能够忠贞守候的温馨之地，更把女人知书达理、善解人意的品德发挥到了极致，让爱人依靠并欣赏着自己，也更爱着家里的一切。我想，她自己也是一个因此成功拥有爱情和家庭幸福的女人。想到这里，我既为那个未曾谋面的优秀女性欣慰也为蓝总感到高兴。想一想他那身不由己、疲于奔波的商业经历，就让人不敢恭维他这样的一种持久麻醉的工作方式，庆幸的是蓝总并没有在这迷离的人情世故中忘记了回家的大门，而蓝太太也心甘情愿地扮演起了一个成功男人背后的女人。

“你太太真是一个难得的好女人，听你这么一说，我倒觉得你的生活不也是甜的东西多嘛!”我笑着对蓝总说。蓝总叹了一口气接上了我的话语:“可是任何事物都是物极必反，太太的贤惠也让我自责地背上了职业以外沉重的精神十字架。多年来，由于无法摆脱商业的牵绊让自己长年流连往返于家的门外。这样一来，对家庭的愧疚在与日俱增的自我反思中也常常令我心绪不安，所以今天的我格外珍惜与太太之间的那份不言而喻的情感世界。再就是女儿。作为一个父亲，我欠女儿的一样也很多。女儿出生时正逢我事业的发展期，完全是依靠我太太一个人的母爱将她抚养长大的。因为那个时候，每天我都是在她睡着了才拖着疲惫的身躯回归家的大门，早晨临走时幼小的她又仍在酣睡。直到女儿开始上小学了，我们父女的见面也还是来也匆匆去也匆匆，有时候我们在一个月里见面的日子竟然屈指可数。从小我就没有亲自给她喂过一次牛奶，也没有给她清洗过一块尿布，甚至没有开车带她出去玩耍过。因为那个时候的我为了事业的发展实在无法做到与家人日日共饮同眠，所以女儿大了，我这个做父亲失职的心理负担就更重了。女儿她现在懂事了，她比小时候更懂得了对父亲的需要，那是一种想向父辈汲取人生精华的渴望，那是一种父女之间永远也割不断的想要分享人生骄傲的亲情的召唤。还有就是成长中的女儿有了对男性朋友、儿女情感微妙的向往，她更想从慈父这里得到生活的引导。这一切都像尖刺一样扎着我始终无法走出商业圈地的‘脚丫’。因此，我总是思考着自己怎样才能够对家中这两个一老一少与我命运相连的亲人呈上我最大的愿望——那就是为了她们，我这个大丈夫、老父亲要让欢乐和幸福在这个家庭里无限地延长。”

蓝总动情地表述着，他的话深深地打动了我。谁说现在的男人不需要家，谁说现在的婚姻总是在现实环境的诱惑中少了爱情、没了责任和难以走向地老天荒的归宿。托尔斯泰说过："幸福的家庭都是相似的，不幸的家庭各有各的不幸。"生活就是这么简单，蓝总的家庭虽然只是千家万户中那平凡的一家，但是他们一家人对彼此的在乎和对家的维护已足以让我们更多尚在追求幸福日子的人去感悟和学习。如果不是今天亲耳听到这个不遗余力地战斗在商海的企业家讲出的心里话，我也很难猜想到那些耗尽心力拼搏的人们究竟还有多少心愿是在梦想着家的依靠。我们每一个有家室的人都一定要在今天守候好自己生命中那片家庭的绿洲，面对亲人创业的失意让我们始终给予不离不弃爱人的拥抱。尽管忧喜参半、患得患失的现实人生给了我们太多的忧郁，但是每一个在拼搏道路上艰难行走的现代人，还是应该对生活保持一份童真和信任。这样一来，我们就会自然地缓解对偌大世界千万个矛盾不解的心里压抑，放松我们紧绷的神经。此时，我也联想到那些因夫妻矛盾而让幸福从家庭的门缝中偷偷滑落的人们。我希望如今承载着时代巨大生存压力的人们都可以寻找到彼此心满意足的人生轨迹，现实中的女人们也可以多一点像蓝太太那样的生活智慧；同时，我更加期望那些常年在家庭以外的商业世界里播种插秧的企业家们，多一点像蓝总这样对支持自己的女人保留一颗感恩之心，以求我们拥有的家庭生活更加幸福、美满和温暖，让和谐社会与和睦家庭不再成为现代人奢求的梦境。

蓝总的故事让我在瞬间想起了一个自己熟悉的人。他是一个成功的企业家，今年五十八岁。虽然事业很成功，但是家庭却谈不上幸福圆满。因为两人的性格冲撞让彼此的婚姻生活长久地处在争吵、冷漠当中，令他和妻子的精神世界永远也无法步调一致。于是，他总是对朋友们念叨："没有爱的人生就像灵魂跌进了死亡的牢笼，随时都可能让自己成为天国的骷髅。"所以他除了正常的工作，每天都把时间和精力消耗在吃喝玩乐的疯狂中。是这个企业家因理性而读懂了自己生活中夫妻角色那貌合神离的痛苦，还是他明白了人活着背后那种无法克服的孤单心情和那种没有生命伴侣的孤独？总之，他想刻意地让自己潇洒地走一回，在与太太始终无法相知、相惜的失落中他选择了独自享乐的生活方式，最终让自己成了思想放纵的傀儡。从此，他别离快乐、远离幸福，孤苦地过着难以释怀的日子。

我想继续和蓝总攀谈下去，哪怕是没有目的的话我都想听，于是我说："有人评价说现在的人好像都比较郁闷，个性、性格也比较张扬与霸道，自我几乎成了部分现代人的代名词。你怎么看待这些人的表现？"蓝总笑了。他说："您今天是帮我，还是考我？告诉您，我要是打开了话题，恐怕您又要说我！""说你什么呢？我也只是想和你随意地交流一下，没有特别的目的。"看着蓝总的认真劲，我赶忙补充道。"我这个人呢您不了解，喝起酒来无论多少杯酒风绝对正，因此讲起话来那也绝对是掏心窝子的。我想说的就是当今这个世界不能总是用美丽的词汇来描绘，但是我怕性急下的自己一旦口不择言您会怪我不懂礼数，所以我还是不敢在您面前畅所欲言。"蓝总故作姿态的推诿状让我又想发笑，我认真地对他说："你就别卖关子了，只要不是醉话，我这个听众可以原谅你。""那好吧，请看好，小生这就开始上场了。"蓝总以一声京剧的腔调开始了对问题的应答。

他说："现在的人的确比较容易烦躁，容易发火，您知道是为什么吗？虽然报纸上、电视上天天都在讲现在的人是因为压力太大而导致了许许多多的心理烦恼，脾气自然也就火暴起来了。但是，针对这一现象我却有着自己的看法。因为，每天我走马灯似的和各种各样的企业家及白领阶层的精英们打着交道，我发现了他们的一个共同特点，那就是人的渴望在永无止境的追求中升华成了一种对自己能力苛求的另一种欲望。虽然大部分人透过表面现象看起来都很自我，但事实上我看到的更多的是他们那逞强面孔下的精神虚弱。我认为，其实这是一些人对人生、对生活、对现实、对理想甚至是对梦想的那种由无助心理所渗透出来的一种焦虑和困惑。这类现象说明什么问题呢？事实上，现实中很少有人真正地剖析过自己的内心世界，因为我们作为自我生存的救助者总是依赖着不怕死的心态在求索着世界能够给予我们最好的欢场，奋斗、拼搏成了主宰我们思想的航向。我想这可能也是一种大众的人生愿望吧。因为'人比人，气死人'，谁都不想过落后的日子，那种没有收获和没有掌声的生命历程，让人更加充满表现的欲望，同样对精神和物质贫穷的惧怕心理也让人们不自量力地追求着心中那可能永远也实现不了的理想和目标。总之，'人为财死，鸟为食亡’这条人类生存的真理多少也可以映射出我们现代人那不知疲倦、忘我奋斗的拼搏精神和刻意表现自我的强势。”

不知道是蓝总想试探一下我对他这番高调评述现代人的看法，还是我作为一个听众自然保持着的那份专注让他担心我和他有着不同的思路。总之，他突然停了下来，还沉浸其中的我顺着他的话进入遐思之中。现在的我虽然不能单纯地用一种结论去肯定和否定蓝总这些看法的对错，但我也有着和他一样的见解，那就是现代人的确活得比我们的先人更累，而且是心力交瘁。工作、事业、爱情、婚姻、家庭，这些现实的人生问题就像一条条蟒蛇缠绕着我们每一个人，压力让我们喘不过气来。在我们的周围常常可以感受到人们在触及自己的问题时很容易与人和事产生消极和对立的情绪，人们往往在事件的极端中变得不再有温和的互应。无礼的语言，放纵的个性，攻击性极强的报复心理，事实上都是当事人不堪负重的精神枷锁和高压时代下的心理错位。回想起蓝总那渴望回归自然田园生活的表情，我又在想，其实乡下的美好不完全来自于空气的清爽，还来自于人们的单纯和善良，来自于乡村那种质朴、简单的生活。尽管那里的人们也是在用自己的生存方式书写着其生活的繁忙，但是他们的确比我们更加容易品尝到幸福日子的美好。是他们这些乡下人懂得太少而缺乏对人生更大的欲望，还是我们这些大都市的人要得太多而让自己的生活成了永远追求的目标。总之，这也是一幅可以鲜明对比的生存蓝图！我在想，假如可以让乡村与城市的人交换居住环境，这又将会是怎样的一个活在当代的时尚呢！因此学会甘于平凡，懂得卸压和放松，梳理欲望的杂草，打扫干净心灵的尘埃，生活一定会变得更加美好！

此时的蓝总站了起来，他拿起话筒，又开始张扬起他那高亢的歌声，我却没有了倾听的兴趣。我在想，每个人就仅在内心还隐蔽着多少秘而不宣的心事，又有多少世俗的问题还在影响着我们期待的人生。蓝总他们这些企业家在公司经营的发展中还要担当起多少未来的重任才可以实现生活与职业的平衡，而那些仍然在行业中奋进的民营企业家该如何拼杀才能真正拥有成功的资本。我正在思考中，蓝总突然停止了歌唱，他拿起手机大声地说道：“好好好，我来接待。行行行，我接待，我接待。谢谢老兄，谢谢老哥！”还未等我询问，他走过来对我说：“您看，这该死的应酬又来了。是一个从北京来的领导，刚下飞机，一个老兄带我去引见一下，说以后有事可以找他帮忙解决。不过还有半个小时他们才会到，我们还可以再聊聊。”我赶忙说：“不了，你去忙吧，今天我们已经交流了不少，以后还有机会。”蓝总还是连声说：“不急，不急。”但是，此时的我已执意要回去了。见我的态度比较坚决，蓝总也急忙用电话招呼着等在外面的司机来买单。不一会儿，我和蓝总便先后走出了包房，穿过大厅来到门口。他坚持要让司机开车送我回家，但我婉拒了他的好意，便在门口与他握别而去。

走了几步的我回头望去，蓝总还站在门口朝着我的方向若有所思。我在想，他也许在犹豫自己是不是真的应该去接待那位领导。但是，回想起他前面接电话时所表现出来的热情和自然附和的主动，我知道，不管他与我谈了多少心中压抑的问题，但是在现实中他还是无法脱离角色的迎合；尽管他怨声载道地倾诉着自己心中的郁闷和不情愿，但事实上他仍然会情不自禁地身陷其中，继续重复着现代职业人那无可奈何的社交和礼仪。总之，我们有没有能力挣脱世俗，洗刷生活，还得看我们自己能不能做到自持和学会放下。我认为，关于蓝总今天的心理诉求，关于人际关系，关于民营企业创业的艰辛，关于幸福的家庭，这一系列问题都不是用一两句话就可以解释清楚的。我只能说，祝好人一生平安，祝我们每个人的身心都可以在这多事的世界里更加健康！也希望在不久的将来能听到蓝总已找到收放自如的工作方法和拥有了驱除压力的心理状态。因为，我们每个不堪负重的创业人都在期待着一个美好的未来。

英雄的孤独谁能懂

——民营企业家创业心路

疲劳的挣扎

个人欲望的无限膨胀和难以放下的求索，都让那些对健康和生命视而不见的人在挥洒血汗的时候成了牺牲自我的囚徒……许多人虽然已经有了缓解疲劳和减轻压力的意识，但是却并没有把心真正地放下。

我答应这个周末的下午一定要到聂总的茶艺馆去坐一坐。聂总在电话中对我说，要是我去他的茶艺馆一定要在星期五的下午，因为周末可以看到很多职业人来这里放松脚步，他还特别强调说小小茶艺馆同样也有着千姿百态的人生景观。我坚持没有让他来接我，下午四点钟就自己一个人悄悄地走到了他位于新田区的茶艺馆。这里环境幽美怡人，茶馆外设计典雅、脱俗，整个墙面装饰体现着古色古香的风格。

我一边独自欣赏着茶艺馆的一角，一边向站在门口接待的服务员说明是来找她们老总的。不一会儿，随着服务员的热情招呼声，聂总已经静静出门，来到了我的身边。只见他身着唐装，大约一米六八的个儿。他在和我握手时，用满脸的笑容向我传递着初次会面的友善。我们彼此都没有做过多的自我介绍。随后他便带着我慢慢走进茶艺馆，并且轻声地对我说："我先给您简单介绍一下茶艺馆的情况吧。为了突出茶艺馆的中国特色，我们的茶艺馆服务员所穿的服装都是以中国传统的民族服饰为主调的。您看，姑娘们上身着滚边的大襟服，前面系个蓝印花布的小兜肚；小伙子们同样也是上身穿着滚边的对襟服。他们下身穿的都是与上身颜色相匹配的裤子，脚蹬布鞋。他们这种醒目的仪表仪态是不是显得特别耐看和格外引人注目。"说到这里的聂总自顾自地轻声笑了起来。

我想，他对服务员的着装似乎特别情有独钟，可能是因为这些服装都是他自己选配的吧。还没等我开口询问，聂总又讲了下去："为了使我们的茶艺馆处处体现出其独有的文化品位，茶艺馆的茶谱价目都是用毛笔书写在纸折扇上的，其目的就是让茶客在点茶的过程中也能欣赏到中国的书法。另外，作为高档的茶艺馆，我们泡茶所用的茶具也是一套很精致的工艺品，目的是让茶客在品茗的同时还可以欣赏到茶具的各异。同时，我们茶艺馆还备有一些精美的小工艺品经常作为礼品赠送给来客。比如，一把小紫砂壶或一本线装的微型《茶经》，都可以让茶客在品茗的同时细细地玩赏与研读。"聂总用柔和的声音细细地向我描述着他这个茶艺馆设计规划的精湛之处。

在继续欣赏茶艺馆的内部景观时，我情不自禁地被环境布置的特殊氛围感染着。我接着聂总的话说："茶艺馆的经营一定包含着很深的文化内涵，我想茶艺馆的文化品位体现得如何对树立茶艺馆的形象应该有着很重要的影响。”聂总说：“您说得对，现代的茶艺馆既要体现多种服务功能又要满足茶客消费的情趣。因此，好的茶艺馆在保留传统风格和经营面貌的基础上还要同时结合现代人的生活特点，使茶艺馆成为能更好地适应不同层次与具有不同爱好、不同需求者的消遣场所。比如，我们茶艺馆在提供各种茶水、饮料、茶食的同时还特别供应一些中式小吃点心，使茶艺馆不仅具有休闲解渴的服务功能，还为繁忙工作的人提供着就餐的方便。”

聂总饶有兴致地带着我出入在茶艺馆的各个地带，他不厌其烦地详细介绍着茶艺馆每个场景的特色。他说：“大部分茶客到茶艺馆的主要目的是休息、解渴，还有一部分人是进行商务性的会谈。因此，茶艺馆也不能没有娱乐性设施。我们这里就有茶艺室，并设有专门泡茶的泡茶台和品茶的桌子，由茶艺小姐在泡茶的同时进行现场讲解和演示，并对来往茶客进行泡茶方法的专业指导。再就是情侣座，我们这里还设有几张火车厢式的坐椅，这种靠背较高的坐椅便于情侣们来这里喝茶的时候窃窃私语。另外，就是我们的陶艺室。在这里，我们备有陶土及专制陶土器皿的桌子和各种工具，还专门配有一个制陶老师，以方便对茶客进行讲解和辅导制陶的操作技巧。还有就是我们的 KTV 室，内设卡拉 OK 音响设备，茶客在品茗的同时也可以同时高歌低吟、自娱自乐。特别是我们的棋牌室，里面备有麻将、扑克、象棋、围棋等，随时可供茶客娱乐消遣。最后就是我们的普通包房。您看这屋内设有一两张桌子，主要适用于二至十人品茶交谈，同时也可以作为人们聊天议事的场所。另外，在我们茶艺馆所供应的茶品中，我们也保持着传统茶艺馆一般均有的高档的龙井、碧螺春、毛峰、铁观音、茉莉花茶、祁门红茶等各类名茶。尤其是我们茶艺馆对各类名茶的水质、水温、茶具的选择以及冲泡程序等均十分讲究，使茶客在优雅的环境中都能品尝到色香味形俱全的香茗。”

在聂总不断介绍的过程中我想起了家乡的茶叶。在我出生的地方有一些茶商专门经营台湾冻顶、金萱、高山乌龙茶的茶艺馆，单单他们对乌龙茶的冲泡便是十分讲究。我依稀还记得，先是由服务员用一套精美别致的台式乌龙茶具将茶叶经过十几道繁琐的冲泡程序，最终才能够冲泡完成。每当茶客在品尝着清香扑鼻、滋味醇厚的乌龙茶时，都可以实实在在地感受到在传统茶艺馆里品茶的那种情趣和体会到茶的魅力。而聂总今天的茶艺馆，既保持了传统茶楼的建筑风格又在经营服务中体现出了高雅的茶文化品位，既适应了现代人的饮茶时尚又彰显了中华传统文化的特征，让我不由得在心里对聂总投身于小小茶艺馆的精心建设产生了浓浓的好感。

这时的聂总一边低吟着唐代诗人卢仝的《七碗茶诗》“一碗喉咙润；二碗破孤闷；三碗搜枯肠，唯有文字五千卷；四碗发轻汗，平生不平事，尽向毛孔散；五碗肌骨清，六碗通仙灵；七碗吃不得也，唯觉两腋习习清风生”，一边把我带进了大堂拐角处最大的一间茶房里，我们坐了下来。他说：“中国素有‘茶叶王国’之称，经过多年培育已有茶叶品种三百五十多类，生产的茶叶产品也有一千余种。常言道‘茶为万病药’，尤其是调和茶是我们祖先在与大自然和疾病长期斗争过程中的经验总结和智慧结晶，是世界上最为广大茶客所喜爱的一种功能性饮料。相传，在三国时，蜀国大将张飞率兵巡视武陵，由于军中大量士兵中暑，一时无法医治，后来完全是依靠当地的群众献上用生米、生茶叶、生姜捣碎后和盐一起冲饮的‘三生茶’给士兵们畅饮后方才让‘暑疫’尽消。今天我就请您在我的茶艺馆里品尝一下我亲自调和的药茶。”说完这句话的聂总为泡茶开始忙乎起来。

我则在等待他的药茶中猜想着他调配的方法。我深知，药茶作为祖国传统医学宝库中的一颗璀璨的明珠，不仅是普通人家作为消渴饮用的佳品，也是临床常用药物剂型之一。配方完美的药茶具有疗效好、饮用方便、易于操作、价格低廉等特点，自古以来深受民间人士的推崇和喜爱。我还在独想中，已经一切准备就绪的聂总抬头对我说：“今天我就给您冲调一壶桑叶杞菊茶。这种药茶的功效主要是疏散风热、滋阴补血、清肝明目，很多人在饮过后都称赞效果不错。”只见他从茶罐中倒出约三克量的绿茶，又秤出桑叶十克、枸杞子十克、菊花十克加入茶具中并倒入开水将以上四味冲泡起来。一瞬间，只见茶中红星点点，白云朵朵，犹如山花烂漫倒映在绿色的碧波中，好一幅诱人口感的景观，让我在惊叹茶具中的美色时，渴望着一饮而后的那种滋润喉管的欣慰。片刻后，只见聂总把泡好的药茶分别倒在两个精美的茶杯里，随后他递了一杯给我。我双手接过聂总递过来的药茶。在品饮下去时，我感觉到了此茶既有菊花的清香又有绿茶的醇味还有枸杞子的酸甜，茶味就像是我曾经在云南西双版纳品饮的那道令人回味无穷的白族“苦茶”。

聂总在我细细品茶时问道：“您知道我们中国人喝茶的习惯吗?”我说：“知道的可能没有你这个做茶艺馆的人多，但是我所了解到的是中国人对茶的喜好也会因地域而有所差异。一般来讲，中国的北方人喜欢饮花茶，南方人则喜欢饮绿茶，牧区的少数民族居民就喜欢饮砖茶。”在我简短的回答中，聂总又开始了发问：“看来您对茶叶知道的还不少，那您一定对茶叶的药用价值更加知晓。”我笑着说：“大凡茶叶不同，它的营养成分和药效也不同。比如说，你刚才调泡药茶时所选用的绿茶，它的维生素C和茶多酚的含量就比红茶多，从对疾病的疗效来看，无论抑菌、抗辐射、防止血管硬化、降血压，绿茶的疗效都比较高。根据近几年来有关临床研究的报告，绿茶还能有效地阻断人体内亚硝胺的形成，抗癌作用也优于红茶。因此从保健功效来看，绿茶比红茶好。至于花茶呢，一般以绿茶窨花制成，因此也具有绿茶的同等功效。当然，红茶的药理功效也不逊色，尤其是它可以强胃、利尿，对人体养生保健有着特殊的作用，针对现代职业人普遍未老先衰的生理现象其抗衰老的作用也优于绿茶，所以说红茶延寿更为显著。”

听完我的介绍，聂总的神情有些兴奋。可能他觉得坐在自己面前的我也一定是一个饮茶的常客，于是他又兴趣颇浓地谈起来：“您知道吗？我国茶类尤其丰富，名茶也同样繁多，光久负盛名的就有十种左右。龙井，人称茶中之王。碧螺春，可谓洞庭碧螺春，茶香百里醉。黄山毛峰，‘早春英华’，这是宋人对黄山毛峰的评价。君山银针，‘洞庭帝子春长恨，两千年来草更长’，这是对君山银针的描写。祁门红茶，‘名茶之中是珍品，国际红茶是英豪’，这是国际市场上对祁门红茶的赞誉。六安瓜片，‘六安精品药效高，消食解毒去疲劳’，这也是赞誉六安瓜片既是饮料又是良药的诗句。信阳毛尖，‘茶香味浓难比毛尖’，这是在全国名茶评比会上专家对信阳毛尖的评价。都匀毛尖，‘雪芽芳香都匀生，不亚龙井碧螺春。饮罢浮花清鲜味，心旷神怡攻关灵’。武夷岩茶，‘溪边奇茗冠天下，武夷仙人从古栽’。铁观音，‘质地重实如铁，外形美如观音’。总之，茶有益无害。我国民间还流传有这样的茶疗说法：‘投茶有序，先茶后汤。神农遇毒，得茶而解。壶中日月，养性延年。苦茶久饮，可以益思。夏季宜饮绿，冬季宜饮红，春秋两季宜饮花。冬饮可御寒，夏饮去暑烦。诸药为各病之药，茶为百病之药。姜茶治消食，午后茶助精神，热茶提神倦，淡茶温饮则宜、清香宜人，人固不可一日无茶。’总之，这些都是人们对饮茶健身的精辟论断。”聂总的语速非常的快，一瞬间他像绕口令似的把中国茶叶的品牌点了个遍，绕了个来回。不愧是做茶艺馆的，连有关茶的古诗都玩嚼得那么熟烂，真是行行都能出状元。

于是，我笑着对聂总说：“您今天请我来是想和我探讨茶的历史还是想让我在品茶中去体验更深的茶艺。”聂总同样也笑着对我说：“只是泛泛而谈，当然我这个开茶艺馆的人一定是三句话离不开本行，一切尽在茶中。”听聂总这么一说，我想今天干脆也静下心来好好的温习一下茶文化吧！于是我接着说：“那现在就请你从茶说起吧！”聂总果然是一个随性的人，他并无推辞地开始从头向我讲述起茶的故事：“您肯定也知道，从发现到利用，由简单的鲜叶咀嚼解毒、作羹食用再到药用治病以及普通饮料，茶叶已经有四千多年的历史了。在饮茶由‘烹茶法’、‘点茶法’到今天的‘泡茶法’以及现代的茶水饮料都是茶业逐步发展、总结、继承的结果。茶叶这个吸天地之灵气、纳宇宙之精华的‘芳魁’、‘仙茗’，也是在几千年的历史长河中不断地去伪存真和不断地发展与淘汰及不断地继承的结果。原始社会时期只能是简单地利用鲜叶；随着社会生产力的发展，到了春秋两汉时期，茶叶被广泛作为膳食和祭祀品寄托人的精神；而到了两汉以后，茶叶的利用范围更加扩大，人们开始生产茶饼，并把茶叶主要作为药用，因此出现了茶叶能治百病的传说，同时也成了道家、佛家修身养性的‘仙草’，以及长生不老之药。而如今的茶叶应用已渗透到医学、保健、工业、食品等多种领域，在精神领域里茶叶更是代表着清廉俭德与修身养性。连博大精深的佛教都提出了‘智者悟禅，清茶一杯；迷者问禅，佛经万卷’，可见饮茶中的精神作用是那样的超然。当然，我说的这些变化都是茶叶的时代性，因为有什么样的社会，就会有什么样的茶文化。无论是古代还是当代，无论是封闭的环境还是开放的社会，嗜茶者大有人在，因为茶不醉人人自醉。中国人饮茶也绝非单纯是为了解渴，茶已经超越了其自身固有的物质属性迈入了一个精神领域，并早已成为一种境界、一种修养，是地地道道的‘国粹’。”聂总一气呵成将茶文化上升到了人文文化的高度。

聂总的解说让我联想到了21世纪的今天，于是我打断了他的激昂：“那你认为，如今用疲劳的挣扎来换取生存条件的现代人又将会依赖什么样的茶文化救助我们不堪负重的身心呢?”聂总附和着我的问题说：“我们的祖先在长期的生活实践中积累和总结出不少具有延年益寿的药茶方，具有补肝肾、补气血、协调阴阳、保精养神、益智等作用。茶完全符合现代医学对人体提高机体抗体、增强免疫功能以及防治早衰的作用，如果我们经常适量饮用，将会对身体产生良好的康复保健作用。被称为‘医圣’的张仲景曾说过‘茶治便血甚效’。《神农本草经》也曾说茶可解七十二毒。唐代陈藏器《本草拾遗》更是强调‘诸药为各病之药，茶为万病之药’，茶能‘消食，除痰，少睡，利尿道，明目益思，除烦去腻’。茶祖陆羽的《茶经》也对饮茶的健身功效和科学饮茶方法做了详尽的介绍，说明茶具解毒、治病、醒酒、兴奋、解渴之功效。宋代陈承的《重广补注神农本草》也有‘茶治伤暑合醒，治泻痢甚效’的记载。元代吴瑞在《日用本草》中说：‘茶炒煎饮，治热毒、赤白痢，甚效。’明代李时珍《本草纲目》中说：‘茶苦而寒，阴中之阴，沉也，降也，最能降火。’由此可见，历代医药专家进行的科学研究或临床实验结果证明，茶确有防病、治病之功效。”聂总像背天书一样将茶的药源历史娓娓道来，我惊叹着聂总这个茶艺馆的主人对茶文化的认知和对茶在人体医学上的功绩竟有着如此深厚的博学功底。

于是，我说：“你是学医的吗？为什么对茶疗有着这么丰富的了解?”聂总讪笑着说：“学习嘛，我还可以简单地告诉您一些茶的另一种功效，饮茶之所以能长寿是因为茶叶中含有维生素C、维生素E、维生素D、烟草酸及碘等。茶叶的这些功效对人体造血、强筋壮骨和维持甲状腺功能等起着良好的作用，特别是中年人饮茶后的效果会更好。由于人到中年易发胖，而发胖则是导致心血管病、糖尿病以及癌症等的罪魁祸首，但是茶叶中的咖啡碱对上述疾病有着重要的预防作用，所以中老年人宜多饮茶。此外，茶还有提神、消除疲劳、抗菌等作用，这对繁忙的现代职业人来讲也是很重要的一种身心补偿。茶还可以净化水质，减少放射性物质对人体的危害，因此在当前自然环境污染严重、地球生态失调的情况下，人们尤其是在城市里居住的人们更应该常喝茶。”

聂总越讲越多，让我有点怀疑今天下午来到这里完全是在接受茶文化的洗礼。这个看似普通的企业老总，再一次用专业的语言赢得了我对他的刮目相看，我越加对聂总肃然起敬。我不知道那些靠经营茶艺馆谋生的商人是否都和他一样，把茶的简单和深奥与祖国的医学发展史以及现代人身心健康的调养结合得这么淋漓尽致，让我对茶的认知更加饶有兴趣。我告诉他：“虽然我也是一名茶的喜好者，但是作为一个饮茶人可以把茶对人体的保健功能描述得如此有声有色，你是我见过的第一人。”也许是我对聂总的赞美并没有带着刻意，而是在真诚中向他表现出一个听众的心情，聂总此时的神态显得更加兴奋。

但是，他讲了这么多，还是没有回答出我曾经向他提出的“我们现代人的身心疲惫该如何找寻到歇息的出路”这一问题。我想听听他对前来这里品茶人的那些看法。于是我说：“平日里到你这个茶艺馆来久坐的大多是些什么人?”此时的聂总似乎还沉浸在茶的文化中，他并没有马上回答我，反而是问了我一句：“在茶叶当中，关于茶文化您知道的最多的是哪些茶?”我说：“首先是铁观音，然后是普洱，因为这两种茶的典故颇让人回味。”聂总说：“您可以说来听听吗?”我笑着说：“那我就在你这个茶主面前做一回说书人了。记得在名茶之中，除了仙茶、神茶以外，还有一种茶出自于虔诚信佛的居士之手，并显示出了吾佛放之四海而皆灵的恩典以及佛法的宏大无边，堪称佛茶。相传清代乾隆年间，福建安溪松林头乡魏饮虔诚信佛，每天清晨起床后的第一件事就是以清茶一杯奉献在观音大士面前，天长日久成了习惯。一天，魏饮上山砍柴，偶尔路过一座观音庙，他赶紧叩头跪拜，拜着拜着，魏饮只觉得眼前一片亮晶晶的，定神一看，观音庙前居然长着一棵奇特的茶树，在晨曦的照耀下叶面闪闪发光显得十分厚实、圆润。魏饮想，莫非观音显灵赐我这棵茶树！真是天助我也。于是，他小心翼翼地将它挖回移栽于茶园。以后，魏饮用这株茶的叶片制成乌龙茶，色泽厚绿，重实如铁，香味特异比其他茶叶更为浓烈。一开始，人们顺口称它为‘重如铁’。后来，得知了魏饮的奇遇便改名‘铁观音’，这就是关于铁观音茶的传说。”

在我讲解时聂总一直在点头，他那两道像剑一样的浓黑双眉时而会随着我的话上下挑动，但是他始终都在认真倾听而没有打断我的叙述。我讲完了铁观音又开始向他讲述普洱茶的来由：“云南的西双版纳是个迷人的地方，那儿美丽富饶，终年绿披碧覆，绵绵不绝的原始森林中有数不尽的奇花异木珍禽稀兽，而且那里就是茶的故乡。勐海县是西双版纳的重要茶区，被当地人誉为茶叶城，每逢茶季这里便四处弥漫着茶的芳香，而品质最好的普洱茶即位于该县的南糯山。关于南糯山的茶也有一个动听的传说。相传三国年间，诸葛亮带兵南征七擒孟获时曾经到过南糯山，由于士兵们因水土不服而导致害眼病的不少，一时无法行军作战，这时的孔明就拿起一根拐杖插在南糯山石头寨的石头上。说来奇怪，不久那根拐杖便长出了青翠的茶叶，士兵们欢喜雀跃地摘下茶叶并煮水来喝，在喝下茶汁后眼病也就好了。这样，南糯山便出现了有史以来的第一棵茶树。事到如今，人们还把石头寨旁的那座茶山叫做‘孔明山’，把山上的茶树称为‘孔明树’，而诸葛亮也被称为‘茶祖’。当地还有一个风俗就是每当诸葛亮生日那天，本地百姓都要饮茶赏月放‘孔明灯’，以纪念诸葛亮这位士‘茶祖’，连那棵已有数百年树龄的‘茶王树’也被讹传为诸葛武侯的遗种。另外，普洱只是云南南部的一个县，原先并不产茶，只是滇南的重要贸易集镇和茶叶市场，澜沧江沿岸各县包括西双版纳所产的茶叶都集中于普洱县加工运销各地，故以‘普洱茶’为名。普洱茶不仅解渴提神，而且长期饮用对治疗痢疾、降低血脂和胆固醇含量效果比较明显。”

我的话音未落，聂总便高声地叫了起来：“看来我今天是碰到知音了，想不到您对名茶也是如此了解，那您如何看待现代人饮茶的喜好呢？”我顺口说道：“文坛智者林语堂先生曾说过，‘中国人最爱品茶，在家中喝茶，上茶馆也是喝茶；开会时喝茶，打架讲理也要喝茶；早饭前喝茶，午饭后也要喝茶’。在中国民间就有着形形色色的饮茶方式，像闽南的云霄、漳州、东山、厦门与广东的潮州、汕头等地，流行的功夫茶都是一种极为讲究的饮茶方式。”我用流利的语言把自己能够了解的茶及民间茶艺，甚至是对茶文化粗浅的认知都情不自禁地在这个被茶包围的世界里倾诉出来。

此时的聂总向我投来了一种异样的眼神，是因为他意识到了先前对我的忽视，还是从头到尾他都没有想到我对茶叶的了解竟然也会和他一样如此深刻。他轻轻地对着我说："您还可以告诉我您对茶叶功能的其他感悟吗？"但是，此时我想听到和更想知道的还是聂总的个人成功史。通过这大半天和他的交流，我相信他也许天生就是一个茶客，但他绝对不是从零开始就以茶为生的商人，他也不是一个从医的侠士。是什么让他对茶产生了如此浓厚的情绪？是什么让他对我的提问欲言又止避而不答？我期待着自己和他的泛泛而谈可以到此为止，也许真正的问题我们都还没有开始。

于是，我对他说："我想知道你为什么在今天把茶的故事变成了犹如一台演唱国粹的京剧，我敢肯定你的人生一定有着与众不同的经历。"聂总的脸上没有了先前的笑意，他只说了一句："我是痛定思痛啊！您刚才已经看出来了，鄙人对人体医学、养生都有一定的认识，但这并不是因为我是一个专业的医师，而是因为自己由于长期承受着职业疲惫的病痛而引发出的对生命的一种特别的尊重，所以一直以来我都在不断地学习着养生保健的相关知识。下面，我可以详细地向您介绍我那不堪回首的创业经历。

"当年，我是内地供电局的一名普通工程师，在朋友的鼓动下一起辞职来到了广东。先是在广州和朋友一起开了个不大的粤菜馆，后来因为经验不足，加之管理不善导致生意一落千丈，当时月月亏本、入不敷出；情急之下，我和朋友商议后，结束了起早贪黑又不赚钱的餐厅投资。一想到自己第一次做生意就让手中的资本打了水漂，自己也就再也没有了独立经营的勇气。但是，广东之行不光寄托着我渴望新生活的梦想，也承受着那些仍然依赖着铁饭碗的内地亲人对我创业成绩观望的压力。堂堂七尺男儿最丢不下的可能就是虚荣面子下的那颗固执而又骄傲的心，因此我既不能重返内地回到原来的岗位上班，又不能继续在广东死撑。可是，当时我一个技术工程师在没有其他专业技能和资本条件的支持下，唯有考虑继续借鸡下蛋方能让自己的生存摆脱贫穷与艰辛。于是，我另起炉灶，瞄准了当时红红火火的保健品市场，在经过深思熟虑后，我用卖掉餐厅所拿到的十万元现金做了北京一家公司的保健品代理。该产品的销售工作在生产厂家策划部的包装下，依靠着广告媒体的大量轰炸很快便在全国市场上红红火火地热销起来。作为广东省的市级代理商我也在授权公司的帮助下逐渐打开了空白市场的局面，一时间广州这个方圆百里的城市到处都覆盖着我们代理销售产品的宣传海报。

“作为一个经销商，我第一次目睹了中国保健品市场所蕴涵的巨大发展潜力，因为当时的人们对身体健康的调养大都是依靠琳琅满目的保健品来进行的。三年后，当我在运作中真正熟悉了代理商的业务和技巧，同时也掌握了保健产品进出推销的商家策略时，我凭着广州这座特殊的南方城市之地理资源，依靠着先天的消费环境优势，拥有了收获财富的金钥匙。为此，我也受到保健品市场偌大利润空间的激发，有了自己开发产品的创业野心。在终于下定决心的那一天我正式移师深城，成立了一家融科研开发、生产和销售新一代保健品于一体的民营企业。公司由董事会直接领导，下设总经理办公室、科研开发部、原材料采购部、生产管理部、营销业务部和财务部等核心部门。在公司管理机制和人力资源逐渐完善的期间，我自信地第一次承担起了企业法人的角色。我回到老家聘请了几个具有极高保健养生专业造诣的权威专家参与到公司的管理层。他们主要负责新产品的开发与研究工作。同时，为了加强市场推广的力度，公司除了本身已到位的产品研究人员外，还在全国邀请了一些知名大学的博士，甚至包括医科大学的几名教授，组成了一个强大的智囊团。我们主要是想以中草药配方为基础，通过采用现代先进的生物技术研制生产出纯天然中草药保健品，产品作用定位在提高免疫力和记忆力的保健功能上。

“我抱着对职业的无限热情和对市场了如指掌的自信，在买下一个专利配方后我紧张而又盲目地上了第一条生产线。此时在商道上涉世并不深的我才知道创业并非是想象中捏泥人般那么简单，因为当一个新型的保健品在市场上初次崭露头角的时候，首先要面对的是市场带给新生品牌的那种令人揪心的沉寂。当我们的产品遭遇到消费者的冷漠后，我开始在心急如焚中思量着该如何打破这只产不销的僵局。要知道光注册这个公司和聘请这么多的专家进行研发，以及铺张的工厂设施和原材料的采购，早已让我手中的资金山穷水尽了。原本以为只要产品一上市，就会有像我当年一样多的经销商采取和我昔日一样的代理方式，投上十几万、二十几万用来赢取生意人的经济回报和收获心中那份成功的得意。我没有想到自己这种掉以轻心、冲动自大的创业方式，竟然会让我出师不利、身陷逆境，感到困难和危机在现实中是那样的令人捉摸不定和充满着变幻莫测的突发性。

我压根就没有想到中国的保健品市场是如此的扑朔迷离、让人难以掌控，在那宽大的展示厅里我并没有盼到自己期待中的经销商。那些原有的药店和商场，一听要求换上我们的新产品，他们全部以产品属于新品种而婉言谢绝了我们进行柜台陈列推广的要求。原本希望通过卖场广而告之的设想遭到了这些店面经理人不客气地拒绝，我们产品推广销售的计划也因此彻底地失去了实施的阵地，我的企业被无情的现实拖累着不能展开腾飞的翅膀。此时的我心力交瘁，病由心生，一头栽倒在办公室的椅子上。不省人事中，我的身心不受思维控制一点点地下沉、坠落，联想到自己几百万的投资将在一瞬间像当年广州的餐馆一样再一次成了漏水的空瓢，绝望中我恨不得去撞墙。一时之间的我竟然没有了正确的自救主张，唯有恼怒自己对保健品这个充满挑战的市场缺乏风险防范措施。

"可是等死也绝对不是最好的解脱办法，清醒过来的我重新打起精神坐在空无一人的办公室里独自承受着失败的煎熬。我就像一个沿街寻食的乞丐不停地用电话机拨打着手中通讯录上的名单，以求我的企业在生死攸关的那一刻能够寻求到外援。整整十天，我都在继续着不知道结果的电话联络。只要有可能，我都会对那些长期经营保健品的经销商们说：'我的产品一定会在市场热卖，请相信我，你们可以先付一半的货款把全部的产品都拉走，拿回去试销后不好卖再给我送回来。'

"也不知道是声音的疲倦传递着我难以承受的无助还是天无绝人之路，在我拨打了近一百个电话时我听到了话筒中传来的一位女士同情的声音：'听你说得这么诚恳，我知道大家创业都不容易，我也和你一样，曾经历过九死一生的投资逆境，所以你也不要太绝望、要坚持。既然你的企业才刚刚起步，那我就先进一点货吧，如果产品效果不好也卖不掉，就当是我对你这个朋友面对困难时的一点支持吧。'当她把自己的意图简短地表达给我的时候，由于长时间陷于打电话的无望已让我的神经变得麻木也没有了本能的意识，恍惚中竟然对这垂死挣扎后的第一缕存活的机遇没有反应过来。我在茫然而又不知该说些什么的道谢声中收了线。回味起电话那头传来的天籁之音，我这个实心汉子竟然趴在桌子上发出了骇人的哭声。真是绝处逢生的险景啊！这'柳暗花明又一村'的奇迹让我再一次体会到商海这个魔鬼喜怒无常的秉性。更令我感动的是这位女士第二天竟然真的打了整整十万元钱过来。回想起她在电话中谈起自己那小菜一碟的创业经历，更让我汗颜一个男人在五斗米面前折腰的惨淡境地。这个世界真是让人感慨，男女角色不限性别一起参战的商海告诉我们，没有人不是在经历过焦头烂额后才懂得了理解和信任的珍贵以及让人振作的鼓励是多么幸运的及时雨。从这位女商人的身上我感悟到了每一个‘企业家’面临挫败时那重整旗鼓的胆识是一样的。”

讲到这里的聂总脸上浮现出对那位女士敬佩而又虔诚的笑容，联想到那些如今仍然和男士一样拼搏在职场上的女中豪杰，我能体验到聂总心里那种无法言表的心态。谁又能预先知道无奇不有的大千世界存在着多少玄机和困难？谁又能说在我们的人生轨道中没有一个生命的贵人在现实中存在？上苍赐予我们生命中的恩人也许是男的也许是女的，因为真正的心灵恩惠不是来自于曲高和寡，而是来自于“人之初，性本善”的那种人与人之间的包容、理解与善待。也许人生就是这样，总是让人悲喜交加。我也在心里为当年聂总的意外翻身而拍手称好，毕竟这种幸运还是让他在绝境中碰到了。

“那你怎么又做起了茶艺馆生意呢？难道将军又一次战败？”我笑着打趣道。“没有，自那以后我的企业就开始上了轨道，但是当时那超越困难的创业之路的确令我走得无比艰辛、崎岖难耐。犹如长途跋涉的命运让我一次次反复重来，但是一次次的商海沉浮又在我不甘放弃的拼搏中让创业的指示灯牵着我继续翻山越岭、直达目的。经过近四年的艰苦奋斗，在各界商业朋友的支持下，在全公司上下成员的不懈努力中，那几经开发的产品也在不断研究和检测中完成了最终的审核，我们开始拥有了自己一系列的科技含量更高、见效更快的养生功能性产品。”“这么说在继那位女士之后，又有人被你的热情执著感动也向你伸出了合作的双手？”我又问道。

“可能这就是命运的传奇性吧！我认为，当上苍为绝望的你关上了一扇希望的大门时，它一定会同时宽容地给你留一个还可以透气的窗口。不知道是那位女士的鼓励唤起了我的战斗力，还是上苍对人从来都是公平地进行着庇佑。总之，那以后，我就拥有了源源不断的回头客户。我的公司在全国的经销商网络迅速扩大起来，市场的局面呈现出无限风光在险峰的又一种诱惑和期待。为了稳固那不易打造起来的营销渠道，我开始了更大的商业规划，我不再将企业战斗的脚步简单地停顿在市场的开发和建立上，而是把经营的发展目标延伸到了产品的更新换代上。在投入了更多的资金后，经过临床反复验证我们趁着市场的火热气氛推出了又一类以养血益气、补肾益脾的新型保健品。正是这种新产品的上市让我有机会了解到现代人疲惫身心的衰弱。我们这种以快速消除疲劳、提升元气、增强活力的产品一经上市，便以效果显著、价格低廉且无任何副毒作用而深受消费者的追捧和喜爱。我们在向那些长年承受职业压力和任意透支生命的创业人推广产品时，取得了一连串的体现着他们身体状态的反馈表。那些触目惊心的健康问题通过反馈表汇总到了我的办公台前。目睹这些反馈表，我第一次被震动了，也为此而感慨万千。

“说真的，在过去，作为一个生产型企业，我们所关心的永远是财务报表上那是否不断提升市场占有率的经营数据，从来都没有去调研过那些消费者因何而购买的心理；即便是市场上出现了前所未有的销售额攀升现象，我们这些健康产品的投资者还是把关注的目光留给了财务天天结算的利润表。我们从来都没有去思考过当产品流入现代人的生活层面中时带给他们的另一种需要会是什么，商业的职能让我们的视线永远都只是停留在促销的活动上。我们公司的销售代表也没有任何一个人真正读懂保健产品的广泛推广究竟对消费者的生命健康有着什么样的贡献和价值，而那些从来都不向周围人说明身心疲态状况的人们更是将自己的健康所需因为工作、因为事业、因为不在乎而忽视了。我开始设想着自己的企业要为现代人的健康做些什么，但一时又不知该如何操作。

“有一天，我们企划部收到了一名消费者的传真信件。信中告诉我们，他是一名长期受职业疲劳干扰的经理人，频繁的工作节奏和高度的岗位责任让他一次次牺牲着身心需求的休假日，久而久之他感到了生命衰竭的危机，那种难以修复的生理情绪让他再一次体验到了过度疲劳后的无力。他多次去医院求诊问询，希望能够找到激活生命动力的医疗处方，然而一张张临床检测报告中写着一切健康指数均属正常。所以，他一时也无法找到帮助自己消除身体中那仍然挥之不去的疲倦的方法。信中还讲到，一个偶然的机会朋友向他介绍了我们公司生产的抗疲劳产品，他在服用后感觉体能有所改善。但是，他希望我们作为生产厂家不要单纯地把目光锁定在宣传产品的功效上，而是应该从市场的消费广度出发用临床的科学结论让那些陷入疲劳挣扎的人们真正拥有一种维护健康的战术，以保证现代人虽生存在一个被无限压力追赶的时代里也不会让自己产生因辛劳所致的无奈。

“当这封来信在我们企业的高管会上宣读后，每个与会的人都从信件的建议中感悟出了一丝经营保健品企业的神圣。按照这位职业经理人的启示，我们改变了传统的销售策略，开始用人性化的服务手段在各个商场、药店这些卖场角落建立消费者的个人健康档案。我们还定期面向社区召开消费者健康生命研讨会。通过零距离了解消费者的心声，我们进一步感受到了现代人的身体状态是多么的令人担忧，而那种未老先衰的健康问题更是让我们看到了快节奏时代下的人们由于不能关爱自己的身心导致生命始终处在危机之中。为此，我的企业开始有了更好的产品推广策略。

“我的事业在日新月异的亢奋中激进，同样我的财富也在辛勤的耕耘中令人骄傲地倍增起来，遗憾的是错落有致的岁月又像捉迷藏一样和我玩起了人生的游戏。在医院一次例行公事的全面体检中，我遭遇到了生命路程上那‘先礼后兵’的健康争夺战。由于长年积劳成疾，在没有任何生理现象的昭示下，我被现代科学医疗技术确诊为患上了早期肝癌。医生的诊断对我来说犹如五雷轰顶。当在门诊室听到病理结论时，我把心中的那份对生命的渴望和作为一个男人也会惧怕死亡的慌张心理表现得淋漓尽致，并由此而彻底地击碎了拯救生命的信心。当时的我不知道是怎样走出医院大门的。等我发现自己已经回到了那辆豪华的私家车坐驾上时，我恍如隔世般哀伤不已，趴在方向盘上让空白的大脑就着我泪如泉下的绝望无尽地悲观着。我才四十多岁啊，这个比让我苟且偷生更令我畏惧的死亡信号在一刹那让我责怪起自己平时太执著于人生奋斗而忽略了对健康的维护。”讲到这里的聂总停顿了下来，他端起茶杯抿了口茶以平复自己有些激动的心情。

望着聂总品茶的姿势，我在想，其实有时候企业发展的速度是随着市场的变化而自然提速的，生活快节奏的压力让这些创业者在废寝忘食中成了自己生命的杀手。虽然我们都知道这种亡命职业生涯的行为会给自己健康的身心带来一定的负重，但是有时候我们还是情不自禁地用奋斗者的大无畏刻意地去迎合那透支心力、消耗体能的拼搏和追求。现实中，不知道有多少人是在用有限的生命书写着无限的事业春秋大梦。那千差万别的个人能力、金钱资本的短缺、人际网络的应酬与商业市场瞬息万变的不可捉摸以及个人欲望的无限膨胀和难以放下的求索，都让那些对健康和生命视而不见的人在挥洒血汗的时候成了牺牲自我的囚徒。失眠、厌倦与疲惫愈演愈烈的时代让我们的工作效率与创业作为在生命的衰退中每况愈下，真可谓“众人之痛也是我之痛”。由于长期和那些在不知不觉中陷进“亚健康”队伍的职业人打着频繁的交道，今天的我在听到聂总的病情时再一次想到了生命的脆弱。

聂总放下茶杯轻声地对我说：“在无数次西式药物治疗中我经历着身心俱焚的痛苦，‘癌症’这个生命魔鬼的名词每天就像幽灵一样随性地出现在我的脑海中并侵蚀着我脆弱的情感和哀伤的精神，向生命告白、与尘世诀别成了我六神无主中自然等待的一次灵魂的恐吓。但是，坐以待毙的我万万没有想到自己生命的道路竟然就像做梦一样又有了挺进的方向。一次高原求医之行让我了解了‘茶疗’的神奇功效。通过一张又一张的茶疗处方，我的肝癌病情得到了控制并出现了好转的迹象，想不到‘久病成医’这句话在我身上产生了神奇的作用。我是悲喜交加，原本以为救助无望的生命之躯开始有了活着的希望。回到深城的我立即在公司的旗下投资设立了这个凝聚着养生功能的现代茶艺馆。此时的我并不是为了单纯地满足个人挽留生命的需要，而是期待自己这个茶艺馆可以成为现代都市人忙里偷闲的身心调剂站；同时，也想通过自己目前正在逐步康复的经历成为大家珍爱生命、维护健康的警钟，能够时时唤醒那些如今仍然和当年的我一样玩命创业和不顾一切追求职业梦想的人。我希望他们可以在拼搏中放慢匆忙急促的脚步，让自己既可以成为一个创造事业的赢家也可以成为一名享受生活的玩家，一壶色味俱全香醇的清茶慢慢饮来方可真正体验到那种没有负担的轻松和从容生活的洒脱。”此时的聂总显得特别的庄重，他端起茶杯抿下最后一口茶后站起身来对我说：“走，我们去外面大厅坐一坐，等一下您可以在我这个小小茶艺馆里看到许多外面看不到的人物和事件。”聂总的样子有点诡秘，尤其是说到“事件”二字他加重了发音。望着他那意味深长的样子，我也期待着今天下午在最后的时刻能增添一些新的感受，于是我起身和他一起朝外面的大厅走去。

聂总带着我在大厅的一个角落坐了下来，热情的服务员即刻为我们端上了一壶刚刚冲泡好的普洱茶。聂总指着对面几位男士说："他们都是我这里的常客，全是企业老板，你可以多观察他们。"我抬眼望去，只见此时茶艺馆偌大的茶厅里早已坐满了客人。我注意到了一位正在品茶的男士，从那刚毅的面容和考究的衣着看他应该是一位身负重任的企业领导者，只是我发现每当他正欲端起茶杯品茶时那'隐藏'在胸兜里的手机总是用无声的震动不断地干扰着他此时的清静。我端详了他有一刻钟左右，他接听电话的频率让我这个职业人也颇感吃惊，细细数来大概有七八个电话打进来和他进行着并不简短的对话。望着他面前的茶水一次次被他端起又一次次被他倒进茶盘里，没有几口温热的茶水可以让他尽享在茶艺馆的休闲。他始终无法拒绝接听电话的神情让我在心中同样也有着一种说不出的感觉，这哪里是在品茶，这完全是在错位的时间里继续着工作的疲累。

我轻轻地呼了一口气，眼光朝别处扫去，只见又一个身着名牌的老板模样的男士坐在茶台前像模像样地端着茶杯在独饮。仔细地看了一下他的表情，我发现，虽然他很自然地倒满茶水且一杯杯朝口中送去，但是他不断在翻找面前公文袋中文件的动作和那紧锁的眉头告诉我他仍然沉浸在自己工作的环境里，他也是"人在曹营心在汉"。这位老板时不时望着窗外且心事重重的模样让我不难想到他原本是想透过这瞬间的休闲让自己的身心得以放松，但是此刻的他似乎并没有真正拥有甩手掌柜的那份逍遥和自由。

再看另一角，只见有一对年轻的情侣正在观摩特技书法表演，这对情侣年纪都是二十来岁。看着他们投向正在倾情挥毫的艺术家那种专注的眼神，我在想，不知道此时的他们有没有读懂书法中那修身养性的意境。此时，表演台上的古筝被一位身着古装服饰的妙龄女子弹奏起来，茶厅内即刻传来高山流水般的乐声，乐曲的美妙带给现场休闲品茶的人们一种心静中的美好享受。在品乐的瞬间，我又搜寻到了一位靠窗口坐着的五十多岁模样的女士。只见她衣着华丽、仪态高雅，正细心地将茶壶中的茶水轻轻地倒入茶具中，然后用一种独特的姿态把茶杯慢慢地送到自己那涂满口红、轮廓清晰的嘴唇边。她品茶的面部表情很特别，是那种带着置身于世外桃源的清静中的虔诚。我被她独有的神态触动了，她会不会也是和聂总一样在历尽了人生风雨的多变中，寻到了一种让精神和灵魂都可以同时释放生气的品茶境界？我的双眼还在看，我的心还在想。一个，又一个；他，她。总之，我扫遍了坐着的茶客，也深深地感受到了每个人的不一样：精神状态不一样，心事也不一样。很多人都是忙里偷闲并不闲。他们都没有放下，没有放下繁忙和其他。

茶艺表演开始了，茶馆里的人们开始热闹起来，有起身围观的也有坐在原地不动但是眼睛却在探寻的。总之，眼前的一道道人物景象真是应验了聂总的那句话，茶艺馆里的确蕴藏着百态人生。看得出来，许多人虽然已经有了缓解疲劳和减轻压力的意识，但是却并没有把心真正地放下。大部分人仍然是在焦虑和牵挂中不安心于修身养性的日子，仍然是那样身不由己地强打着工作和事务的疲劳战，以至于自己在品茶的同时还是不能够做到神定气闲、忘掉烦恼。在细细目睹了眼前这些人的休闲动态后，我自己也身临其境地感受到了来这里或放松、或品茶、或卸压的那些人的行为与思想，也更加明白了聂总开这个茶艺馆的精神所在。一切都在不言中。望着窗外逐渐转黑的天色，我起身向聂总告辞。他说占有了我一个下午的时间一定要和我去外面的酒楼吃个饭，以表示谢意。我婉言谢绝了他的盛情。我告诉他，此次前来我自己收获也很大，贴近了茶馆的人，看到了茶馆的魅力，学到了更深奥的茶知识，悟到了现代人创业不易的人生故事，知足了。听我这样讲，聂总笑了。他没有再坚持自己的意思。

从聂总的茶艺馆出来，随他一起坐到他的别克君威车上。在他送我回家的途中，穿过一片闹市，远处传来著名歌手陈慧娴的一首《红茶馆》。这温婉缠绵的歌曲让深城这个年轻的城市蒙上了夜晚特有的温馨，我和聂总在行车的沉默中欣赏着这首浪漫情怀的《红茶馆》：“红茶馆情侣早挤满，依依爱话未觉闷，跟你一起暗暗喜欢，热爱堆满，你身边伴情侣一般，红茶杯来分你一半，感激这夜为我伴，跟你一起我不管，热吻杯中满，要杯中情赠你一半，爱意在我眼内对你在呼唤，怎么竟不知道杯中吻铺满？似你这般，未领会心中爱恋，惩罚你来后半生保管……”

此时的我不由地想起了台湾街头那相当数量的红茶坊。红茶坊既保留了传统茶艺馆的风格又结合了现代的色彩，既体现了东方的韵味又融合了西方的情调；装潢格调同样体现着小桥流水的田园风光，以及那森林的木屋和身置洞穴的原始风格。与传统茶艺馆呈鲜明对照的是，现代红茶坊由于符合时尚潮流而受到越来越多年轻人的喜爱。那里每天都挤满着那些还不懂得为人生发愁的男生和女生们，红茶坊成为他们这些年轻人展示爱情和获取友谊的最佳场所。我们从每一个跨进红茶坊里的人身上都可以感受到那种强烈的青春活力，在红茶坊里久坐的人们书写着的也是热烈而又阳光的心情故事。总之，红茶坊因经营年轻的消费饮品而让年轻人有了他们最想要去的地方。而对我们这些人到中年和未老先衰的职业人来说，哪里才是我们真正能够缓解压力的精神家园？哪位圣人才是我们疲惫身心真正健康的指导员？身患癌症的聂总会不会最终因茶的特别疗效而让其生命的活力继续迸发我不得而知，但是他这种因自身的病痛经历而引发出的对众人的健康关注，让我在祝福他早日康复的同时也在期待着我们每个生活在红尘中的凡夫俗子可以得到健康的青睐，以求在这个我们无法躲避压力的世界里还可以用更多的欢乐来书写人世间对生命的期待。

英雄的孤独谁能懂

——民营企业家创业心路

生命的透支

属于每个人的生命一生只有一次，因此爱惜自己、珍惜生命是我们每个人必须履行的人生职责，任何忙碌的理由都不应该成为我们轻视生命的借口。

费总约了我很长时间，但我总是因为手中积压了大量的工作再加上“五一”的假期，一直无法把见面的时间确定下来。一晃，他约我已经有两个月了，我感到非常抱歉。尽管我仍然不能把自己和他见面的时间准确地约定下来，但是我还是在心里惦记着和他见面的事情。于是，有一天我便打电话给他：“这一周内只要你有时间可以随时打电话给我，我一定想办法挤出时间和你见个面。”星期五的下午，我在小海滩参加一个企业的高管会议，按照会务的邀请我要在这个会后给参会人上一堂“中小企业竞争与发展”的管理课程，时间为两个小时。上课前，费总的电话便打进来了，想到自己曾经的承诺我没有拒绝他，并答应会后立即和他见面。听说我在小海难开会，费总的情绪突然显得有点兴奋。他说：“反正是周末，我开车出来接您，会后您就在那里等我，我也该到海边去放松放松了。”就这样，数小时后我和费总在小海难碰面了。

深城东部那绵长的海岸线上，闪烁着一颗灿烂的明珠，这就是著名海滨旅游景区——小海滩。小海滩三面青山环抱、面朝大海，一弯新月似的沙滩镶嵌在蓝天碧波之间，环境幽雅，空气清新。秀美的山水给小海滩增添了许多灵秀之气，慷慨的大自然把这里造就成了都市人理想的海滨旅游度假胜地。阳光、沙滩、海浪，吸引着成千上万的弄潮儿前来搏击大海。这里的天格外高远明朗，这里的海分外洁净蔚蓝，这里的沙特别柔软金黄。目睹这一切，我在想，没有人可以计算出这千米沙滩上到底留下了多少往来人群大大小小的脚印，那接踵而来的浪花又寄寓了多少人的欢乐和梦想。夏日的小海滩充满着无穷无尽的魅力，风格各异的景区建筑物掩映在那绿树丛中显得是那么的孤傲和神秘。成行的椰林在微风中沙沙作响，海滩上五彩缤纷的太阳伞如一把把绽开的鲜花，让人眼花缭乱、风驰电掣般的摩托艇在蓝蓝的海面犁出层层白色的浪花，特别养眼。这一切大自然的壮观都让我倍感轻松和愉悦。只见迎风摇曳的水上降落伞时起时落，沙滩上、海面上嬉戏的人群欢歌笑语。在这样一个令人心旷神怡的海的世界里，我等来了约见的人。

站在我面前的费总，中等身材、微胖，给人体虚之感。他的两边鬓角已有一缕缕明显的白发，加上深深的抬头纹，可以想象得出他平日里那专注的神态和严肃的表情。一件雪白的真丝上衣把他那原本就略显苍白的脸颊映衬得更加洁净，这让我可以透过衣着与容貌特征阅读到他基本的性格特点。费总那件平整的真丝上衣让人可以想象出他是一个一丝不苟、追求细节且又较感性的男子；他那双炯炯有神的眼睛里有着逼人的英气，让人不难看出他是个有着倔中带钢且又钢中掺柔的性情中人；他那条迷黄色的长裤，从垂直的裤线中不见一点凹陷，能够进一步透视到他是一个特别操心不愿久坐而喜欢走动的领导者。我认为，他是一个爱讲话的人，是那种一旦话题打开将是一泻千里的畅所欲言之人；同时，他也一定是一个在工作中极其忘我的人，一个把职业的神圣看得高于一切的创业能人。我在思索和猜测中观察着费总，尽管在电话中他已经把自己的身份和企业的情况详细地做了介绍，但从此刻直观的印象上还是让人无法把他的那份印刻着明显创业艰辛的神态和千万身价画等号。

费总招呼我来到靠近海边的沙滩上后，便转身离去。此时正值深城的五月中旬，夕阳下的沙滩被阳光照耀得发出一闪一闪的亮光，就像一枚枚令人垂涎的宝石，让人幻觉着是不是来到了布满宝藏的神仙居住之地。远远望去，海浪一拨一拨地拍打着海岸，让无论是坐在海边吹风的游人，还是躺在沙滩上捕捉太阳光芒的游泳健儿，抑或是那一对对在海的怀抱中柔情似水的情侣们，都在周末展开了快乐而又充满激情的翅膀，接应着海水带来的身心享受。好久没有在这样的环境中品味生活赐给我们的宽松和解放了，我被天上的白云和眼前深蓝色的海水深深地吸引着，我贪婪地呼吸着海风送来的潮气。那种感觉让我犹如置身于世外桃源，好像此时唯有让海水肆意扑面才能满足自己渴望生活欢快的那份踏实的心境。总之，休闲的天堂与美妙的思绪调剂着我这个职业人在辛苦工作背后的那一份急需舒缓的状态。

“来，您先在这里坐一下，我去游下水，回来我们再聊。”只见已换好泳装的费总边说边转身朝海中走去，我则在沙滩上席地而坐。望着来来往往的游人，我感觉到了平凡日子里的那份逍遥，心随海风一动一动地让我突然有了想念的心绪。回忆着自己童言无忌的儿童时代，牵挂着自己内心的那份别离已久的亲情。在海的面前我有了不知所措的感觉，尤其是面对大海的宽阔心中忽然涌出了自己那么渺小的儿女情怀。我目不转睛地盯着费总朝海浪中扑去的背影。反复被海水淹没的费总时隐时现任凭海浪的冲击，他用力地挥动着粗壮的双臂乘风破浪，用蛙泳、仰泳向大海展示自己运动的雄姿。

我仍然是把头昂得高高的任由微风拂面，晚霞中的微风就像妈妈轻柔的双手将我的女儿心再次撩动。这让我想起了那首经久不衰的经典老歌《大海，我的故乡》。我情不自禁地轻轻哼唱起来：“小时候妈妈对我讲，大海就是我故乡，海边出生海里成长，大海啊大海，是我生活的地方，海风吹海浪涌，随我漂流四方，大海啊大海，就像妈妈一样，走遍天涯海角，总在我的身旁……”想不到未等我唱完歌曲，但见坐在我斜对面不远处的一名年轻女子竟然在不知不觉中泪流满面，低声抽泣起来。看到我的惊愕，她对着我说：“听到你欢快的歌声，触景生情，让我想起了自己那远在天国的母亲，我这一生最对不起的人可能就是她老人家了，母亲的过早离去是我心中永远的哀痛。”

不知道什么时候，费总已经悄悄地站在了我的身后，只见他用一种颇感诧异的表情看着我们，一时之间不知该如何向这位陌生的女子表达关心。我想，女子那严肃而又有些忧伤的神态可能吓住他了。我赶忙站起身来从包里掏出纸巾递给对面的她，费总用一种充满担心的眼神向我传递着探询的目光。我示意他一起在沙滩上坐了下来。女子向我们谈起了她的母亲：“多年前，我从西安开完一个招商会议后又赶赴成都参加一个商务聚会。由于会议和差旅，我的手机一直处于关机的状态，而我的母亲恰恰是我在参加会议活动的那一天因病在我父亲的怀中永远地闭上了她慈祥的双眼。父亲第一时间和我联络，但没有联系上。等我得知母亲已经离开人世的消息时母亲已经入土为安了。父亲用一句‘忠孝不能两全’来宽慰我这个长年行走在商界的女儿，然而不能拜见母亲最后一面成了我这一生心中最大的遗憾。母亲的离去让我对生命有了更深的认知，也让我更加怀念长大后和她在一起生活的日子。于是，我要求自己在情感上为母亲披戴了整整五年的孝服，因为只有这样才可以让我在埋怨命运对自己的残酷和无情中得以释怀，才能让我从对母亲养育之情无法回报的歉疚中走出来。但是，我对母亲的想念却永远都没有因为时间的流逝而改变。任何时候，一个年老母亲的背影、一个白发母亲的眼神、一个慈祥母亲的话语都能引起我对母亲的思念，于是对母亲的不舍和眷念也成了我心中对她老人家永远的挚爱和这一生对母亲最沉重的感情依恋。”说到这里的她情绪已不能自制。

是的，虽然每个老人都会最终离开自己的孩子，但我们不能接受的现实是因为我们每个人由于对职业的狂热和对事业的追求而因此放弃了太多和亲人在一起的欢乐和团聚。

女子叙述完这一切，悄然起身而去。望着她的背影费总也从旁为我递上了一张纸巾。我接过来并对他说：“我没事，只是看到她的伤心，自己也有些感触。的确，因为职业，因为事业，因为很多很多的理由，我们现代人让亲情缺少了很多的拥有。好了，不讲了，说说你的故事吧！”费总半晌没有吱声。

沉默许久的他开始若有所思地说：“是的，我们每个职业人为了追求一个人生的梦想都舍弃得太多了，但是如今这个时代，你不拼搏又该如何？没有人愿意远离亲人，也没有人愿意拿生命不当一回事，可是活着的价值就在于我们每个人可以用有限的生命去追求和创造无限的事业。但是，由于现实生存环境的无情压力，那未老先衰的生命就成了太多职业人不甘就此平庸地过一生的行动阻力，我自己也是其中的一个生命透支的受害者。”讲到这里的费总神情凝重，刚毅的面容在夜色下显得尤为庄重。我随手从地上的胶袋中取出一瓶矿泉水递给了他。

此时的费总打开了话匣子。他对我说：“这美丽的海面让我审视起在我看来自己还不太成功的今天，有着欢喜有着忧愁，就像这眼前的海水似乎永远都透着清澈，但是谁又知道那一天又将是大浪淘沙的开始。而人的生命就是这样，犹如大海潮起潮落，在岁月的行进中迎来即将衰落的无力。因此，对我们来说，如果放弃对事业的追求也可能是对自我生命的一种宽容，但是把握住对职业的执著那对生命的透支就已经成了我们习惯的一种生活。十几年前，我在深城注册了一家从事纸品包装业的私营企业，主要从事纸制彩盒、礼品盒、礼品袋的生产和销售。经过十年的打拼，我目前在深城郊外购置的厂房及办公场地面积就有数千平方米，我们百分之九十的产品为外销，公司的主要业务客户群都集中在东南亚、南北美洲及西班牙和澳大利亚等国家和地区。您可能不知道，我们这个行业最大的特点就是业务涉足的领域比较多，比如玩具类、电子类、工艺品类等，这也因此对我们企业的服务体系提出了更高的要求；而技术的创新和工艺色彩的更新换代，以及如何针对不同的技术人才进行储备和引进，对我们这类经营企业来讲也处处充满了挑战。总之，以上这些问题让我们这些靠行业吃饭的老板们承受着与众不同的创业压力。”

说到这里的费总深深地叹了一口气，随后他一边用双手搓擦着沙滩上的白沙一边又和我攀谈起来：“回想起刚来深城的时候，真是弹指一挥间啊！当年，在内地家乡机关工作的我为了赶上深城改革开放创业的好形势，毅然舍弃了正科级的职位，抛下‘乌纱帽’两手空空地来到深城和年青一代相比相拼。要知道，那个时候的我已经近四十岁了，不要说单位的领导、同事不理解，家中的父母、妻儿更是离不开我吃皇粮的那一份稳定收入啊。可是人生难得一搏，我不想就这样坐在机关的大院里每天靠着看看报纸、喝喝茶打发一个男人本应去奋斗的日子，我想在人到中年的时刻也可以努力实现事业的美梦。顶着来自单位和家庭的种种反对与前途未卜的无形压力，我提着一个装着几件衣裳的皮箱，怀揣家中仅有的五千元存款就踏上了奔赴深城的火车。来到深城的当天，现实让我差点就打道回府。虽然我知道在深城南来北往的人很多，但是还是没有想到语言会成为我进入深城的第一道障碍。下了火车的我想先找个旅馆住下来，于是我便来到了马路边的水果摊边想请摊主告诉我附近比较好的住处。对方是一对夫妻，两人均肤色黑黄，一看就不像北方人。我一开口，他们一回答，才发现原来我根本无法和他俩交流。茫然中我想继续找个路边的行人问一问，然而那些被我打扰的人都在匆忙的行走中向我投来冷漠或者拒绝的眼神。

“我又连续追问了几个摊主，他们要么不搭理我，要么就是挥挥手呵斥着让我去别处询问，有的甚至粗暴地指责我影响了他们正在做的生意。无奈之中，我只有自己一个人提着皮箱在深城的街道漫无边际地寻找着。看着逐渐暗黑的天际，我这个快四十岁的男人心里也不免有一些发慌。由于是第一次来到深城，我对这个城市充满着陌生感。据说这灯红酒绿的城市景观下面处处埋藏着诱惑和险恶。这令初次来深城淘金的我对深城的今天和自己的明天充满了惶恐和不安。

“终于，焦虑中的我在一条喧哗的路边看到了家乡办事处的牌子。一想到这是家乡省府的招牌，我的心里踏实多了，走进去便听到了熟悉的乡音。带着对乡情的信任和亲切，我大胆地把自己安置在办事处的招待所里。为了尽快地在深城找到职业发展的一席之地，当晚我便迫不及待地来到外面的书摊上买了几份当天的报纸，开始在上面查找我可以去求职的岗位。令我失望的是，几张报纸翻下来却并没有看到适合自己的职业，而且招聘单位大都是需要一些技术工和劳务工，像我这样揣着一张成人高考哲学专业的人士，根本无法找到对口的岗位。我原本期望去一家公司做办公室主任，想凭着自己机关科长的经验管理人事，然而，报纸上招聘的职位需求让我预感到自己的这个办公室主任梦想应该很难实现。最令我担心的还是那些用人单位在每个岗位的后面都加了个年龄要求，几乎都限定求职者的年龄须在三十岁以下，我这已经快四十岁的人还有竞聘的希望吗？我不停地翻看着手中的报纸，心里直发憷。在深城的第一夜我翻来覆去辗转难眠。

“第二天一早，我就一边手拿深城地图册，一边坐上中巴车朝深城最大的人才市场奔去。对那天的情景，现在回想起来仍记忆犹新，因为当天的人才市场可谓人满为患。在川流不息的求职人海中我看到了自己的危机，也看到了众多求职者期待而又茫然的眼神，不容细细思量的我匆匆地加入到递交应聘表的队伍中。这一天，无论我怎样诚恳，如何哀求，都因为我年龄偏大而无人愿意接收我的求职书。在绝望中我怀着无助的心情、拖着疲惫的身躯，瘫坐在马路边的台阶上。尽管来深城前做了无数个最坏的打算，我还是在追求理想的第一天遭到了深城给我的最现实的一击。随后的日子，我和所有初来深城的人一样，整整几个月把自己的心思完全倾注在人才市场里。三个月过去了，不管我怎样节省，如何精打细算，手中的盘缠已经是所剩无几了。我开始更加疯狂地奔波在求职的路上，只要是人才市场，不管大小我都会进去努力地寻找一丝希望；只要有用人单位需要，我便会像大浪淘沙一样拼命地挖掘可以上岗的条件。总之，只要有可能我都会比其他求职者多一份勇气和微笑。

“深城闯荡的日子让我的求职梦最终变成‘南柯一梦’，一贫如洗。眼看在深城我已经没有了应付下去的生存条件时，一个天赐的机缘降临了。有一个印刷厂在招兼职人员。他们招的人主要是到街边和写字楼里派发宣传单，条件是食宿自理，每天派一万份可以拿到二十块钱，如果能拉到客户还有百分之二十的提成。此业务不要求学历，不限定年龄，只要求能吃苦耐劳、踏实肯干，但是到工厂上班领取宣传单时需要交纳押金五百元。工厂管理人员严厉地向我们这些渴望上岗的人员强调说，在工作中如果发现谁乱丢宣传单或把宣传单私自销毁均要扣除所有的押金。尽管这份工作谈不上是一个正式的岗位，但是在深城的屡次求职经历已让我深深体会到了躲藏在成功美梦背后的那个生存的魔鬼是多么的无情，如果再不奋起我的梦想将会被最基本的现实条件所粉碎，不要说无颜见江东父老，恐怕连回家的火车我都无资格坐上。我就像一个落水的人，想要拼命抓住头上伸过来的这一根救命的稻草。我用身份证在办事处做了抵押，向前台负责接待的老乡借了五百元钱，把所有的希望都寄托在这有可能起死回生的机会上。然后，我开始顶着烈日不断出入街头、闹市，认真地派发每一张宣传单。可能是年龄的原因，也或许是长期久坐机关已习惯他人的仰视，尽管我的内心充满了战斗的激情，但真正开始付诸行动却发现自己竟然如此抹不开颜面。加上路上的行人对这种司空见惯的派单行为似乎也很反感，大部分人对我递上的宣传单都是视而不见或毫无表情地拒绝我卑微的笑脸，有的人更是用一种厌烦的口吻怒斥我不要影响他们逛街。一天跑下来便腰酸背痛、口干舌燥、精疲力竭，但是一想到这是唯一可能在困境中存活下去的机会，我又不断地鼓励自己振作起来。

“一个星期过去了，宣传单我是派了不少，但是没有拉到我希望的可以产生效益提成的客户。虽然靠派单获取的每天二十块钱也刚刚够应付一天的生活，但这种现状对我这个怀揣着大梦想的人来讲，实在是不能令自己满意。终于，我想到了一种策略，我决定主动到商业大厦的写字楼去派递宣传单。于是，我每天中午、晚上在大街上派单，而上午、下午则到写字楼寻找需要的客户。当时，深城写字楼的管理还没有现在这么规范，进出也还算方便，除了几家大公司挂着‘谢绝推销’的牌子以外，一般的公司我都可以顺利地进入。慢慢地我又开始仔细地熟悉起宣传单上的服务项目、印刷价格等等。我不再甘心做一个派单员，我抓住每一个可以搭话的机会向写字楼的公司推销起我们的印刷厂来，我反复地向他们推销和强调我们这个工厂的服务、价格和优惠等等。不久，开始有了反馈需求的客户，再后来又有了回头客，我在夹缝中求生存的同时为自己杀出了一条拼搏的血路。有了业绩回报，吃住开始有了保障。此时的我却不安于现状了，我这个印刷业的门外汉逐渐有了对此专业的兴趣。为了实现自己的求知欲，我不断地出入书店了解印刷行业的发展简史，通过认真的分析和结合深城发展的需求，我预感到印刷这个行业可以说是我未来创业的最好起点。”

此时的费总脸上呈现出一种自豪的神情。我知道每一个人在正确地把握住人生关键的那几步路时，总是在这样对自己刮目相看的同时还伴随着自恋的那种沾沾自喜，想必今天的费总仍然对当初的那份大智慧尤感欣慰吧！从费总的话语中可以品味出他当初那种窘迫下的汗颜与坚持信念不改初衷的那份执著，以及那颇感幸运的自我赞叹。是啊，每个创业人在面对事业那艰辛而又沉重的挑战时，一点点开心的回报也足以让他们重获收获的喜悦。从费总身上，我再一次领悟了“水到渠成，瓜熟蒂落”的道理，想象得出费总这旗开得胜的一步创业之棋为他今后的事业带来了多大的价值。

果然，费总在停顿片刻后的话题内容把他心中的那份自得和从容更加清晰地描绘出来。

他咽了一下唾沫，说：“我萌发了想自己开一家印刷厂的想法，此时距我来闯荡才一年多的时间。我在电话里把自己的想法告诉了太太，太太对此吃惊而又担忧。她无法了解深城的世界到底有多么精彩，作为一个会计师她用精明计算着我的理想是否可以最终实现。最后，经不住我急切的煽动，她开始代替我联络起亲戚朋友来。终于，一个月后，太太凭着她那善于和人打交道的个性赢得了朋友的信任和亲情的支持，把筹借到的二十万元现金打入了我的存折。太太最后在电话上反复地叮咛和强调，这些钱的还款期最长也就一年，让我无论如何都要牢记她借钱的艰难和还钱的诺言。拿到巨额资金的我在狂喜中对着电话筒向太太立下了生死军令状，‘不见了银两，提脑袋见’。同时我也对着深城的夜空发下了创业的誓言，‘只许成功，不许失败’。太太被我近乎疯狂的誓言吓坏了，她在电话那头连声对我说：‘尽力就好，也别把自己的性命搭上。’就这样，二十万元资金加大了我创业赌注的筹码，我开始疯狂地投入到筹建工厂的运作中。凭着自己深思熟虑的决策和一年来为他人打工所积累下的经验，我用超人的胆识和无畏的决心把一个印刷小厂撑了起来。可接下来的日子则让我始料不及且心惊胆战，因为一天不盈利就意味着我的小厂在亏损中倒贴着仅有的资本来源，二十万元的资金在租厂房、购买部分设备和纸品后已所剩无几，流动资金的短缺让我像热锅上的蚂蚁在企业的生死之间徘徊。当时，我还招了几个业务员，既要解决他们的吃住，还要经常和他们苦口婆心地谈心交流，鼓励他们要不怕创业初期的艰苦和我一起共同追求美好的未来。尤其是对工厂里的技术工人而言，没有业务单机器便转动不起来，机器不响人就懒散。我是船到江心补漏迟，可怕的经营负担令我更加感到前所未有的压力。

“无奈中，为了不影响生产作业，我这个小厂的掌门人又当爹又当娘地承担起家长的责任。对这些好不容易才聘请到的技术尖子既不能训斥也不能责怪，还要带着兄弟般的情谊和他们握手亲近。那个时候的我为了企业生存发展的终极目标，几乎要埋葬自己做老板的尊严。我一个人又抓管理又负责财务还要外出跑业务单，所有的事务都落在了自己一个人的身上。我挥洒着汗水扛着企业的重担每天马不停蹄地四处开发业务，直到我的脚跑出泡了、小腿细了、眼圈黑了、人变憔悴了，我的小厂也才勉强能够生存下来。本以为从此可以逐渐轻松起来，但是接踵而来的经营问题又让我真正体验到做一个企业领导人的艰难。首先，我们这个行业的资金积压是一个让人无法更改的商业障碍，因为每次签下业务合同后客户都只是先预付一部分印刷定金，所以我们必须要等到全部完成了印刷作业且经客户验收签单后方能收回全款，因此最后的验收工序就成了客户和我们双方都会较真的问题。总有那么一些客户喜欢吹毛求疵并在鸡蛋里面挑骨头，对我们的印刷质量和色差的稍稍偏离都不客气地要求在结算中扣除部分金额作为折价。久而久之，不能及时结算的业务订单和现金流的短缺成了我这个小企业发展的最大障碍。为此，我又需要花大量的时间和客户在一起不断地磨合，寻找如何才能收回应得账款的对策。可谓江郎才尽，苦不堪言。

“一年下来，艰难维持的印刷厂让我欢喜让我忧。喜的是我终于在摸索中入了门，忧的是技术革新问题不是靠嘴皮子和思想工作就可以彻底解决的。巧媳妇难做无米之炊，要想正常营运，光有技术工还不行，还得有好的印刷设备做后盾。此时的我就像背着石头且弯腰爬山的人一样，如果不把腰杆挺直就有可能因力不从心而被石头压死，只有拼尽全身的力气迎头而上才能扛住石头对身体的压力。权衡再三，我咬着牙抱着背水一战的壮烈心情，把自己手中能够盘活的现金全部用于更换设备。望着焕然一新后的厂房，我的内心充满了轻松与喜悦，我想这次应该没有后顾之忧了，只要抓好质量关，过去已经积累下来的客户足以让我这个快从小鸡变凤凰的新型企业吃个饱了。但是，现实并没有给我的理想送上她善意的微笑，因为更大的问题还在等着我。机器设备的更新意味着生产成本的提高以及对现有技术工人的专业有更全面、更高标准的要求，高薪聘请技术工程师也成了当务之急。可是，一切到位后，过去那些精打细算的中小型企业客户并不愿意在我们达到了完美的印刷效果和解决了色差的缺陷后而紧紧追随我们，他们反而在由于印刷成本增加导致价格提高的问题上弃我而去，中断了和我厂的长期合作。而那些大型企业虽然看中了我厂的印刷质量，但又不肯迁就提高支付定金的额度，我的企业再一次面临创业腾飞的经营风险。此时的我已经没有了选择，硬着头皮我又开始了精益求精的探索，我知道目前唯一的希望就是加大业务量，我只有再一次穿梭在十字街头和商业大楼之间。您知道吗？很多时候那种渴望成交的欲望和企业等米下锅的窘况都让我在和客户沟通的过程中表现出忍辱负重的虔诚和委曲求全的卑微。”费总在讲完这句话后把头深深地埋下，没有再言语。

我知道费总的感受。我想，在这个世界上人们最不容易得到的可能并不是有所收获的事业，而是竞争的公平。上苍赐予人类生存的智慧和生命的隧道是一样的，所不一样的就是每个人发挥和挖掘的不同。面对商业竞争的买卖双方都是一样的心理，一旦涉及各自的切身利益都会在双方自认为合理的条件下争取着自己的利益分配。因此，每个人都是在单方面的思考中拨弄着自己手上的算盘珠子，且精打细算着。谁不想和气生财，谁不想皆大欢喜，但是要在真正的“商业经”中体验出那种互惠互利的真谛，不是每个生意人都能够做到的。很多时候，我们论证一个商业高手的成功只是看重他拥有财富的显赫，而很少去评价和欣赏一个懂得商业游戏规则和尊重商业思想以及用行动传播商业文化的人。自古以来，“买卖双方都是平等的”这条“商经”，并没有让有些生意人真正明白和懂得自己与对手竞争的平等权利。纵观商海，我们可以看到很多这样的例子：一个人为了利益可以不择手段，一个人为了业务成交可以违心地点头哈腰，一个人为了拥有自我所需可以不讲商誉和诚信，所以才有了今天这个商业社会下的那些人情的冷漠、人性的卑劣、人心的伤痛以及渴望创业成功但得不到支持的无助。我在想，那些行走在商海中的对命运不屈的强者承受的何止是单一的忍辱负重，更多的时候他们所遭遇的还有现实状态下的那份自尊的丢失。因此，我认为，没有哪一个成功者不是在经历了屡战屡败后才有了那份面对磨难时的淡定和从容。的确，企业家的胸怀是由大气铸造的，没有一个脱俗的心境是无法托起创业得失后所拥有的那顶尊严的桂冠的。我相信，那些过着不思进取日子的人是没有办法去体验一个创业人在追求收获的日子里那锲而不舍的坚持和努力。不过，有时候非要想从他人那里得到自己想要的利益，也真是一件很让人难为情的事情，这的确也不是人人都可以放得下的姿态。

费总沉默片刻后再次和我描述起他创业的经历：“为了支撑每况愈下的生产量，也为了让自己的企业不在市场的冲击下衰败下去，只要有一点点微薄的利润我都会抱着走钢丝的心情将合同书毅然签下。日积月累，终于我厂的机器在欢快的旋转中迎来了它发挥最大功能的机会。我在业务开发中又采取薄利多销的做法成功说服了几家大企业。考虑到我长时间以来作为一个企业老总所表现出来的职业诚信，他们和我的厂签下了几笔数额巨大的长达三年的业务订单，一下子我的‘忧患’在艰苦的创业史上画上了顿号，我终于可以不再天天出去跑单了。”费总的语调在话题的流转中变得轻快而又自如，从他起伏的话语中我再次感受着民营企业这匹烈马那时而温顺时而脱缰的举动是如何让每个拥有它的主人尝尽了行走路途中的颠簸、坎坷和拥有它的那份炫耀和自豪。

“总体说起来，你的创业之路还是因为正确地选择了起步的方向而走得比较顺利，对吗?”为了分享费总那仍然回味无穷的创业经历，我插了一句。费总出乎意料地苦笑了一下：“也不完全是这样，通过创业我深深地悟出了一个道理，要想发展企业，简单的项目不能做，别人都在做的事不能再去掺和，容易做的事更是千万不要去追求。当时在深城的创业项目中，由于印刷这个行业投资比较小，商业风险也不大，特别是自动化的设备和先进的模式化操作都容易让人从中找到创业的契机；再加上当时深城经济的飞速发展，对企业形象、文化传播的需求与日俱增，尤其是产品的生产加工业带来了与国际接轨的商业往来需要，包装业和印刷业的相互辉映让许多创业人看到了投资回报的远景和效益。一时间，风起云涌，在深城的每个角落似乎都可以看到大大小小印刷包装设计的招牌，随之而来的便是行业的恶性竞争，价格战成了众厂家和客户争取合作的首要条件。所以，我常说现代商业交易中人们眼里没有朋友只有利益。随着市场供需所带来的价格竞争，坐收渔利的便是那些需要我们服务的客户，他们挑肥拣瘦地周旋在我们这些争先恐后地要和他们成交的私营企业之间并斤斤计较着价格的差距。这样一来，原本和我约定要长期合作的客户也开始挑剔起我们的服务质量或其他问题，迫使我们将盈利的空间一再压缩。这时候，我的企业再次被市场推向了恶性竞争那看不见底的深渊。”说到这里的费总停了下来。

过了一会儿，费总又说道：“我至今还记得那一筹莫展的日子是如何挑战着我解决问题的能力的。当时，我每天都会想起那个在高原上烤羊的牧民遇到群狼的故事。据说，牧民在拥有了一只肥硕的羊羔腿时不光挑起了自己垂涎的食欲，也招来了一只只两眼发着绿光想和他分享羊腿的狼群。如果只是为了一只羊腿也就罢了，可怕的是群狼的目光还牢牢地盯上了牧民，似乎唯有将牧民和羊腿一起吞食才能在心满意足后让草原恢复血腥风雨后的平静。这就是狼的心理，所以草原上的篝火不但吓不跑狼群，反而会更加激发起狼群那原始的野性。市场就和狼群一样，一旦寻觅到适合它生存的空间，留给那些败下来的企业就是无情、摧毁、淘汰、关闭和衰退。也许我的比喻有些牵强和夸张。但是，当时的自己一联想到市场的冷酷和狼群的凶狠，就不敢怠慢并不遗余力地冲刺。其实，在我们这个印刷行业里要想成功营运也没有太多的秘密，只有几个字，那就是‘敢想，敢做’，而且是玩命地想与做。还是那条创业的不归路，我继续努力地开发着客户群，我知道只有不断开发客户群才是唯一保证利益创收的自救办法。想不出比此更好策略的我拖着日益衰弱的身躯像年轻人一样再次跑起了业务，所不同的是当时再去碰撞这个市场已不能再沿用老法子，更不能走回老路子，如果仅仅靠谈价钱和谈质量这些优势就无法让客户看到我们争取合作的诚意和达到双赢的目的。

“因此，我每天所谓的拉单业务事实上就是请客户吃饭，千呼万唤地把那些企业的负责人请出来喝红酒、唱卡拉OK，还有就是围在一起搓搓麻将。这些平常人的娱乐项目在我们这些带着利益企图的人眼里已不再是消遣和娱乐，这些看似简单的商务活动也有着它特殊的作用。就说这喝酒吧！我这个人一喝酒就脸红，而且酒量平平，是酒桌上绝对的败将，但是为了建立业务关系我唯有将身体健康置之度外，用豪放来对酒当歌以赢取商业友谊的持久。我喝酒的心态完全可以应验江湖上那两句话：‘宁可让自己伤身，也不能让酒友伤心。’打麻将就更是如此了。其实，我在老家时闲暇之余也常和同事玩两把，打麻将的技艺不错，手气更不差。可是在深城，在此时，这上了麻将台你必须是输家，无论怎样都不能成为赢家，还要装聋又作哑，不然这麻将台一收，合同签约的事就全玩完了。所以，每次约好和客户打麻将，我都得把手上的现金准备好，尽管我知道这肯定是有去无回的钞票，但是我也得按照所谓的行规去做。要知道那个时候的我为了避免企业资金的进一步窘迫，我自己节俭到连抽烟都要算计。说起来不怕您见笑，每天我的公文包里都藏着三种品牌的香烟：一种是芙蓉王，那是敬客户的；一种是金圣，那是当着下属面抽的；另外一种则是好日子，那是我躲在厕所里抽的。当时的我就是这样，再小金额的支出我也很在乎，但是面对那些有可能争取到的客户时我却在豪爽中采取了孤注一掷的金钱策略，把能够打开的商业门户挨个淘了个遍，终于在锲而不舍的抛金洒玉中我赢得了部分客户的垂青，他们的慷慨支持使我有能力把公司的经营再次推向前进的轨道。当然，他们也和我成了真正意义上的酒友和麻友，在他们的暗箱操纵下，业务订单像滚雪花一样地飘进我那不大的厂门，而他们也在我一诺千金的诚信下稳拿着那早已约定的且不菲的回扣。相互的默契和共同的利益让我着实在企业逐渐恢复元气的发展中深深感受着商业魔法的高深和老谋深算的价值。”此时的费总发出了意味深长的笑声。

想必是又一个商业战役后的那种实在的拥有，费总的笑声带着一点点嘲弄的口吻。费总的这一段经历所描述的是一个私营老板赤手空拳打天下的那份创业的艰难和大家司空见惯的商业手段。事实上，今非昔比的企业和商家大多已不再单纯依靠这一套网络人际关系的做法了，因为现代商人比任何时候都懂得能力的价值，吃喝玩乐固然可以成为建立人脉的渠道，但是要想真正赢得市场的成功就不是随风使舵那般轻巧了，实力才是决定胜败的关键。每个企业家的创业成长之路不是凭一种手段的支撑就可以前进的，资金实力、项目实力、人才实力、经营实力这些创业的资本才是彰显企业强盛的法力。因此，当今社会，许多人不再轻易下海也不盲目从商。所以，有人说与其用力不从心去争夺一个企业家的未来，还不如去做一个打工皇帝，潇洒、轻松、自在且不用承担风险。

想到这里的我又向费总问道："这次你应该是一步到位地迈向成功了吧！"费总用一种若有所思的表情回应我："是的，我是一步一步地登上了收获的宝座，今天的我不但有像模像样的印刷厂，也有了自己的纸品厂、包装厂、设计公司，一切都朝集团化发展了。但是，我就像一个芭蕾舞演员，穿上红舞鞋就再也脱不下来了，周而复始的工作压力在我成功背后插上了一把诀别健康的利剑，长期的生命透支让我患上了惊悸和怔忡症。"费总的语气充满了无奈和哀怨，他这种忧郁的神态让我在瞬间看到了他内心的虚弱。

"你知道什么是惊悸和怔忡症吗？"我打破了他的沉默。"医生给我解释过，可是我听得不太懂，但是我知道自己的身体症状和医生诊断的一样。""惊悸、怔忡是指患者自觉心中急剧跳动和心慌不安的病证，其发生与体质因素和精神因素有关，而病理变化则有虚实两个方面。虚者为气血阴阳亏损，是心失所养；实者为虚火、痰饮、血淤、上扰心神。虚实之间往往错杂并相互转化使患者终日心中悸动不安，稍劳则甚。"我用医学的理论把惊悸和怔忡的病理状态简单地对费总作了解释。随后我又问道："你知道这种病理现象产生的真正原因吗？"费总说："现在我还不太清楚。"闻听此言我颇感意外，一个在心理上已经完全认同医生诊断的人竟然还没有从自身分析起患病的原因。

于是，我对他说："现代医学认为，惊悸、怔忡是由外在因素加上身体内部因素使中枢神经功能失调，影响自主神经功能，造成心脏血管功能异常，或由忧虑、情绪激动、精神创伤、过度劳累而诱发。也就是说，患者自觉心中跳动、心慌不安。除了体质因素如体质不强、久病、各种失血以外，主要还是因劳欲过度所造成的气血阴阳的亏虚，再就是情绪因素如忧愁、惊恐等所致。”我刚刚说完，费总就接了上来：“那我想我可能就是忧愁、惊恐所致吧！您想我们这些老板创业容易吗？每天都为企业的生存发愁，每年都为企业的末路担忧。一个男人为什么活着，不光是有老婆孩子和热炕头，总得干点自己喜欢的事啊！可是说得容易做起来难，要成功、想收获，这简单吗？我们这都是拿命赌明天啊！‘十年磨一剑’，我的企业能够在今天立足，可以说既倾尽了我的豪言壮语也耗完了我创业征程的所有气力。创业不容易，守业也不简单。业务客户的要求，公司业绩的指标，人才价值的应用，企业文化的建设，来来往往的老友、亲戚和家人，总之，如今我这个董事长还不能卸任啊！虽然，表面上我是没有过去那么忙、那么累了。以前那可是要我亲自去跑、去抓业务单呵，那个忙和那个累就好像一个人被贴上了发动机的发条，没有回旋的余地，只懂得转了。现在虽然不用再由自己单枪匹马地去干、去拼了，有的是年青一代来接班，可是我的忙和累已经从外表转到内心了。企业越大，压力越大；效益越好，支出越高；投资越广，风险越大。这就叫做没有近虑必有远忧啊！您说我们这种民营企业完全是靠摸爬滚打建立起来的，输不起啊！”

费总他那凝重的神情让我想起了天下那孕育孩子的母亲。所谓母子连心，民营企业的诞生就像“十月怀胎”的母亲用自己的骨血换来生命延续的后人。民营企业家所承受的创业阵痛让每一个当事人都经历着一场刻骨铭心的颤抖，他们的身心在备受发展风险的干扰时展示着人性的弱点；病魔的乘虚而入则取代了他们健康的体魄和生命的威严，留给他们的是人生无法承载之压力！我和费总都在沉默中因为这个有些沉重的话题陷入了深思。

此时夜幕降临，可容纳千人的海滩烧烤场燃起了红红的篝火，诱人的烧烤香味随着晚风向旷野飘去，“小海滩之夜”露天舞台上飘扬着欢唱声、鼓掌声以及“再来一个”的尖叫声。纵眼望去，只见热闹非凡的人群和大海连成了一片，构成了一幅美丽的景观；豪华的度假别墅和标准的客房在导游小姐热忱的召唤中等待着夜归的游人；那些仍然眷恋着大海的年轻人则在沙滩上纷纷支起了旅行的帐篷，他们枕涛而眠并从中感受着大海的呼吸。目睹着面前的一切，我和费总都不约而同地感受到了夜幕来临后的那一份海滩的温馨。

“您说我能好起来吗?”费总突然把眼光转向我急促地问道。我低头不语，因为一时之间我还没有找到真正可以解除他病症的“良方”，但是我想把自己同样作为一个创业人的心声告诉他，也许对他来说也是一种安慰。于是，我轻轻地告诉了他张爱玲女士的那句“因为懂得，所以慈悲”。费总看我的眼神有些特别，但是，我没有给他作更详细的解释。

我在想，21 世纪是个以人为本、以健康为本的世纪。因为懂得的人都知道，健康才是人生最大的财富，健康自古以来就是人类追求的最高级目标。可是，我们又有多少人遵循着这条不变的人生规律在维护着自己的健康呢？2005 年，以出演毛泽东闻名的特型演员古月因突发心肌梗死抢救无效而逝世，再度引发起现代人对生命健康问题的关注和争议。猝死犹如晴天霹雳，让闻听噩耗的人惊愕不已。王均瑶，三十八岁，均瑶集团创始人前董事长；汤君年，五十六岁，汤臣集团地产巨子；杨迈，五十四岁，爱立信中国前总裁；胡凯，五十二岁，大中电器公司前总经理；彭作义，五十六岁，青岛啤酒前总裁……名单还有很多，这里只是新闻报道中的那一小部分社会精英。尤其令人遗憾的是，他们这些人的身份之前都要加上一个“前”字。如今，英雄们壮年早逝了，对于他们的家人则意味着永远失去了这个引以为傲的亲人，对于他们所在的企业来说同样也是永远地失去了曾经领导公司蓬勃向上的带路人，对于社会来说更是永远失去了一批在创造个人价值的同时也在创造着巨大社会价值的时代精英。权威机构众多的调查表中所显示出来的那一行行触目惊心的健康状况数据显示，现代社会从高级管理人员到技术专业人员甚至到体力劳动者，有超过百分之六十二的人正面临着较大的工作压力，而在不止百分之五十八的人身上正显现出不同程度的身心疲劳，中国职业人的健康状况出现了前所未有的令人担心和忧虑的问题。

近年来，由卫生部主持、中国疾病预防控制中心执行的综合健康监测和调查工作一直在全面高效地运行。其内容涉及关于公共健康的系列问题。从社会反馈的信息来看，有令人倍感担忧的结果，也有令人深感震撼的警示。我国居民的健康状况究竟如何，让我们每个人都在了解的同时关注着自己的健康出路。若从传统的指标衡量来看，自从新中国成立以来，我国居民平均期望寿命已从三十五岁增加到了七十六岁，总体健康水平处于发展中国家前列，也超过了中等收入国家的平均水平。但是，若以国际上通用的健康评价指标来衡量，我国居民的健康状态与许多国家相比还存在着较大的差距。因此，从现实状况来看，我国公民体质还是存在着下降的趋势，更有七成的人在经历着亚健康的身心侵蚀，尤其是白领阶层的比例更大。这些令人深感不安的健康抽查结果，如果还不能够唤醒起像费总他们这些玩命工作的创业人的警觉，那后果就是一幕幕不堪回首的生命悲剧。如果从现在开始就能够提高全民保健意识，那么我们就可以在经济发展的同时让自己更加具备健康养护的常识，而不是让意外中的患病人群在悄然中更多的倒下。

想到这里的我由衷地对费总说："人体疾病的增多绝对不是由于单纯的辛劳所致，还有很多是由我们的卫生保健知识没有得到及时的普及和当事人长期采取的生活方式不科学的缘故所致。虽然我不知道你是否认同这一说法，但是我相信有一点你一定会和所有的人一样有共同的感悟，那就是人们常说的'冰冻三尺，非一日之寒'。是的，艰苦的创业，勇敢的挑战，让我们在成就的今天感到了力不从心的烦恼。我们不知道在什么时候开始担忧自己那未老先衰的身躯，充满活力的状态成了我们渴望拥有的期望值，劳心劳力的职业倾情让我们在没有疾病时却总是感到无限的疲惫和乏力。虽然许多人还没有行走到自然终结生命的衰退期，但是生命却总是在摇摇欲坠中向我们展示着其脆弱的呼吁。因此，让生命无谓透支、让精神长期焦虑，将会让我们这些活着的人在与健康的争夺战中承载着永远感伤的哭泣。还有那令人关注的'亚健康'群体现象，作为一个新的医学概念，关注亚健康成了我们现代人关注自我身心健康的'时代烙印'。虽然亚健康是在20世纪90年代才被纳入科学领域的视野，但是亚健康把自己那种特有的非病理状态从千百年来固有的健康和疾病的抽象概念中剥离出来，从而引起了世界对生命科学与身心健康更多的关注。令人担忧的是，备受亚健康摧残的现代人中有许多人至今都还不知道什么叫做亚健康。准确地说，亚健康就是指人体介于健康与疾病之间的边缘状态，亚健康在临床上常被诊断为疲劳综合征、内分泌失调、神经衰弱、更年期综合征等。它在心理上的具体表现是精神不振、情绪低沉、反应迟钝、失眠多梦、白天困倦、注意力不集中、记忆力减退、烦躁、焦虑、易受惊吓等，在生理上则表现为疲劳、乏力以及活动时气短、出汗、腰酸腿疼等。如今，现代社会百分之七十以上的人身上都或多或少地出现了亚健康现象。因此，亚健康这个在过去几年里还让不少人感到陌生甚至反感的词汇，现在却成了一个因为大批媒体关注性的介入而令世人耳熟能详的名词。亚健康不仅在现代社会中带给人们一种全新健康知识传播的震撼力，而且还从健康的范畴将其知识的含义更加深厚地扩展到了社会公共关注的其他方面，并给了我们许多保健的启示。

“世界各国的社会学家们普遍认为，亚健康的提出使人类有了关心自己身心的切入点。目前，在世界各地特别是在发达国家亚健康的研究工作早已形成一种热潮，并促使无数优秀的学者及企业积极参与探索人体健康的奥秘。随着越来越多的人关注身心健康，提高生命质量，远离亚健康已不再是梦想。但是，什么是亚健康？它的相关表现有哪些？亚健康的发生率到底有多高？什么样的人群容易出现亚健康现象？什么样的职业才是亚健康的高发职业？这些健康常识的缺乏让我们在面对自身不明不白的病理伤痛时，搞不清自己的身体处于何种状态之中。包括今天的你可能对惊悸和怔忡症也缺乏根本的了解。你不知道这种病症其病变主要在心，涉及肾、脾、肝、胆等脏器，要想彻底治疗，当以益心安神、定悸止惊为原则。可是，要想真正做到益心安神、定悸止惊，首先就得缓解心灵的紧张束缚和繁忙的工作压力。但是，让现代职业人心神失宁、心失所养的事实在太多了。因此，我们有些身陷职场的创业人在不知不觉中接受着健康受损的事实，但又不知道该寻求怎样的方式才能让自己从生命的衰竭中找到解脱，以求健康的体魄重新焕发期待的活力。在发达国家，人们形象地把健康比作‘一’，把名誉、地位、财富、事业、家庭、爱情等则比作‘零’，就是想说明人生在世，再也没有什么比健康更重要的事情了。试想，当一个人没有了健康，他所拥有的一切都将会在失去健康的同时成为过眼烟云，这将会是一种什么样的人生悲剧？你平时思考过这些问题吗？寻求过这方面的救助良方吗？让我们回过头来再看看那些逝去的人们，如果生命可以重来，如果早一点接受健康危机的管理，他们的生命将会得到延长，他们的事业也同样将会更加辉煌！逝者已矣，唯有留下深深的遗憾和抹不去的感伤与怀念。所以，今天我特别想告诉你的是，作为一个企业的经营管理者，你应该对自己的生命进行健康危机管理了。因为只有懂得了健康价值的意义，才能够对自己的生命给予关爱和怜惜，才能更好地领导自己的企业顺利发展。”望着费总那不可名状的样子，我没有继续讲下去。

此时，我想起了多年前各大媒体曾经竞相报道的一则新闻消息：在电视连续剧《红楼梦》中饰演林黛玉而成名的演员陈晓旭，因病于2007年去世，终年四十二岁。各大网站都在显要位置打出了“陈晓旭患癌病逝”、“缅怀永远的林黛玉”、“香魂一缕返故乡，空余冷月葬花魂”等众多这样的标题。此时，我的脑海中闪现出的是陈晓旭在剧中那张三分动人、三分哀怨、三分憔悴加一分冷艳高傲的面容。曾将一出“黛玉葬花”演绎得楚楚动人的陈晓旭就这样出人意料地离开了人世，真可谓，“花谢花飞飞满天，红消香断有谁怜”。人的生命就是这样不堪红尘轻轻一击，想到这里的我心也随之痛了一下。近几年来，明星们的英年早逝更是牵动人心，为名人的生命健康敲起了震耳的警钟声，一切忠告都在重申生命是所有财富中最值得珍惜的，世上万物同来共生，三光普照，同接雨露，不要轻视活着的意义。属于每个人的生命一生只有一次，因此爱惜自己、珍爱生命也是我们每个人必须履行的人生职责，任何忙碌的理由都不应该成为我们轻视生命的借口。可是，许多人只有在失去精气神的时候，方才感悟到活着的渴望和对健康身心的需要。其实，人赤裸裸地来，也将赤裸裸地去，不管你的地位多么崇高、生活多么富有，最后还是将化为黄土一抔，远离尘世的富贵。因此讲，人生苦短，我们每个人焉能不爱护自己、不尊重这份生命的缘分？

想到这里，我便对费总说：“今天我有点累了，我们可以回去了吧，下次找机会我们再深谈。”也许是考虑到我下午讲课的辛劳和对大海的触景生情以及经历了那名女子怀念其母的那份感伤，虽然费总似乎还有更多的话题想和我交流，但是他没有对我做出挽留。他一言不发地和我一起越过沙滩来到了停车场。我坐上了他那辆香槟色的本田雅阁车。费总将车朝市区的方向驶去。一路上，我仍然没有停止遐想，这个被费总自己封存已久的创业故事和关于他的人生、关于他的命运、关于他所说的商业的诚信，甚至关于他自己财富的所得都在今天给了我许多新的思绪。

于是，我真诚地对费总说：“虽然在现实生活中，信奉金钱决定幸福的人并不在少数，但是大部分人都知道，人活着不是单纯为了成功和金钱，而是希望从此能够拥有幸福。只有拥有健康的身体和豁达的胸怀，才有资格让幸福伴随我们左右。占有财富的人未必强大，而在财富面前保持理性的心态、懂得享受人生的美好、甘于接受生活的朴实、让健康的身心永远充满阳光，这才是一个企业家真正的能力、气度和获取成功的资本，这也是我们每个人永远都要去细心研读的生命‘圣经’。唯有让生命发挥其应有的价值，才是一个创业人真正所求的人生回报；同样，也只有懂得维护健康的身心，我们的企业家才能够在这个‘宁为玉碎，不为瓦全’的商业纷争的时代真正成为永不言败的英雄。”

面对我这般语重心长的话语，费总除了一次次紧锁眉头、一次次欲言又止外，没有再发表任何意见。但是，透过他专注的眼神我能感觉到他不断起伏的胸腔里有一种冲动在压抑着。我知道，他是在积极地用心来认同和回应着我的观点。我相信，他明白自己接下来该如何工作、如何生活！如何更好地发展自己的企业！因为他是一个有思想的现代企业家，他懂得如何用健康的生存方式来修正自己那生命透支的问题。当然，他还需要我们更多人的关心、帮助和支持。

英雄的孤独谁能懂

——民营企业家创业心路

不能没有爱

爱情是浇不灭的心火，爱情是无休止的想念……没有人可以逃脱世俗，也没有人可以篡改爱情的秘笈，我们唯有保持追求真爱的执著方可以得到爱神的恩赐。

星期六上午九时，我准时提起昨晚准备好的登山用品出了家门，在楼下十字路口处等着颜总来接我。半年前的约定到今天才能兑现承诺，真不知道见了面他会不会说我。虽然我们还没有见过面，但是半年多的电话联络让我们已经成了熟悉彼此的朋友。他也是我认识的那些企业家中比较多见的性情中人，说起话来总是一套一套的而且喜欢发些牢骚。对人生、职业、爱情、婚姻也有着太多与众不同的想法。有时候他致电给我，我就只能做一名听众。

在我看来，他自己本身就是一个特别善于沟通和懂得交流的人，所以我认为，他其实并不需要借多少外力就可以让自己活得很开心。可是，他还是一再强调需要和我见面谈一谈，而且是有必要的谈一谈。推辞不掉的我也总是在繁忙的工作中将和他约定的时间一改再改，现在真的要和他见面了我才想起他一直都没有说他究竟要和我谈些什么。

正想着，有人在背后轻轻地拍了一下我的肩，把沉思中的我吓了一跳。在惊愕中回头一看，只见一名戴着墨镜的男子正站在我的身后朝我微笑着。我正欲发问，他一声“您好，我姓颜”便将手伸给了我，我连忙也伸出了手。两人蜻蜓点水般的握手干净而又利落。回过神来的我有点责怪地说：“还您好！吓了我一跳，你怎么会站在这里？”“我早就来了，我把车停在了对面，一直在您家楼下转悠到现在。”他一边从我的肩上拿过沉重的背包，一边用手示意我朝对面马路走去。我俩来到停车场的一辆车旁。这是一辆黑色的路虎揽胜车，看得出主人对车的喜爱体现在爱护上，车前车尾可谓一尘不染，就好像是在画报上做宣传推广那般让车子亮得迷离出众。富贵、漂亮的吉普车在阳光的照耀下散发出洁净的光亮，让人对它有着强烈的占有欲望。见我没动，颜总似乎看透了我的心思。他笑着对我说：“为了今天的短途旅行，早晨刚刚洗过车、打过蜡，看到它是不是觉得心情很舒畅啊！”颜总拉开车前门对我说“您坐前边吧”，同时他把我的背包放在了后车座上。我微笑着没有说话，一头钻进了宽大的车子。颜总娴熟地不断打着圈把车倒驶出了狭窄的停车场，一路朝大峰山驶去。在车上，颜总没有和我说一句话，看着他专注开车的样子我也没有打扰他。一路无声的驾驶持续了将近一个半小时，我们终于进入大峰山。

大峰山位于深城东部，面积共三十四点八平方公里，是一个以山体和自然植被为景观主体的城市郊野型自然风景区。这里的瀑布、奇石、古树、翠竹、奇景，令人叹为观止，是本市唯一的省级风景名胜区。颜总把车开进了山底下的停车场，又从后车厢取出一个物品袋斜挎在左肩上，用另一只手提着我的背包，我们一起朝山上慢慢走去。颜总一边行走一边转头给我介绍着："大峰山是天然常绿阔叶林的主要分布区，林地面积有一千七百多公顷，依次还有规律地分布着南亚热带常绿阔叶林、南亚热带山地常绿阔叶林和山顶矮林。这里最高峰海拔为九百一十四米，为本市第一高峰。"颜总一口气把大峰山的山貌用抑扬顿挫的语调向我描述着，可见他对坐落在深城这个大都市一角的山脉多么熟悉。

半个小时后我们来到了西北角，这里峰峦起伏、沟壑纵横，山涧溪流终年不绝，分布着大片良好的植被，让人身临其境颇感宁和、淳朴的自然美。大峰山山高林密，主峰山泉汇入天池，池内深不可测。河水积万年草木之精华，药用价值极高。我和颜总放眼四望，只见天池水顺谷而下形成了无限壮观的瀑布群，其水涛声如洪钟并激起千层细浪，散发出万束雾花，据说春雨时还将目睹到一泻百米异常美丽的另一种水的霞光。在欣赏到大山宝藏的美景后，颜总带着我朝山旁的一片情人树走去。只见这片情人树由九棵古树古藤盘缠而成，树下还安放着一把仙人椅。我俩在情人树下的仙人椅旁就地坐了下来。只见颜总把自己的物品袋打开，倒出来的全部都是吃的，有西梅、甜姜片、山楂条，甚至还有我最喜欢吃的巧克力、榴莲酥。随后，他又从物品袋的底层掏出几大瓶各种品牌的蔬菜混合汁，有野菜汁、果汁和胡萝卜混合汁，还有绿黄色野菜汁，大大小小、高矮不等的一共有七八瓶。想不到一个大男人竟然如此细心，爬个山也把一日的生活需要考虑得如此周全。我正在心里感叹着，意外的是他又从里面掏出一大包五香瓜子来，真让人哭笑不得。在我的概念中嗑瓜子是需要有足够的耐心才能体味出瓜子的香味，都说爱吃瓜子的人喜欢叨叨、比较啰唆，难道颜总平日里也是一个婆婆妈妈的人。望着眼前那一大包五香瓜子，我竟然一下子就陷入了深思，究竟是瓜子的香味吸引了颜总还是他原本就是一个喜好用琐碎来点缀自我的人。总之，我想尽快地从这微妙现状中所观察到的现象里分辨这个企业家性情背后的喜怒哀乐。

大峰山地区气候变幻莫测，山峰常年云雾缭绕，时而轻烟淡抹，时而浓雾成盖，在蓝天的映衬下绿色植被随峰谷起伏，山野一展质朴奔放的线条，展示出一幅清新和谐的自然景象。“真美，好美！”环视山脉，我不由得发出一声声赞叹。此时，望着情人树发呆的颜总也附和着我的话说：“是的，很美，我自己就经常一个人开车来这里小坐小坐，欣赏欣赏这美不胜收的一切。”“来回差不多需要三四个小时的车程还叫来‘小坐’。”我打断了他的表白。“只要是值得的，再远再难行走的路对我来说也只能算是雨中散步。”颜总真像个浪漫的诗人，一句一句都令人遐想和回味。

“你的企业发展得好吗？”我开始将主题直接导入今天与颜总同行的目的。听到我的发问，他回答说：“很好，我的公司创建于2006年，公司现有员工四百多人，是专门从事电子仪器、通讯测试、设备开发、生产销售的专业性民营企业，生产的产品涉及电子连接器、电器线束、精密模具、精密组件等领域。如今，我们的企业已成功地导入了ERP系统、OA办公自动化系统和决策支持系统，并已取得ISO 9001质量管理体系。优秀的品质控制和科学的现场管理，使我的企业始终保持着强有力的市场竞争优势。在快速变化的全球经济形势下，我们坚持以创新为发展之道，持续开发高新产品，目前正大力拓展国际市场，为将来发展成最具实力的企业而不懈努力着。”颜总如数家珍地把自己的企业动态一一道来。“那我要在这里向你表示祝贺啰。”我一边说着一边随手拿起了一瓶果汁朝他高高举起。“祝贺什么？”他显得有些漫不经心。“祝贺你的成功啊！不过几百多名员工，你这个家长的担子够重的。”我补充道。坐在我对面的颜总早已取掉了墨镜，只见他仰天深深地叹了一声：“唉！”“你不该是这种态度吧，还会有什么事情让你如此叹息。”我继续发问道。颜总的脸上没有笑容，也没有出声，是我的话语触动了他的心结，还是他的心原本就盛满了心事。我朝他望去，仔细瞧来才发现，岁月在这个四十多岁男人的脸上早已刻下了年龄的印记。那张国字脸的眉峰上方清晰地凸显着一条深深的抬头纹，面颊上的胡须剃刮得很干净，脸庞在云雾缭绕的山峰下被阳光映照得发青，一身深蓝色的运动套装包裹着他那一米七八、不胖不瘦的健康的身躯，那双不大的眼睛从一张一合中透出精明和神气。

也许是我的直视让他感到了被人端详的压力，他主动地和我攀谈起来：“20世纪90年代，我辞去在内地体育学校任教的工作，离开和我同在一个学校任英语老师的太太和五岁的儿子，来到深城谋求发展。我先是到一个同学的电子厂帮忙做一些仓库的保管记账工作，后来又荣升为厂里的副厂长，负责整个电子厂的企业管理工作。我是从事体育工作的，对电子类专业可谓一窍不通。幸好是在同学的厂里打工，乡里乡亲的，同学给了我很多支持和方便，才让我得以有机会从零开始学习。在逐渐熟悉业务并摸索出了一套行之有效的企业管理模式后，我开始有了对工作得心应手的感觉。在同学的工厂一做就是五年，虽然我比更多来深城求职的人幸运，没有遭遇到创业起步的艰辛，但是由于长年夫妻分居，我的家庭发生了意想不到的情感裂变。我的太太由于不能长期接受一个人负担儿子成长的责任和我作为一家之主的男人不能在家里给予她夫妻相守的幸福红杏出墙了。她走了，随另一个男人去了日本，并把孩子扔给了我年迈的母亲。在最初接到太太要求离婚的电话时我的内心非常震惊，不知道这飞来的横祸是不是她一时之间的迷糊。在不知任何理由的情况下，我苦苦地劝说她不要撇下儿子和我。但是，一反常态的她心肠如铁石般强硬，离婚成了她拼命也要去争取的目标。我们在拉大锯的争夺中不断地争吵、辩护。我为了儿子，对她多次哀求。但是，我的伤感和儿子的哭声以及我老母的眼泪都没有改变她要挣脱出这个家庭的决心。后来，在听到她另有所爱后，我放了手。”颜总在谈到自己这一段过往旧事时仍按捺不住那悲愤的情绪，他的声音有点发抖。

感受着一个男人心灵的落魄，我想起了那些道听途说的故事。在这个世界上有着太多的陈世美式的人物，因此每逢听到人们议论的也大都是在说一个男人抛弃女人后女方的伤心和无助，又或者是在说某个男人为了另一个女人放弃了对现有女人的责任与承诺而引来该女人痛恨的顿足。在这个时代，我们在道义和良心的驱使下所指责、谴责以及不能原谅的对象总是以男人居多，因为好像只有他们才最容易扮演一个感情的杀手而不觉得心的冷酷。所以，我想象不出颜总口中的这个女人的出轨是否真的就这样让她曾经所爱的男人颜总从此不再追求爱的归属。回想起颜总半年来和我在电话中的多次交流，他似乎也在婚姻的伤害面前让自己变成了一个没有目标的生活野汉，漂泊的心至今仍然久久得不到安宁。

片刻后，颜总又开始了讲述：“当我确认了她坚定背后的理由后，我把男人本不应该流淌的眼泪擦干后，用恢复单身的自由给了自己一个必须接受现实的理由。带着十岁的儿子，我开始在深城承担起了单身父亲的责任，我给儿子联系了最好的学校，给他买下了足够几年的文具用品，让他穿上了他最喜欢的小波鞋，以希望在他幼小的心灵里永远忘记那个为了自己的所爱而放弃我们的女人。”

此时的颜总表情有点狰狞，看来这段失败的婚姻在他心里的确埋得很深、很深。这么多年了，想必他从来都没有将淡忘作为最好的疗伤方式。是爱之深，还是恨之切，我不得而知。但是，他的神情告诉我，他并没有因为时光的流逝而让怨气消失从而只记得夫妻二人曾经拥有的两情相悦，他仍然对太太的行为心存芥蒂。我想，也许男人伤害女人的感情和女人刺伤男人的心都是一样的。男女角色在相互的情感厮杀中，让对方承受着痛苦的同时也在丢弃着自己人性宽容的慈悲。抬眼朝情人树望去，一时间我想起了那句古老的名言：“曾经沧海难为水，除却巫山不是云。”如今，许多人在选择婚姻的时候，爱情似乎不再是唯一的标准。为了目标、为了生存、为了金钱、为了欲望、为了更多的所有，爱为条件所左右，情为需要而失落。这让许多人在迷茫和左右为难中，不知道自己究竟需要些什么，感性和理性的交织成了现代人取舍情爱的枷锁，婚姻的大门怎样才能更加牢固令这个时代的人倍感困惑。我们的日子越过越富足，而我们的爱情观却越来越模糊；我们的男人越来越显赫，而我们的女人也越来越不愿意像小鸟一样依附于左右。是什么样的信念改变了我们的所求，又是什么样的生活让我们面对爱情问题时是如此清醒抑或如此糊涂。

我想安抚一下颜总的心情，于是我轻声地对他说：“你后来就没有再去爱吗?”颜总没有立即回答我，而是把放在上衣口袋里的墨镜取出来重新戴上，然后对我说：“有，我有再去爱过，而且是不止一次地去爱过。”被墨镜盖住眼眶的颜总让我看不到他此时的眼神，但是他说话时的语气让我感到他格外凝重和严肃，看来他也曾经有过情伤后那种对爱的强烈追求。“现在怎么样，有归宿吗?”我很想知道他爱过后的结果，忍不住问道。“一言难尽，除了困惑就是难过，也是我想和您一起来情人树下一吐心曲的缘由。”颜总应答道。由于看不到他的眼神，我也无法评判出他的语言中究竟包含着多少哀怨和失落。

“你真的去爱了吗，为什么没有结果?”我唯有再次发问。“让我说给您听。”颜总娓娓道来，“儿子来到身边，让我感悟到了生活中缺少女人的苦恼。对于儿子来说，母爱是他幼年心灵中最深刻的记忆，起床、穿衣、洗脚、学习，过去他的母亲用一个教师的耐心给了他很多的教诲和记忆中的美丽，让他在度过了初来深城的那份兴奋后开始想念起自己的母亲。当时我还在打工，对他的照顾也无法周到，我们父子俩常常是吃了上顿但到该吃下顿时锅碗瓢盆却还没有清洗。等我手脚忙乱地端上一点热汤，儿子已经在温习作业时睡了过去。请个保姆来照顾吧，当时的我住宿条件又不允许。一时间，我和儿子的日子过得焦头烂额、不成样子。为了儿子的教育和重寻家庭的温馨，我毅然加入到了征婚的行列。想不到在深城单身的女性远比离异的男人多得多，每天要求和我见面的女人还真是不少。我想，这每天挑一两个见见面做个选择总是有必要的吧！就这样我为了尽快从应征的队伍中找到自己的所爱，隔三岔五地总是要约一两个女性出来见个面、吃餐饭。

“但是，一路走下来我感到很失望也很灰心，这些来和我见面的女子大都和我一样是从内地来深城奋斗的，她们的择偶目的明确而又清晰。年轻的可以不在乎你离过婚，但她不希望你把和前妻所生的孩子永远和她的生活捆绑在一起；同龄的大都带着自己不大不小的儿或女，虽然她可以接纳你的孩子，但是她对你银行的存款却更加感兴趣；那些没有孩子同样也离过婚的女人则是要求你无论如何都要具备养家糊口的能力，最好有一天不再是个打工的，更有甚者直接对我提出了大胆的要求——如果两人在一起就必须把家庭的权力、财产都交给她来掌握和管理。就这样，我用时间和这些捉摸不透、看不到结果就摇手‘拜拜’的女人们打起了寻找爱情的游戏战。一年下来，我精疲力竭，不敢对爱情再有妄想，也就放弃了征婚，继续带着儿子过着孤单而又混乱的日子。随着儿子对这种没有母爱生活的慢慢适应和我自己在经历了一次又一次的择偶失败后，我和儿子都开始变得平静和安定，我们都不再继续去刻意追求自己原有的那种生活的期望值，逐渐地我们用许多简单的方式让自己从不善打理的衣食住行中解脱了出来。首先是儿子住进了寄宿学校，他一周回来和我见一次。我呢，则在大超市里买回来许许多多便利的食品以解决一日三餐。儿子回来的日子我也不再入厨掌勺，而是带着他一起到外面去大吃一顿。这样一来，日子过得也有点像模像样了，不光儿子满意、我轻松，最重要的是我和儿子在深城都有了主人的感觉，回家也就成了一种精神无忧的快乐。”

说到这里的颜总脸上呈现出一种自得的欢喜，原本发青的脸色也在柔和中显得明亮起来。他站起身朝情人树走去。只见他拿掉了架在鼻梁上的眼镜并用手轻抚着树干，扭头对我说了句：“您相信现代人的心中还有真爱和真情吗？”他的眼神固执而期待地盯着我。我也站起了身，迎着他的方向说了句：“当然，不要问爱会从哪里来，人间自有真情在。”

也许是我的声音惊飞了旁边树上嬉耍的鸟儿，原来“叽叽喳喳”的鸟叫声一下子就没有了动静，山谷显得幽静而又空旷，让我对高山丛林产生了深深的敬意。它们多么茂密和伟岸啊！无论怎样的狂风、大雨，多么恐怖的电闪雷鸣，高山和丛林都不改容颜巍然屹立，它们就像是一对相互依偎的情侣在远离闹市的寂静中顽强而并不孤单地生存在一起。十年幼苗，百年参天大树，根和叶的四季洗刷留给观赏的人们仍然是蓬勃向上的美丽。谁说大山没有情、没有欲，大山用自己最宽厚、最博大的胸膛让雨和水在这里落脚，让花和草成了相依为命的爱神。这动人的山情、诱人的山貌好像就是为了给世人展示一幅可以让人身临其境的爱情美景。为此，我在心中不由得充满了感慨——真爱是什么呢？我认为，真爱就是我们每个人那发自内心的美好情感和爱的纯洁、爱的忠诚与执著追求爱的品格，以及那种为爱人奉献后的身心舒坦。

颜总朝我走来，他的问话打断了我的思绪。“可是我现在完全不相信人世间还有真情和真爱，离婚的日子过了这么多年，我仍然无法从世俗中挣脱出来，没有碰到一个女人愿意用真情和真爱来拯救我孤独的单身世界，而我自己更是不愿意用金钱和地位去赢取一个缺乏感情基础的生活伴侣。所以，现在的我悲观而又无奈，唯有在理想的半梦半醒之间去克制自己对生活仅存的那一丝向往的欲念。也许您可以告诉我，今后的日子我该怎样去做。”

颜总和我在草地上重新坐了下来。“你可以告诉我你在深城的几段爱吗？”我用征询的口气问道。“行！”颜总爽快地答应了我。他用一种非常虔诚的口吻向我诉说起他追爱的故事：“开始我曾说过，连续征婚失败后的我不再把精力花在个人问题上，而是全部融入工作中，帮助我的同学把工厂搞得有声有色。我的同学是一个很厚道的人，他的电子厂当时主要是生产电子电话机的，也就是我们在家庭中常见到的无绳电话，还有普通电子电话机和以通信天线为代表的通信整机，等等。几年后，随着市场需求量的增大，他需要开设新的工厂去承接一些新型的 CDMA 手机及 GSM 手机的业务订单，为了感谢我多年对他事业的支持，他建议我自立门户做一个真正的商人。在万分感激中，凭着他资金的支持和我对未来企业发展的科学规划，我的私营公司终于开张了，我和我的同学也成了平起平坐的兄弟企业。当然，许多原有的业务我们还是分工不分家地相互携扶、共同营运。就这样在我同学的鼎力支持下我一鼓作气把自己的公司推上了成熟发展的阶梯。当然，能够让企业快速成长，我还要感谢这个同学当年给我在他的厂里实践学习的机会。如果没有最初的打工生涯，我想自己也不可能在今天拥有独立操纵企业经营的能力。因此，一直以来，我对这个给予我真诚善待的同学充满着无限感激。

"在一次民营企业家的春节联欢晚会上，一个同样是来自我老家的公司老总在攀谈中得知我仍然是孤家寡人一个，就热心地把自己待嫁闺中的小姨子介绍给了我。他的小姨子原来在一个化妆品公司做美容顾问，后来又到美容学校去做讲师，人长得还算漂亮。但是，我俩在相处中总是不断地产生着性情上的摩擦。比如，说好要一起去看个电影，拖拖拉拉的她化妆时间比放映一部电影的时间还要长；约好去郊野踏青，她也总是防晒液、太阳帽娇滴滴地操持个不停；去酒楼吃个饭，更是嫌这个菜太辣对皮肤有害，那个菜太酸对肠胃不好。总之，喝汤要喝参汤、吃菜要点鲍鱼，她对生活的讲究太多，要求也太细致，和她的相处让我感到如果这样过日子一定会压抑得要死。后来，朋友给介绍了一个保险经理人，蛮精干的一个女人。也许是受过职业训练的原因吧，她每天的笑容倒是让人看到后比较舒心。但时间一长，才发现她是典型的保险职业人，只要是我身边的朋友，凡是她见过的，一定会上门去和人家讲保险的益处，并且一讲就讲个不停，直到让那些熟悉我的人看在我的面子上签单为止。尤其是在我的几次商务宴请上，她竟然不考虑我的身份，拿起从不离包的笔记本让桌子上所有的客户都签上了大名。她这种功利性的职业目的让我开始对她走近我的真正意图产生了怀疑。一个这么不甘心放弃自我的女人，既然不愿意依附于我美满地过一生，那我和她的未来也可想而知了。

“再后来就是我同学的太太给介绍的一名小学教师。初听到是老师，联想到我前妻的行为，内心着实有一些抗拒和畏惧，但经不住同学的劝说，我硬着头皮和她开始了精神的依偎。事实上，她给我最初的印象是不错的，想不到的是在小学教语文的她习惯了自己职业的守则，和我交往中也总是用一种教训孩子的口气来纠正我那些她认为不对的东西。半年的相处她给了我太多的理论束缚，让我看不到自己作为一个男人身上潜伏的作为。我总是在不知不觉中接受着她的影响，逐渐丧失了自我表现的能力和欲望。于是，我向她提出了不想继续发展的警告，自尊心受到伤害的她一气之下把我的手机号从此删掉。落寞中的我和另外一个证券公司的会计开始了交往，这是一个对数字极度敏感的专业人士。最初的交往我俩都是在AA制中开始扮演和学习西方人的社交文化和方式。她告诉我感情可以在了解中去培养，但她既不愿意让男人为她买单也不能够为男人去买单。她认为，只有公平才算合理，要追求一个平等的家庭关系就需要从这里开始储备幸福的权利和明确夫妻双方的责任。也许是她长期与金钱打着交道，因此她在我面前所表现出来的对金钱的蔑视和对男女婚姻角色的强势分配造成了我那不愿随和的心理压力，她眼神后面不断反映出来的有钱女人那固有的优越让我这个男人在不甘服从中逃避着彼此性情较量的恐惧，最后她也变成了一个我不想继续发展恋情的女人。”

颜总此时从牙缝中又挤出了一串说不清道不明的哼笑，我也有点想笑。在我的周围有那么多优秀的女性，怎么从他口中讲出来的都是这些让人失望的女主角呢！是他太挑剔，还是她们太激进，又或许是他们根本就没有用真爱去营造两个人相恋的精神世界。究竟是女人的势利，还是颜总本来就对选择只有需要而没有为爱下足功力？我想这必然是二者兼而有之。我们这个充满欲望的爱情世界到底要怎样才会变得简单干净，我们的女人要怎样表现才能让爱情实现永恒的魔力，而我们的男人又该如何迎合女人对爱情完美要求的索取？21世纪的今天，爱情在包罗万象的内涵中让走近她的一些男女在观念上产生着极大的差异。我不知道，是现实中的无可奈何，还是我们这些寻梦人心中始终有着那固有的理性？总之，这一切都令人深思。

只见颜总随手拿起一瓶果汁，一饮而尽后又继续叙述道："在一次商务活动中我结识了一名外资企业公关部的经理。她年轻中不乏成熟，美丽的容颜中透射着端庄和沉着，说起话来也是柔声细语，走起路来更是婀娜多姿。她吸引着我的目光也唤起了我对她狂热的追求。我以为她将会是我情感最终必然的归宿，但是我又估计错了。面对我的感情进攻，尽管她也回应了我温柔的眼神和心领神会的附和，现实却让我再一次失意。因为很多时候，当我骄傲地把她牵领到各种社交活动场合时，才发现了自己这个离异男人虚荣心背后的那种最大的智力误区。她不愧是著名外企公关部年轻的经理，她对所有经过她身边的男人展示的是和对我一样亲切的微笑，甚至是一样的专注的表情。看着那些用眼光去大胆垂涎她的男人，我心痛欲裂的情绪让我一次次和她发生着一个恋人受到尊严侵犯后的语言暴力。是她不愿从此让我的专横把她变成另外一个人，还是我不想去承受生活会给自己带来的再次裂痕，悄悄地甚至我们都没有惊动彼此便相互悄然离去。我们都不想在握手中说一声再见，两人从此永远断了联系。"

颜总那一声声重重的叹气，让我对他的故事产生了诸多感悟。颜总或许正是代表着这个时代中那些寻求伴侣、追求真爱的孤单的企业家们，高不成、低不就的选择让他们美丽的人生蒙上了太多的阴影。这些事业的巨人在让企业闪闪发光的同时，却被生活的一缕情爱困惑到窒息却还不知道问题到底出在哪里。这让我更加相信没有人可以逃脱世俗，也没有人可以篡改爱情的秘笈。我们唯有保持追求真爱的执著方可以得到爱神的恩赐。可是，谁又能逃脱生活的磨难，谁又能摆脱命运的束缚？谁可以给我们平凡中的男女一把智慧的爱情利剑！要什么、想什么，欲望无穷无尽，生命在苦短中燃尽，唯有遗憾成为人们梦想追求最后的痛苦。想到这里，我也不由得深深地叹了一口气。

听到我叹气，颜总有些不好意思。他问道："您是不是觉得我是一个很失败的人？"他望着我问道。从他那眯着的双眼中我竟然看到了一丝惶恐，原来男人也是那么在乎一个人对他的评估。我从颜总的眼神中再一次读懂了他孤寂心灵中那份爱情的失落。于是，我笑着对他说："其实你是成功的，也是有收获的，因为你并没有放弃对美好生活的向往和追求。你知道作为一个人经历对他来说有多么重要吗？你一直都在选择，都在寻觅，这本身就是一种努力。尽管有人说现在是一个没有爱情只有滥情的时代，但我还是坚定地告诉你，事实上这是一个不能没有爱的时代。因此，保持真心，投入真情，追求真爱，绝不要因为时代的变化而让生活的需要画上休止的符号，因为这也是我们活着的使命之一。你的经历是自我人生的一笔丰厚的财富，也是你需要不断感悟爱情真谛的思想宝库。只不过在我的心里对现代爱情还有着另外一种自己的认知，但是此时的我并不想畅所欲言，我简单地和你交流一下现代人存在的一些择偶问题吧。如今，很多人远离情感所求的目的，丧失追寻真爱无价的嗅觉，把自己的情和欲牢牢地禁锢在现实的条件里让自己辨不清思想的东南西北，流于形式地寻找另一半也仅仅是为了满足那没有多少真爱渴望的婚姻。因为，我们总是在挑剔和不平衡中计较和在乎着生活中那诸多的与爱无关的人和事。选择什么样的人才能让爱持久成了我们心中真正的困境。”也许是我的话打动了颜总，他看我的眼神显得有点发呆。我不知道自己这没有经过梳理的观点是否已触及与他相同的问题，但是，我认为他要想获得真正的幸福和拥有自己想要的感情世界，就必须依赖一份超凡脱俗的真爱。

看着仍然在发呆的颜总，我笑着说：“你的爱情故事阐述完了吗，还有没有奇缘?”回过神来的颜总连声说：“我还有最后一个故事也许您值得一听，这段经历后的我成了真正的不敢相信爱情的人。我认为，现在的人都太自我了，让我完全不懂你情我愿的爱情杰作究竟该如何进行雕塑。一年前，我认识了一位个体户女老板。她在深城的东区和西区分别开着几家不大的香薰精油专卖店，生意不错，效益也不错。最初，两人的交往话题都是从她的香薰事业开始的。每一次相会，她总是不厌其烦地告诉我，她经营的香薰精油是国外原装进口的纯天然植物精油，既可以净化空气又能够去除二手烟，还能消除疲劳、舒缓压力。她的专业讲解让我这个门外汉听着听着就有了兴趣，尤其是她不断重复地说到如果在居家中使用一些香薰油可以创造出一种轻松愉悦而又充满浪漫情趣的氛围，更让我跃跃欲试。于是，我就让她为我选配几种精油，想放在家中体验一下这现代高雅生活的感受。后来，她果真为我选配了如尤加利、迷迭香、薰衣草什么的几种精油，据说这些都是人们常用的精油。可能是由于她对香薰专业的热衷，所以她对我在居家中的使用效果表示出了极大的关注，她希望能到我的住处去帮助我精心布置。当时，虽然我和她交往也才几个月，要带回家去小坐一下也未尝不可。不过，由于我在半年前刚刚搬进一个花园别墅区，汲取前面几次相亲的经验我不想过早地暴露自己所拥有的家庭财富。因此，我始终还在犹豫当中。可是，不明真相的她不改初衷，一直极力地要求着我。最终，我还是拗不过她的热情和一次次的直言督促。无奈之下，在一个周末我开车把她带到了自己居住的小区里。

“这是一片最初见证深城崛起的土地，每位来到这里的访问者都会在踏入的一瞬间感受到岁月的力量沉积在这里的气质与魅力。我的家就安置在这样一个充满人文历史记忆的花园小区里。我载着她从社区的北大门直入，并围绕着四周观赏了一圈。园区内，绿树成荫，花草繁茂，小区安保措施完善，加之超市、诊所的配套与便利，实为闹中取静的理想家庭居住之地，楼宇空间的规划设计也符合中国古代‘大隐隐于市’的人生哲学。谁都看得出，这里是成功人士才能享受的生活环境，豪华的楼宇更是鲜明地体现出了居住在这里的那些人的富裕身份。随着我的车进入这深城最早的别墅社区，她的双眼就在惊讶中掺杂了兴奋。她不知道，这是我最不愿意从一个女人眼中看到的神情。进了屋的我们分别在沙发上找到了双方可以自然面对的位置，望着她从包中取出的一瓶一瓶的香薰精油，我们打开了修饰居家气息的话题。她开始主动地在我的每个房间里自然地进出，只见她掏出笔和小本子不断地记录着什么，折腾了一个下午，终于我的豪宅里开始弥漫出一丝丝令人心旷神怡的芳香气味。最后她来到了我特意装置的电脑蒸汽房。这是当时市面上最先进的蒸汽浴，是具有臭氧消毒以及收音机、顶喷、背部按摩嘴、脚底按摩器和自由花洒等功能的居家蒸汽房。这套最时尚的现代化整体蒸汽房吸引了她的注意力，她不断地向我询问着这些功能给人体带来的享受有哪些。我告诉她，在深城这个地方冬天冲凉对我们这些来自中原地区的人还不是那么适宜，因此在浴室里装上整体淋浴房就可以解决冬季洗澡寒冷的问题。这套高档的整体浴房甚至有着蒸汽桑拿房的功能，人在洗澡的时候还可以顺便做一个蒸汽浴，使身体内所有的寒气和疲乏都会被逼出体外，整个人也就会觉得很轻松、很舒服。面对她不断猎奇般的追问，我不厌其烦地把自己这五脏俱全的蒸汽房好好地讲解了一遍。

“那以后的日子，我们相互交往的感情发展史还在正常地进行，所不同的是以后我们约会见面的地点和次数都因她的主动提议发生着微妙的变化。自从第一次进入我家，她就开始加强着我这套豪宅的香薰建设，越来越多的小瓶子带着不同的香味被她搬进了我的房间里，居家的厨房也成了她展示厨艺的圣地。慢慢地，她在不知不觉中依靠着香薰精油那品目繁多的香型，开始把自己和精油逐渐渗透到了我还没有做好准备是否和她婚配的情恋里。终于有一天，当她在蒸汽房里摆上了一双女人的拖鞋和一大堆由玫瑰、郁金香、薄荷、狄玮草等二十多种鲜花草精油和天然海泥配制而成的沐浴用品时，我向她发了一顿狠狠的莫名的脾气。是她的大胆随意、自以为是，还是我这个多年独居的老男人有着一根太敏感的神经，又或许是在那浴室里原本就隐藏着一个原始野性的不容干扰的自己。我认为，这是一个女人对男人彻彻底底的精神侵犯，我在慌乱中对她关上了自己原本就还未曾完全开启的心门，把她和我不知道是否还能够重新再续情缘的机会排斥到了万里之外。”

颜总用异样的声音结束了他的感叹。“你有没有问过自己，你究竟想要一个什么样的女人。”望着他那失落的表情我轻声问道。颜总额头的那条抬头纹明显地在双目的聚神中更加深陷，他说：“其实我的要求很简单，我只想要一个自己很爱的女人，当然也必须是她也同样爱着我才行。我为什么最终放弃了选择，是因为来到我身边的女人总是认为自己的需要才是第一位。我离了婚，独自扛着一个企业，带着一个未成年的孩子，我只想得到一个女人最基本的爱情法则，那就是让彼此可以从生活的简单开始。但是，这些女人带着各自的打算和选择的现实，以及扮演着太过于强势的居高临下的主人角色都让我觉得她们还不如我最初的妻子。”

“你知道女人要什么吗?”我打断了颜总的话语。“女人要什么，无非就是要一个可以给她爱的男人，再就是丰富的家庭物质条件呗。”颜总理直气壮地说道。还未等我答话，他又说了句：“您知道吗？现在有些女人让人很难捉摸。就说我吧，这走马灯似的和不少女性也交往了一段时间，我还是没有看懂她们择偶的所求，是我自己压抑得太久不能释解她们的目的，还是我根本已无法再去接受一个预想中可能同样也不会幸福的结果。

总之，不能让我看透彻的女人也就无法让我启动爱情的闸门。”颜总在说完这句话后底气显得特别足，让我掂量着他那不着边际的观念和思路。

“你知道吗？现在有些男人也让女人很难倾心。”我严肃地对他说道，“听你说了这么多，我们还是不能否定在每个人心中尚存的那份对真爱的认同。世界的变化，物质的丰厚，的确赋予了现代人太多的优越。如今，选择与被选择已成为需要者必须面对的现实。可是，谁能真正牵手幸福才是我们每个人心中最大的奢求。因此，尽管生活破碎后的一切状态都可以在心中重新修复和设计，每一次的期望也都可以在继续的追求中重寻人生目标的本能要求。但是，谁又知道在历经岁月沧桑后的衰老到来之时，我们所惊慌的不再单纯是青春容颜的逝去，伴随着生命的衰竭我们丢不下的是那本应有爱情相伴的岁月经历，割舍不了的是那曾经入梦的有情人。贫富两极分化的当代人，经济窘迫的压力、生活富足的优越，使生存在不同阶层的红男绿女都坚定地明确了自己生活里所需要的调味品，但恰恰遗忘了精神魂魄中那对真爱的追求才是我们最应该去把握与坚持的。但是，男人的理性，女人的现实，让最终本应深爱的人成了背道而驰的两个孤单的人，使大家终身无缘牵手幸福和无法用真爱面对彼此同州共济地无怨无悔地过上一辈子。这是现代人的悲剧，这是一些人对爱情最终没有坚持的遗弃。因此，爱情成了我们人生餐桌上那道最难品尝的菜式，我们唯有轻轻地礼仪性地把它推向身旁的人。因为我们既没有品味爱情的耐力、兴趣和能力，也没有敢把爱情占为己有的勇气和决心；因为爱情这道丰富的菜式实在让人无法一下子就可以嗅出它那固有的特色。爱情成了我们现代人心中的奢侈品，可望而不可即，但却始终扰乱着我们的心绪。”

说到这里的我突然想到一个不顾一切追求爱情的女子，但是想到颜总那对爱情已经没有多少信念的心态，我犹豫着要不要把这个女子的故事马上讲给颜总听，我独自在心里思考着这个女子的爱情故事。我想，即便是颜总知道了这个女子的全部情感故事，他也许还是不能真正感受到一个想去书写一生真爱女子的那颗无尘的心。颜总在我的沉默中自己也没有说话。

时间在我和颜总的无语中悄然逝去。望着由九棵古树古藤盘缠而成的情人树，看着面前的颜总，我还是决定和他分享这个女子的爱情故事。于是，我对颜总说，给你讲个很特别的女子的故事吧。在颜总的连连点头中，我开始了讲述："这个女子五岁那年进入国内著名舞蹈学院附小读书，十二岁那年考入艺术专科学院主修芭蕾，十七岁那年刚刚毕业的女孩因大腿内侧韧带受伤从此被迫离开了自己热爱的艺术舞台。为了前途，家人安排她赴国外求学。五年后，她结束了国外的求学，回到祖国的家中休息。别离亲人多年的她开心地依恋着家庭的温馨，享受着父母给予她的娇惯，把自己的身心释放得无比喜悦与快乐。一个阳光明媚的早晨，父母双亲都去了公园散步健身。想到这么多年自己都没有为老人做过早餐，女子从床上爬起来开始煎蛋和冲调牛奶。做好一切后，她来到父母的房间准备收拾床被。无意中，她发现从枕头中落下一封书信，是从美国寄来的。女子有个伯父在美国，过去在国外她与他也经常有联络。于是，女子很自然地从信封中掏出了信纸并摊开细阅起来。想不到这封信里装着她出生的秘密。这封信并不是伯父写来的，而是另外一个男人写来的。他信中诉说着对别离二十二年的女儿的牵挂和思念，渴望着在有生之年还可以和女儿再度相见。这封信的内容，让女子想起了一件往事。有一回，她随父母去国外探亲的时候，在那里是有一个高高的男人对她格外亲切，原来那个人就是今天这个写信的人。这封信里讲的女儿就是她。一时间，她单纯的精神世界塌陷了，这一对视她为珍宝的老人怎么会不是她亲生的父母亲？二十二年的养育之恩没有任何一个生活的片断可以让人否定他们血脉相连的深厚情缘。她哭了，在惊恐中女孩哭得无声无息，唯有眼泪可以解读她此时的心境。

"晨练的父母回来了，当她把这封信摆到父母面前时，二位老人面容失色，双目对视，没有言语。但是，女儿那止不住的眼泪让二老再也不忍心伪装下去。于是，他们不约而同地把女儿携扶到了餐桌旁。三个人都没有去触碰桌上那仍然冒着热气的早餐。二老语重心长地第一次给女孩解开了那早已被岁月和命运隐藏了几十年的身世。她的亲生父母均是国内大型钢材厂的工程师。二十二年前，在丈夫四十岁时新婚的妻子生下了他们爱情的结晶。女儿刚满月时，妻子接到了去外地出差的通知。无人料及此行竟会是妻子和丈夫与女儿永生的诀别，因车祸倒在异乡的她成了丈夫永远也呼唤不回来的灵魂，撒手而去的母亲从此让还没有吃够奶的女儿再也没有了对她的记忆。妻子的殉职让丈夫在悲伤中缺少了工作的动力。没有了昔日成双成对、夫唱妇随的幸福日子，令丈夫成了孤雁没有了展翅高飞的生活激情，女儿的嗷嗷待哺更是成为大丈夫独自不能承载之重担。半年后，一次意外的事故让丈夫不得不别离服务了二十年的单位。丈夫的工伤必须依赖国外的医疗技术方可以保证没有后患。于是，在朋友的帮助下丈夫把女儿托付给了一个远房亲戚，自己则远赴美国求医问药。后来，这个亲戚也因为自身家庭的一些问题无法继续承担抚养女孩的责任。无奈中，他们唯有把这个女孩送到了另外一个城市，把抚养女孩的任务托付给了昔日的好友。就这样，这对充满爱心无儿无女的夫妻受人之托、忠人之事，倾注着无限的慈爱把这个女孩养大成人。二十多年来，女孩的父亲早已在国外成亲定居。不知道是什么原因，自从女孩那年与他在国外见过一面以后，他就一直没有回来寻找过自己亲生的女儿，而这封渴望和女儿一见的寻亲信也是在经过三年辗转后的今年才送到了养父母的手里。一时间，温暖的家庭犹如北方的严冬凝结着寒冷的气息，女孩变得沉默寡言，她和养父母过去那亲密无间的相处如今变得生硬、客气而又夹杂着若即若离般的陌生。

“事已如此，养父母拨通了女子那在美国的亲生父亲的联络电话并让她来接听。手握话筒的女子听着大西洋彼岸传来一个男人不断呼唤女儿哽咽着的声音，一行行热泪不争气地打湿了自己的胸襟。终于，她同意和养父母来深城河边与父亲一见。那个时候的深城，改革的热潮把这个美丽的城市烘托得光彩照人，许许多多的寻梦人加入纷纷南下的大军把握着命运所赐予的机会。随养父母来到深城的女子和两位老人一起住进了带有深城标志的深城旅馆。几天后，从美国途经香港回到祖国的父亲和自己阔别多年的女儿再度相见了。父亲高大的身躯在颤抖，他伸出双手拥住了女儿，六十多岁的人竟然在众人面前情不自禁地老泪纵横。女子的眼泪也像断了线的珍珠顺着脸颊滑落在嘴角，让她犹感苦涩。是埋怨父亲对自己的舍弃还是感悟人生的变化无常，她心里什么样酸涩的滋味都在翻滚，但女子什么都没有说。三位老人见面寒暄后讨论的结果，一是让女儿随着亲生父亲远渡海外去美国和亲情相守，二是让女儿继续留在养父母身边过原有平常的生活。但是，女子既丢不下养父母的恩情，也割舍不了对亲生父亲的那份血缘之情，任何选择都会在缺憾中顾此失彼，让人心情倍加难受。望着三位老人各自眼中的期盼，女子不知道自己究竟该如何取舍。她翻看着父亲从香港带来的《××报》，上面一则香港一家集团公司面向全球招募高材生的信息吸引了她的眼球。经过一番激烈的思想斗争，她决定把自己未来的脚步留给独立行走的人生路途。这个娇生惯养的女孩是养父母的掌上明珠。当她把自己的想法告知三位老人时，从小过着养父母‘含在嘴里怕化了、捧在手上怕掉了’的生活，单枪匹马闯天下是不是她平安的归宿让她自己和老人们心中都没有数。

“不久，怀着坚定信念的女子拿着学历开始竞聘心仪的就业职位，幸运的她凭着多年国外礼仪文化教育的熏陶，终于过关斩将、榜上有名。很快，办理好入职手续，她住进了公司提供的位于某一大学附近的职员宿舍，开始和香港人一起顶着日头、伴着星星奔波在职场。女子在经历了人生的第一段亲情裂变后，倔强的她说从此不能再依靠养父母的退休金去享受他们对自己的付出，她希望自己有一天能够有能力来回报养父母的恩情。于是，孤身在港的她用努力工作的汗水和思念亲人的泪水书写出了一个现代职业人出色的工作。三年后，担任集团公司总裁助理的她被委派到深城筹建分公司，并全面负责内地市场的所有进出口业务和可开发项目的调研与整合工作。女子凭着自己对职业的一腔热情，把香港高层交代的工作完成得快捷而又利落，为集团事业扩张内地立下了汗马功劳。正当总公司准备赋予女子更大的职务权力和更高的薪水待遇时，女子却递上了一份辞呈。总裁亲自开导挽留，女子还是在公司对自己的器重中千恩万谢地再一次选择把继续拼搏当做了朋友，告别了月薪三万港币的打工生涯，远赴美国求学进修。三年过去了，女子也结束了进修的学业回到了国内，开始就任于国内一家大企业的项目总监。再后来，她利用这几年打工积蓄下的资金在内地 A 市注册了一家信息公司。自立门户的她从此开始了更加繁忙的创业拼搏。

“在岁月匆匆而过中，女子的养母在久病的摧残下即将离开人世。由于尚没有看到她婚嫁的归宿，养母在多次病危时都不愿闭上牵挂女儿的眼睛。作为一个母亲，养母她深深地读懂着女儿那孤单人生的女儿心，她在自己生命逐渐衰竭的最后时刻，最担心的还是女子未来人生的幸福归宿。

这个在情感上备受身世困扰的女子能不能寻找到一份真挚的爱情，成了养母最放不下的事情。养母希望能活着看到女子的另一半。在病魔无情地折磨着养母那不堪一击的躯体时，面对老人的心愿和眼中的焦虑及充满担忧的神情，女子的心被揉碎了。这是给了她唯一浓浓母爱的亲人，她不想再让这个善良的老人因对自己的未来有所顾虑而走得不安心。为此，哭红了双眼的女子把自己的一个男同事带到了病榻上的老人前，在承诺完成婚配的情况下，养母在微笑中把悬挂的心放下了。女子用自己精心的安排换来了养母的欣慰，她终于能够做到让养母在生命的弥留之际接收到女儿孝心的真情。

“数月后，老人撒手而去，直到临终养母都不知道，女子和这个男同事其实根本就没有爱情关系，纯粹是一份被女子的孝心所感动而赢取的友谊。但是，一个美丽的谎言却最终成全了老人的心愿。在感谢了男同事的鼎力相助后，女子仍然继续扮演着单飞燕的角色。可是，失去最爱的养母和卸下伪装新娘的她不知道自己今后情归何处。没有了母爱的呵护，她也不知道这一生该如何让自己最终披上幸福的婚纱。总之，黯然神伤的她对未来的生活一无所知、怅然若失。不久，女子的亲生父亲也终因年老体衰过早离世。女子在这个世界上失去了亲生父亲这个血脉相承的亲人，这种亲情别离的痛苦让她的心灵承载着前所未有的负重。女子在接踵而来的家庭灾难中显得更加孤单无助，只有工作成为她内心世界唯一的精神支柱。

“又是一年的春天，当年迈的养父在女子的支持下重新牵手到生活的伴侣时，岁月的流逝和生命的匆匆让女子恍然如梦，这长年忘我的创业奔波早已在人生的不安定中忽略着本应属于她这个年龄段的女儿情和爱情梦。漫长而又多么短暂的人生之路，仅仅是由于女子她内心隐藏着对亲情的失落和不想依附家人的信念，才让长期的努力工作成了她生活内容的唯一抱负。过去，离开了亲人的照料，她要养活自己；后来，为了一片孝心的回报，她要力求早日成功。就这样，她不敢像那些普普通通追求梦想的女子一样自由地去撞击爱情的大门，更不能任意接受优秀男士递上来的那一朵朵倍显殷勤的玫瑰花束。这段特殊的人生经历让她在个人情感的欲望上早已将自己彻底封闭。此时的她不想去惊扰养父如今安稳、祥和的晚年幸福，唯有在擦干那说不清、道不明的眼泪后一个人继续圆着她的事业梦。

“又是几年过去了，此时的女子已经三十多岁了，在A市独身一人的她决定再度赴国外接受新的知识。当然，此时的她还存有一点女儿的心事，那就是这一去可能就不会再回国了。于是，她在申请办理出国相关手续的同时变卖了在国内的物业，甚至也注销了在国内的公司。还有半年的时间她就要孑然一身地远渡重洋了。

“在等待签证的那个冬季，女子在应邀参加国内的最后一次商务活动时，在异地的饭局上邂逅了一名男士。这个男士的意外出现从此改变了女子未来的一切。这是一个颇具风度的中年男子，席间的他时不时用一种深沉的眼光端详着她，极不自在的她已经强烈地感觉到了坐在对面的他有着复杂的心情故事。散席后，他对她说想一起走一走。男子对她讲：‘我不瞒你，在刚刚见到你的那一瞬间，我的心中就有了一股久违的暖流，是因为你的气质、你的内涵，还是因为你那清心脱俗的容颜，我不知道。总之，你打动了我。可是，我心里藏着一个秘密，准确地说是我一生的心灵伤痕，我不知道是否已经痊愈，所以我不敢把心靠近你。’在女子目光的追寻下，男子告诉她自己曾经有一个大学的恋人，但当时年轻气盛的男子还不懂得履行真爱的责任和缺乏呵护女友的耐性，总对女友发脾气。在那个拍婚纱照的早晨，因为一时的情绪男子摔门冲了出去。紧跟其后的女友在呼叫着他的名字追赶他时被身后急驶的一辆卡车撞到了马路对面。男子返身抱起身着白色婚纱、满身血渍在瞬间咽气的女友，难过得失去了呼救的力气。丧事过后，男士才发现自己是多么的自私和没用。相恋三年，一直是女友在用爱安抚着他失业的痛苦，用情支撑着他创业的无助，用奉献照顾着他生活的落魄，用坚韧鼓励着他奋斗和进步，更用温柔包容着他因创业的艰辛而时时放纵脾性的自我。已逝的爱人留下的是折磨他的懊悔和无穷无尽的思念与内疚的痛苦，甚至是十年后的今天他仍然不敢追求爱的归宿。多年来，他悉心照顾着昔日女友年迈的父母和风烛残年的奶奶，这份复杂的情缘成了他生命的重担和接受爱情的障碍。

“然而今天，面对这名女子他的心在瞬间开启，这个封闭在他心灵已久的过去让他在对女子一见钟情的时刻有了诉说的迫切。总之，这晚他对女子讲了许多、许多。最后，男子说是命运的相遇还是缘分的撞击他不知道，但他确信自己内心的坚冰被她眼神内的柔和融化了。只是他不确定自己是否可以将曾经的感伤完全遗忘掉，他需要女子对自己承担过往责任的理解，想与她牵手爱情又怕因此伤到无辜的她。最后，他说希望给她一个了解自己和明白他此生都必须照料前女友家人的事实的时间。男子的直言让女子的心随着他人生故事的展开有了一种异样的感觉。但是，女子她不知道这个男人会成为一个在以后的日子里干扰自己的情绪并让她魂牵梦绕的人。一直以来，她都以为自己未来的初恋一定是和一个英俊伟岸的才子去共同演绎一种特别的浪漫，她没有想到爱神的突然眷顾竟然会让自己如此失魂落魄和意外。她开始害怕起来，她不知道是命运在跟她开玩笑还是她和那个男子天生就有着割不断的关联。总之，三十几年空白的女儿情怀被那个男人不经意地打开了，女子的心在战栗中初尝爱上了一个男人的思念。那种牵挂，那种揪心，让她在一次次的黑夜中用爱把自己震撼。

“女子陷入了初恋，而且是无法自拔也不愿自救地痴痴地恋着，这个男子成了女子亲情失落的另一份情感的未来，这份单纯得让人心痛的情怀也让女孩重拾欢乐的心情和体会守候爱情的艰难。时间在分秒必争中带着女子对那个男人的美好感觉和想念过得很快很快，女子所有的出国手续都办好了，公司原有的业务和客户的关系都已在她的公开声明中做好了妥善的安排，女子在国内再也没有了任何的事务牵挂，她就要走了。然而，被情感温暖了近半年的女子此时的心乱了。在即将要别离故土最后的日子里，女子的心再次飘散，遥望苍天她竟然在一瞬间没有了跨出国门的欲念。因为那个男子磁性的声音在深深地吸引着她，一想到自己的漂洋过海可能会成为和这个男人永远的别离，女子心痛了。她担心这种两国相望的思念会给自己的心情带来同样无法安定的徘徊，于是女子的性情开始变得烦躁和不安。但是，她并没有把自己的复杂心情告诉给那个开启她初恋情怀的男子，因为他在等待的是她自己心有所属的选择与取舍。在爱的挣扎中女子做出了一个大胆的决定，她终于继续留在了国内。虽然她知道无论自己如何倾情，这个男人都将永远和自己有着一种说不清的距离，这并不是现在的一种路途遥远的距离，而是女子终究也无法去冲破男子那道生命经历的裂痕。就像如今这个男子能够给她的始终有一个永远都要去照顾他人的背影，而女子的未来只能是在心路的守候中让岁月为彼此相守的爱情写真。女子的这种选择爱的行为究竟能给自己的人生带来多少幸福？她现在还不知道，她唯一知道的就是她不想错过心灵感应的季节，这是她这一生最特别、最亲近、最不舍的一种感觉，她不想有一天自己作为一个女人什么都有了的时候又后悔不再拥有这种对情的在意。同样，她也不知道对这个男人最终无畏的付出是否会换来错爱一生的结果，毕竟他已经有了那么丰富的理不清、剪还乱的过去。尽管如此，女子还是毅然把自己的心从此放在了一个可能永远都不会让初恋轰轰烈烈燃烧的爱情期望里。在女子的床头有个相框，里面是那次商务聚会的合影，女子每天起床、回家都可以向这个不大的相框里的他倾诉心事。电视机旁花瓶里那每天一束代表着永恒之爱的'勿忘我'鲜花，也成了女子想念这个男人的又一种精神寄托。鉴于这个男人早已有了那藕断丝连的情感牵绊，女子不敢把自己对这个男人的依恋变成现实中主动的呼唤，但她也绝不认为自己的选择有问题。因为只有她知道，自己的爱来得并不突然也并不狭隘，因为她相信从来都没有人知道自己命运中的真爱会为谁而来。从最初对这个男人的关注到最后心中那盏心灯的明亮，女子认为自己应该去接受一种真正的感觉和去欣赏一个让她心动的男人，每天她都在心里默默地为这个男人送去真诚的祝福和虔诚的祈祷。当有一天，她感觉到了自己可以牺牲所有去成全他心愿的那种冲动时，女子相信了这是刻骨铭心的爱，也是自己一生的最爱。女子用理智克制着自己对这个男人浓浓的情与爱，把满心期待埋到了自己内心的最深处，因为她想给他时间去重新规划生活的未来，还有她和他的爱。

“如今在这个充满诱惑的现实社会里虽然存在着许多世俗的污垢，但也绽放着许多美丽的思想，就像这个女子，在满世界的人都在喊着孤单和寂寞急于找对象发泄忧郁时，她却因为心里装着一个令她真心想爱的男人而让下班回家的步履变得轻松和欢快。她把做一个好女人的要求自然地融进了对这个男人的信任与守候，她把自己业余的时间更多地用于思念那个男人和对自己孤身一人生活更加用心的照顾。女子认为，真爱一个人未必只有得到身躯才算拥有。因此，女子暂时还不想因为自己的爱情而对那个男人要求些什么；相反，她只想默默地、远远地想念着他，而不需要他马上为她做任何的改变。因为，他还有要去继续承担的责任和义务。女子和同样痴爱她的男人在两个路途遥远的城市，无法日日相见的牵挂早已成为女子心中最大的惆怅，但她仍然无怨无悔地把对这个男人浓郁的思念深深地埋在了心间。常言道，‘一朝入梦，终身不醒’，女子认定了心中的选择，厮守着爱情的承诺。她曾经在日记中记录下一段这样的文字：‘一个男人和一个女人，真正的厮守是精神。和这个男人厮守的人，一定是最依恋他的人，但是，依恋是超越肉体的。只要心中的男人还在，女人就会感觉到自己需要的整个世界都在。思念也是厮守，即使相距千里也是可以相守一生的。’女子庆幸自己这一生可以第一次被真爱的感觉捉到，女子盼望着她与这个男人迟来的情缘可以改写自己的命运，所以她说愿意从此用等待换来幸福的相守。女子曾对自己说，谁要是可以让自己用心和他相依相伴，这一定是上苍赐给自己的生命伙伴。就这样不再怀疑和犹豫，女子把自己的情和恋完完全全地留给了这个男人和爱情归宿未知的世界。”我一口气讲到这里，停下后没有再言语。而此时的颜总也没有对我口中的这个女子的经历发表任何的意见，他只是呆呆地望着我。

我想，听完这个故事的颜总可能会说这个女子的选择有些缺乏理智，但是，我同样也相信有那么一部分人愿意分享女孩的喜悦并给予鼓励。因为在当今这个社会，有一个家庭未必有一份爱情，有一个丈夫或妻子未必就有一份情感存在，有一段情也未必能够成为爱的永恒。“不能没有爱”是每个人心灵的呼唤，但是要想真正寻找到自己身上的爱泉，不是每个人都说自己还可以有这种开拓的强悍。因为对感情的麻木，对爱情的忽视，让多少男人早已放弃了为恋人奉献真情的本能，同样也让多少女人再也挤不出为真爱而喜悦的欢颜。爱情不是形式上的给予，爱情同样也不是一种形式。爱情是深沉的，是情不自禁的，是本能的；爱情是浇不灭的心火，爱情是无休止的想念；爱情是给予不是索取，爱情是施之者比受之者有福；爱情是你对所爱的人更加宽容的拥抱和温和的笑脸，是对所爱的人那种生老病死永生追随和不离不弃的守候。女孩的爱情故事还在她自己的生活中继续，而现实中对爱情丧失信心和信念的人也在倍增。我们到底该用什么样的生命色彩才可以把思想中的生活装扮得更加美丽，到底要用什么样的心态才可以对爱情下个准确的定义，到底要靠什么样的装备才能赢得爱情给予我们的纯真？我们到底还要不要在今天这个由金钱置换人生价值的时候大声地说一句“我不能没有爱”？

此时，我的心情也因女子的故事有些复杂。于是，我对颜总说：“我们可以下山了吧！”也许是颜总也感觉到了现在的我和他是各想各的，回去是肯定的事，他没有反对我想下山回家的提议，赶忙收拾起地上剩余的食品。此时，我才发现铺在草地上的报纸一角，已堆满了颜总在一瞬间嗑下的瓜子壳。这真是一个快节奏的人。联想到他一路叙来的感情故事，我心中真不是滋味。但是，我没有再想去和他讨论爱情的意义，因为在心里我始终相信天地有情、人间有爱，没有人愿意在没有爱的陪伴下行走在孤单的人生道路上。

告别了山峰，我俩一前一后顺着小道朝山脚下走去。已经走了几十步，我又回望了一下情人树。我在想，这大峰山的山景是古人的后天培植还是上苍先天所赐的发育？为什么这片令人遐想的情人树是由九棵古树古藤盘缠而成？树下那唯一的一把仙人椅又代表着什么意义呢？看来这个“九”一直就是人们心中对情人相伴“永久”的所求，难道长长久久必须是人们艰难付出后才能够得到？我想，这片情人树生长在这里也许就是在提醒人们爱情需要长久的梦幻和永远的追求，“九”和“久”一样是人们心中最终拥有美满和吉祥的所求。那一把仙人椅又或许是在告诉来到这里的人们，每个人都必须在执著中去奋力追寻生活所赐予给我们的幸福，虽然没有人可以告诉我们该如何获得爱情的垂青，但也没有人愿意让爱从自我的生命中永远地遗弃。仙人椅还告诉我们，只有坚持对爱情神话的追求，我们才有可能为拥有了真爱而快乐，才能最终得到我们心中想要的那份有爱的生活。

告别了美丽的大峰山，我和颜总钻进车内开始朝市区的方向行驶。正是下午三点左右，也许是赶上了周末，只见宽阔的柏油马路上往来的车竟然少之又少。二十分钟后，我们的车来到了一个新建的海港城区。抬眼望去，一幢幢楼房在阳光下显得干净又整齐。颜总放慢车速把车拐进了海港的路边，一望无际的海滩，鱼儿欢笑，海浪咆哮，好一派南国美景。我和颜总相视一笑，没有言语的我们继续朝城中街直冲而去。不一会儿，我们来到了街口。我想起了几年前在一些电视台曾经播演的那部反映深圳和香港河岸两边“千年等一回”的爱情故事：故事的结局是两个相爱的人用大半生的等待迎来了香港回归后的团聚。历经分离的痛苦，尝尽相思的折磨，流干了隔海相望的眼泪。数十年的牵挂盼来的虽是不惑之年的白发老人，但是那曾经扣人心弦的爱情誓言仍记忆犹存，祈盼中的地久天长也终于在彼此忠贞不渝的不离不弃中将厮守一生的梦想变成了现实中那相濡以沫的幸福生活。红颜虽去，真情尚在，电影感动着我们，也影响着我们。这就是“千年等一回”的意义。

看着从附近工厂走出来的一个又一个打工妹，我想起了多年前自己曾经受邀请去某地参观一些外商企业的发展时，了解到的那些厂区墙下打工者的爱情故事。那些从乡下来的单纯得像一张白纸的少男少女们，没有金钱也没有文化，在繁重的工厂作业下，唯一能够让他们品尝到生活滋味的就是少男少女情窦初开的甜蜜。虽然也有报道，这些打工者由于年轻和对生活常识的无知，因为按捺不住的情怀在偷吃了禁果后引发出许多未婚先孕、不知所措的案例，但是，谁又能否认青春的躁动和反叛从来都是那样的不经意和没有理智。虽然那些在孤单和寂寞中所产生的爱情寄托简单得只是别离父母后与对方相依为命、共同携扶心情的一种单纯的爱恋，但不能否认这的确也是打工者们心中最美的一种情绪。他们在对真爱朦胧的认知中体验和享受了类似爱的经历，而这些经历已成为他们彼此生命中爱情碰撞后所留下来的记忆中的花絮。这种因本能的需要而让他们长大成人的催化剂，让他们走出大山后不仅拥有了生存勇气，也拥有了成人的一种自信。

颜总很快就把车开出了闹市，一转眼我们便来到了一个植物园的脚下。这里有一座山，山顶有一座寺庙。听说20世纪90年代初期每逢初一上山拜佛求愿的人并不太多，而现在每逢初一、十五那上山祈福求愿的人可谓人山人海。几里以外排着的私家车长龙让人浮想联翩，这又说明了什么呢？是现代人太空虚了，还是现代人太虔诚了，全家老少（包括被父母怀抱着的婴儿）都登上了佛门的阶梯，其中有信仰佛学的居士，也有根本不知道佛法的闲人。在欣欣向荣的新时代，是孤寂的人太多，还是人们寄希望于在超凡脱俗的举动中去表达自我的追求。总之，人拜神，喃喃自语的、双膝下跪的，皆而有之。人们急切地点燃着一把把香，用只有自己才能够听到的声音诉说着心中的祈愿，或聚精会神地对着佛祖祈祷着。

但是，在烟雾缭绕中竟然也可以听到有人因遭遇他人的拥挤那破口而出的脏字，在大批带着善男信女面具的人潮涌向佛台时也可以看到有人为了自己能够顺利优先跪拜佛祖而不屑一顾地强行推开他人的手臂；还可以看到那些心有所求的富人用满不在乎的神态从钱包里摸出一张张百元大钞朝功德箱信手投去，而一些穿着普通的人也同样将早已被自己手心的汗水浸湿且略显皱折的五元或十元纸钞，小心翼翼地、恭恭敬敬地用双手托着庄重地投放进功德箱里。

这让我不由得思量起这些纷纷跪拜佛祖求助、祈愿的人们，他们对人生的智慧和对生命的觉悟究竟有着什么样的理论？他们那迫切寄希望于佛门的举动又是在渴望着佛祖能够赐予他们些什么样的福分？

我一路心事一路感悟地坐着颜总的快车回到了自家的楼下。尽管颜总再三提议一起去附近的酒楼吃个饭，我还是因为向往家中香甜的小米粥而谢绝了他的邀请。分手时，颜总手扶车门两眼直视着我说了句："您说得对，不能没有爱，我回去会好好品味品味。"我笑着对他说："别品味了，你是懂的，我等着吃你的喜糖就好了。"我意味深长地说了这句话后就向他挥挥手朝家中走去。

在转身的一刹那望着颜总的背影，我又想起了那个女子。我想，颜总对这个女子的故事结局一定有着自己的理解。他可能认为，在现在这个年代里还有对爱情如此执著的女人，这有些不可思议。又或许颜总他会这样看待，这个女子是不是太傻了，而且是傻到家了。的确，在大部分人眼里，这个女子的行为在当代这个现实到什么都要讲条件的社会里，总显得让人有些不能理解。因为现在有很多人面对爱情的选择都理智到绝不会因为一份单纯的爱而去承担一份看得见的生活压力，人们总是争先恐后地为爱情添加上许多金钱、地位或综合条件等附加值。但是，我相信那个男人虽然有着人生的负重，但他同样一定是用他内在的魅力和责任感的厚重触及了女子的心房。于是，女子的心痛了。正是因为这种信任和理解才让女子懂得了什么是精神的爱泉和心甘情愿的人生情路。仅仅是为了一种对爱的渴望，女孩的赌注是不是下得太大了。我想，也许女子自己也说不清楚，可她知道自己的心里有着一种永远也放弃不了的对那个男人的牵挂和寄托，所以才有了这份追求真爱的执著。

人生就是这样，你不知道在什么时候就会有一个生活的陷阱埋在你的面前，让不知道深浅的你不小心就掉了下去。女子最终选择的结局让人欢喜让人忧，喜的是她能够正视自己心底的爱情，忧的是这将会是怎样的一份因爱而来的心路艰辛。但是，一切因果都是那样的简单和不经意，让人无法随意开启和终止岁月赐予的悲喜。女子虽然已经到了适婚的年龄，但是她没有做任何的婚嫁选择。尽管追求她的人很多，其中也不乏“高富帅”的优秀男人，但是女子心里有了一个抹不掉的身影。她不想把身体给了一个男人又把心留给另外一个男人，她不想让未来家庭的爱情处于艰难的身心离合之中，她更不想让自己生活在感情虚伪的夹缝里。所以，她把这份一往情深的爱恋牢牢地维护在自己装满甜蜜的心匣里。她和那个男人就靠不多不少的电话联络着，她和那个男人数得过来的见面也是在她不显山不露水的情感沉淀下悄悄地进行着。尽管这种爱情际遇也夹杂着一些生活的考验，但是女子的心却很豁达。她认为，能够有这样一份真爱的感觉已让她不枉此生，情有所托的今日使她比那些靠表面修饰夫妻关系的人更懂得幸福的真谛。她还认为，其实婚姻也和爱情一样不应该单纯成为一种形式，婚姻的内涵应该是爱情要成为生活需要的润滑剂，面对平淡的日子婚姻更需要用爱去经营、用情去点缀、用心去建设。可是，如今的婚姻中又有多少人还在继续用爱情承载着日子的继续？所以，牵挂着一个自己爱着的人足以让人在幸福感的滋润中过好人生的春夏秋冬。女子认为，既然现在这个世界已经没有了爱情统一的脚印，那就让自己情随心动、爱由心生吧！虽然女子也不知道这种单纯付出的情路有多长，这种需要接纳过往责任的现实生活有多辛苦，但是至少现在的她心灵是快乐的、精神是满足的。最初听到这个故事时，我自己也在想，女子到底求什么？终于有一天我想明白了，女子求的是心中的那支玫瑰——那期待中永远也不会褪色的代表着美丽爱情、美好常在的红玫瑰。

这让我想起了著名诗人泰戈尔诗集中的那首《世界上最遥远的距离》：“世界上最遥远的距离，不是生与死，而是我就站在你面前你却不知道我爱你。世界上最遥远的距离，不是我就站在你面前你却不知道我爱你，而是明明知道彼此相爱却不能在一起。世界上最遥远的距离，不是明明知道彼此相爱却不能在一起，而是明明无法抵挡这股思念却还得故意装作丝毫没有把你放在心里。世界上最遥远的距离，不是明明无法抵挡这股思念却还得故意装作丝毫没有把你放在心里，而是用自己冷漠的心对爱你的人掘了一条无法跨越的沟渠。”我认为，其实颜总和这个女子还有更多的人，他们对爱和情都是懂的，他们也都在渴望着人生中不可或缺的爱和情。所不同的是，因为现在有许多人不再坚持爱的单纯、情的珍贵，在现实面前无所谓爱情的贬值成了人们理所当然的一种心理，而生活的残忍恰恰是让那些因为条件而抛弃爱情的人永远都与之擦肩而过。追悔莫及的人们想要重新追赶爱情的脚印，却让自己这一生的爱情归宿成了永远也无法心满意足的生命缺失。于是，人们开始在没有爱情的孤寂和失落中遗憾地打发着时日，也被那本不该躁动的原始人性痛苦地折磨着告别了生活的欢欣而成了美满幸福生活的过客。

上了楼梯，进了家门，从厨房的电饭煲里盛出一碗金黄色的小米粥，听着林忆莲的一首《至少还有你》。感谢自己清晨的明智，早已在家里熬好了一锅养生粥，让此时的我回来就可以得到胃口的满足。也许这就是生活，简单而又平凡，但这绝对是一种有准备而又可以欣然得到的知足的生活。林忆莲的歌声还在继续：“为了你，我愿意……如果全世界我也可以放弃，至少还有你值得我去珍惜，而你在这里就是生命的奇迹，也许全世界我也可以忘记，只是不愿意失去你的消息，你掌心的痣我总记得在哪里。我们好不容易，我们身不由己，我怕时间太快不够将你看仔细，我怕时间太慢日夜担心失去你，恨不得一夜之间白头永不分离，如果全世界我也可以放弃……”是的，我愿意，我们每个人都愿意，只有愿意才可以让爱梦想成真。我们不能没有爱，生命需要爱的奉献，幸福需要爱的守候，精神需要爱的拥有，你我需要爱的温暖。就让凡尘中的人们在始终不渝的思想中去勇敢地追求爱的生活吧。我相信，美好的新时代一定可以让刻骨铭心的爱情呈现出其应有的美满，而大千世界中那些寻爱的人们也同样可以知缘、惜缘并得真缘！

媒体聚焦

（摘录）

《中国特区人物》/记者采访记：在翻阅了大量采访文章后，我们陷入了深思和感动，这是一个为社会、为职业、为事业倾注了全部爱心和充满责任感的开拓者。燕语女士的个人事业投资涉及房地产、国际商贸、服装、食品、日化、塑胶、医药、保健、信息、服务等领域，业务足迹也纵横海内外。作为一个民营企业家和从事社会健康教育的专业人士，燕语女士最后说："作为一个时代的'健康信使'，希望自己这个'摇铃医生'能够成为现代人'生命的侠客'，走遍大江南北，为需要'身心健康'的人们送去我的支持。"这就是那个在商业决策上具有大手笔，在对待人的问题上细微极致，手提健康诊疗仪行走商海的燕语女士。

《中国新闻》/ 记者采访记：燕语女士作为一个知名人士，常年行走于全国各地，接受各地政府和企业的邀请，前去讲学授课，课题内容涉及广泛，从生命、人生、企业管理到现代市场，从宏观到微观，颇具功底。仅 2004 年，她的足迹就遍布广东、四川、山西、湖南、江西、福建、西藏、东北三省等地。前去聆听她讲学的有政府官员、企业家、社会各行业人士及普通民众，涵盖老、中、青几代人。她在讲演中说道："身心对健康和美丽、长寿的影响，挖掘人性的问题，解剖社会问题的根源，强调现代物质生活对人的欲望诱惑，提炼加强道德修养的手段，等等。"她把社会心理学、身心医学、中医理论、哲学、儒家学说、佛学等知识融会贯通，在演讲中旁征博引，一场几小时的讲演，听众如痴如醉，像是经历了心灵的洗礼。演讲结束，热心的听众围住了燕语女士，要求她把脉诊病，于是，一场几个小时的义诊活动又开始了。

珍惜生命，思考生命的价值与人生的真谛，探索真、善、美，这是燕语女士前行的方向。在这前行道路上的不断探索中，燕语女士躬身践行，她要用自己在体悟中产生的智慧为众人解除迷惑，扫除尘垢，让人们健康、美丽、长寿，社会有序和谐。

《民营时代》/ 记者采访记：燕语女士出生于中医世家，幼受庭训，传统文化的浸润使她慧性早开。她5岁就练习针灸手法，至今她的针灸技艺精熟；更为神奇的是她精通古老的子午流注和灵龟八法针灸技法，在脉象上颇有体悟，尤精切诊，凭脉而断各种疾病，深厚的中医功底使她在社会及商界声誉鹊起，国内外慕名而来者络绎不绝。2005年8月本刊记者专程采访了成功的企业家、著名的身心医学专家、亚健康导师、生命的天使燕语女士。燕语女士长期以来给民营企业家的“身心”找一个“家”的社会关爱行为，在社会上形成了巨大的专业文化品牌价值，为众多有身心需求的企业家提供及时的专业援助。

燕语女士是一位不平凡的女人。2003年10月，《中国民营》杂志《钻石人生》栏目用“健康、美丽、长寿从这里开始”为题，全面采访报道了燕语女士多年来奉献社会、推广健康事业的感人事迹；同年11月，《中国民营》杂志再次以“生命的天使”为题，跟踪报道了燕语女士用仁心和爱心倾情接纳社会求助者的义举。2005年元月《中国新闻》杂志《人物访谈》以“拂尘除垢探本源”为标题，大篇幅报道了燕语女士成功的职业生涯；同年8月，《中国特区人物》用“美丽人生——传奇女人”为标题，再次采访报道了封面人物燕语女士。燕语女士立志“做一个传播真善美的使者”和“让认识自己的人年轻20岁”的这种生命理念和奉献精神在社会各行业广为传颂。

《中国民营》/ 记者采访记：燕语女士告诉我们，“人类需要进步，社会需要关爱，人生需要指引，生活需要老师，看似琐碎的问题，但它足以影响人的一生，我不是救世主，也不是万能的，但在力所能及的情况下给予现代人力所能及的帮助，是我所能够做到的”。

燕语女士说：“21世纪的今天，由于生产力迅速发展、生产效率大大提高，市场发生了重大转移，市场需求不断变化，市场竞争也更加激烈，任何企业要在其中求得生存与发展，员工的专业素质及服务水平在很大程度上决定着公司的生存和发展。”燕语女士倡导的“成功企业有赖于员工的形象”活动深入到企业、社会、个人，赢得了社会各阶层人士的支持，提高个人素质、展示个人魅力已成为一种职业追求。她先后受邀在社会团体、行业协会、培训机构等进行形象课题讲座，传播着美的心声，影响和塑造着大批受益者。